# デュラララ!!×6

# デュラララ!!×6

成田良悟
Ryohgo Narita

イラスト:ヤスダスズヒト
Illustration : Suzuhito Yasuda

マイル「あ、クル姉、見て見て！　人が飛んでる！」
クルリ「呆《また馬鹿なこと言って》」
マイル「本当だって！　ほらほら！　静雄さん！　ぴゅーんって飛んでる！」
クルリ「……憧《静雄さんに》……哀《投げ飛ばされてる?》」
マイル「ううん、静雄さんが飛んでるの！　ぴょーんと！」
クルリ「……疑《そんな馬鹿な》。……!?」

デュラララ!!×6
目次
P27
四章
逃走者達は
絡み合う
ゴ

# 間章もしくはプロローグD　紀田正臣《きだまさおみ》

5月3日　新幹線車内

「新幹線って、凄《すご》いよね」

瞳《ひとみ》の中に、夜の海を思わせる色を湛《たた》えた少女が、窓の外の景色を見ながら呟《つぶや》いた。

風のように流れる景色の中、時折車内の風景が窓に映る。

その反射越しに少女と目を合わせた少年が、優しく微笑《ほほえ》みながら問いかける。

「凄いって、何が？」

新幹線の速度の事か、それともこんなにも巨大な鉄の塊《かたまり》が動くという事か。普通はどちらかだろうと解《わか》りつつも問いかける。少年は、隣《となり》に座る少女が、今更《いまさら》そんな無邪気《むじゃき》な感想を抱《いだ》く年でもない事を知っていたからだ。

少女は首をゆっくりと少年に向け、柔和《にゅうわ》な微笑みと共に答えを紡《つむ》ぐ。

「まっすぐな所が」

不明瞭《ふめいりよう》な答えに対し、少年は顔に苦笑を貼《は》り付けながら少女の名前を口にした。

「沙樹《さき》は相変わらず変な奴《やつ》だよなあ」

「そうかな。正臣《まさおみ》ほどじゃないと思うよ？」

沙樹と呼ばれた少女は、人形のような笑みを浮かべたまま首を傾《かし》げる。

「俺《おれ》、そんなに変かな？」

「うん。臨也《いざや》さんの事が大嫌《きら》いなのに、その臨也さんの使いっ走りを平気でやる所とか。ぐにやって拗《ひね》くれてるよ？　都内の路線図みたい。あれはあれで好きだけど」

カブトムシを取った少年さながらに顔を綻《ほころ》ばせる沙樹。それに対して少年は、困ったように顔をそらしながら、視線だけ少女に向けて呟《つぶや》いた。

「沙樹は相変わらず、言いにくい事をハッキリと言うなあ」


少年——紀田《きだ》正臣は、恋人である三ケ島《みかじま》沙樹と共に、東京《とうきよう》に向かう新幹線の中にいた。

彼はとある事情により学校を止《や》め、現在は恋人である沙樹と共に同棲《どうせい》生活を送っている。正臣の両親は放任主義である為《ため》、息子《むすこ》の行動には特に口出ししていないようだ。

もっとも、つい先日まで高校生だった彼らに自立するだけの準備は難しく——正臣が選んだ道は、自分をそんな状況に追い込んだ男、折原《おりはら》臨也の事務所のアルバイトとして働く事だった。

正臣は知っている。

彼が背中を押した事によって、自分が多くの物を失ったという事を。

だが、足を踏み出したのは間違いなく自分自身である事も理解している。

池袋《いけぶくろ》という街を生きる二つのチーム。ダラーズと黄巾賊《こうきんぞく》との間に起こった中規模なトラブル。

幸いな事に、大規模と言える抗争に発展する前に収拾はついたものの、その事件の中で正臣は、大切な友人達との間に大きな溝《みぞ》を作り出した。

その溝を掘ったのは自分自身。

相手からすれば、そんな溝など気にもせずに飛び越えられるだろう。

だが、正臣からは踏み出す事ができない。

その溝の深い闇《やみ》の中にある、かつての自分自身の姿を見てしまう事が恐ろしくて。

正臣は、結局その溝を飛び越える事もできず、さりとてその場から立ち去る事もできず——

ただ、その場に立ち止まりながら逃げ続ける。

自分の内側へと、内側へと。自分自身の殻《から》に追いつかれる事のないように。

横に座る、半分壊《こわ》れた少女を道連れにして。

そんな彼は現在、東京に向かう新幹線の中だ。

折原臨也《おりはらいざや》の使い、パシリとして、東北《とうほく》のとある都市まで出向いていたのだが——思いがけぬ長旅となり、一週間ぶりの帰還《きかん》となる。

最後の数日は携帯の電波すら怪しい山村に向かうハメになり、暫《しば》し情報から隔絶《かくぜつ》される事となった。元々ネットや携帯に依存していない沙樹《さき》はともかく、正臣《まさおみ》にとってはなんとも言えぬ疎外《そがい》感のような物を味わった。

自分の知らぬ所で進んでいくネット内の変化。

その流れから自分が置いて行かれるような気がして、なんとも言えない焦《あせ》りのような物を感じてしまう。

「正臣はネットに縛《しば》られすぎだよ？　マゾなの？」

沙樹はそう言って笑う。

「マゾってなんだよ。ネットが便利なのは確かだぜ？」

「だって、直接会えばいい人にまで、ネット越しでしか会わないじゃない」

「……会わないんじゃなくて、会えないんだよ」

「そう思い込む所も、マゾだよね。会っちゃえば楽になるのに」

鋭い所をついてくる沙樹の言葉。

それを笑って否定しながら、正臣は自分の心を鑑《かんが》みる。

正臣も、自分にはネット依存などという単語には無縁と思っていただけに、その焦燥《しょうそう》感に戸《と》惑《まど》いを覚えていた。

――もしかしたら、チャットでいつも馬鹿話してる連中とも会えないから、ホームシックになってるのかもな、俺《おれ》。

――……帝人《みかど》の奴《やつ》とも、今じゃネット越しでしか話せないからな。

自分から溝を作ってしまった友人の顔を思い出した後、彼はそのたびに、感傷に浸るのはらしくないと首を振る。

そんな事を何回か繰り返す内に、その焦燥感を忘れていった。

故に、彼はこの時点で気が付いていなかった。

胸の内に湧《わ》き上がった、ネットに繋《つな》げないという焦燥感の中に――

臨也から急な遠出の仕事を任された事に対する、純粋な『嫌《いや》な予感』が紛《まぎ》れていた事に。

そして、その予感が当たっていた事にも――彼は気付く事ができなかった。

♂♀

5月4日　朝　都内某所《ぼうしょ》

3日の夜には東京《とうきよう》に戻っていた正臣《まさおみ》と沙樹《さき》だったが、臨也《いざや》への報告や雑務などを済ませた結果、結局寝る間もなく朝を迎えるハメになった。

自室に帰るなり、正臣は自分のパソコンを起動させる。

一週間もの間スリープモードにでもしていたのか、即座に通常画面が立ち上がった。

「どうしたの、正臣。寝る前にネット？」

「ああ、一週間ぶりにチャットをチェックしとこうと思ってさ」

臨也に紹介《しようかい》された、帝人《みかど》が出入りしているチャットルーム。

友人との繋《つな》がりであると同時に、池袋《いけぶくろ》の町の空気を掴《つか》む為《ため》に有用な場所だ。

正臣は、この一週間で何か変化があったかを確認しようとそのページを開いたのだが、そこには何のログもない、チャットルーム開設時と同じ状態だった。

「……あれ、ログが消えてる。また荒らしでも来たのかな？」

たまにある事だと思い、正臣は諦《あきら》めて適当な挨拶《あいさつ》の文章を打ち込んでいく。

「みんな、消えちゃったのかも」

「恐い事言うなよ」

沙樹の冗談《じようだん》に、少年は笑いながら言葉を返した。

ほんの僅《わず》か、沙樹の言葉にゾッとする物を感じたが、気のせいだと自分自身に言い聞かせる。

ネットに繋げなかった彼は、知る事さえできなかった。

自分があるチャットルームにおいて使用している、『バキュラ』というハンドルネーム。

彼の名を何者かが騙《かた》り、自分の代わりに、親友である少年の心を動かしていた事を。

そして、その親友が現在大きな災厄《さいやく》に巻き込まれつつあるという事にも――

やはり――やはり、彼は気付く事ができなかった。

# 『闇医者のノロケ話　その肆』

岸谷新羅《きしたにしんら》の日記より抜粋《ばっすい》

4月30日

当然のことだけど、今日もセルティは可愛《かわい》かった。

新しい春が来て一ヶ月経《た》つというのに、セルティの愛らしさだけは変わらない。

きっと世界が終わっても、僕が死んで灰になった後も、セルティが可愛かった、という事実だけは変わらないだろう。

日記を書き始めて半年ほどだけど、読み返してみたら、似たような書き出しだけでもう二十回目だ。

つまり、それだけセルティが可愛いという事だ。

いいことだ。

ただそれだけで、今日はいい日だったと記す事ができる。

そういえば、恋愛感情をセルティに抱《いだ》いたのはいつ頃からだろう。

これが恋だって気付いたのは、中学生か高校生の頃か。

恋に恋する季節が青春だというなら、僕の青春時代は、今まさにこの瞬間《しゅんかん》だと言える。


そう言えば、最近の子はどういう青春時代を過ごしているのだろう。

来良《らいら》学園にいた頃が懐《なつ》かしい。あの頃は色々と荒れてたから、青春と言えば喧嘩《けんか》って感じの連中がひしめいてた。

私は喧嘩が弱かったからそういう流れには加わらなかったし、加わる必要もなかったけど。

セルティの知り合いには今の来良学園の生徒が何人かいる。

うちに来た事も何度かあるから、その時ちょっと話したが、いい意味でも悪い意味でも今時の子供達らしくない。でも、ある部分では今時の子供達よりも未来的、とでも言うんだろうか。

まあ、セルティの正体を知っても一緒にいられる時点で、普通の子とは少し違うのかも。

僕はセルティの可愛《かわい》さを知ってるから、いつまでも一緒に居られるけどね。

世の中の人達も、もっとセルティの可憐《かれん》な部分を知ればいいのに。

そうすれば、みんなセルティが好きになる。

デュラハンは化け物なんかじゃなく妖精《ようせい》なんだ。

その上セルティは可愛い。これは凄《すご》い事だ。

だが、個人的にはセルティの魅力《みりょく》は伝えたいけど、全《すべ》ては伝えたくない。

セルティの女性としての魅力まで伝えたら、恋のライバルを何万人も増やす事になるしね。


そう言えば、こないだうちに来た帝人《みかど》君と杏里《あんり》ちゃんはどうなんだろうね。

恋人同士なのかと思ったけど、なんかよそよそしい所もあるし、比翼連理《ひよくれんり》には程遠い。

まだ友達以上恋人未満って感じなのかな。

幼馴染《おさななじ》みにしては他人行儀だし、男女間の友情って感じでもないし。

告白寸前という感じなんだろうか。

好きなように生きればいいと思う。

僕達の過ごした高校時代に比べたら、実に健全な生き方じゃないか。

まあ、彼らも彼らなりにちょっとした問題を抱《かか》えているようだけど、それもいい。

恋と喧嘩《けんか》を両立しちゃいけないなんて法律は無いんだ。

当然節制や我慢《がまん》は必要だけど、欲がなさ過ぎるのもどうかと思うからね。

ダラーズだの黄巾賊《こうきんぞく》だのが色々騒《さわ》いでるが、あれも若さだろう。

ただ、間違えちゃいけない事がある。

若さゆえの過ちだからと言って、責任を取らなくていいわけじゃない。

居酒屋なんかでよく「俺《おれ》は若い頃はワルでよう」などと、過去の悪事を自慢《じまん》するサラリーマンがいるが、彼らは勘違《かんちが》いをしている。

若い頃の悪事を笑いながら自慢話にできるようなら、『若い頃は』ではない。『今現在も』充分にワルだ。

三つ子の魂《たましい》百まで、雀《すずめ》百まで踊りを忘れずとは良く言うけれど、何も変わっていないし、彼らは罪の償《つぐな》いなどしていない。

少年院などに入ったりして罪は償ったというかもしれないけれど、後々にそれを自慢できるようなら、それは償いなんかにはならないだろう。

私は、子供達が馬鹿をやらかすのを否定しない。

代わりに、相応の代償《だいしょう》を支払《しはら》わなければならない事も否定しない。

私自身にも、過去から現在にかけての悪事について、いつか報いの時が来るだろう。

だけど、せめてその時は――セルティを悲しませないようにしたい。

多分それが、セルティの首の場所を隠《かく》していたという悪事に対する、私にできる唯一の償いだと思うから。

勝手すぎだろうか?

随分と堅い話を書いてしまった。

ここから先は、日課であるセルティに着せたい服についてのメモだ。

やはりこれを書かないと気分良く眠《ねむ》れない。

この日記に書いた格好をしているセルティを想像すると、別の意味で眠れなくなるが、些細《ささい》な事だ。

・西部の女保安官の格好をするセルティ。『クイック&デッド』のシャロン・ストーンみたいな、ワイルドな色気があるかもしれない。セルティは撃《う》たれても死なないから基本的に無敵《むてき》の保安官だけど、ある日僕という賞金首に恋をする。いや待てよ、セルティという賞金首に保安官の僕が恋をするというのもいいかもしれない。元から首がないセルティなら縛《しば》り首をいくらでも偽装《ぎそう》できるから、絞首刑《こうしゅけい》にしたフリをして後で助け出せるぞ。よし、いける。
・スクール水着のセルティ。胸の名前欄《らん》にはひらがなで「せるてぃ」って書いてある。そうすればなんだか可愛《かわい》いかもしれない。僕は基本ロリコンでも熟女《じゅくじょ》マニアでも無いけど、セルティなら幼女だろうが老女だろうが愛せる自信がある。
・ストリップダンサー風の衣装。普段は自分の体を魅《み》せる仕事をしているけど、僕の前では自分の腕《うで》すら見せるのを恥ずかしがる。でも僕は実は、お金を払ってセルティのショーを毎晩見に行ってる。↑（×　これじゃ僕がただの変態みたいでセルティに嫌《きら》われるかも）

・セーラー服。過去に何度も書いてるけど、今日は黒系のセーラー服について考察してみよう。放課後の図書館。図書館司書《ししょ》の僕は忘れ物を取りに夜の図書館に戻る。すると其処《そこ》には、本に読みふけっていた為《ため》に放課後のチャイムすら聞こえなかった文学少女風のセルティが居て、首の無い体を小さくして夜の闇《やみ》に震《ふる》えている……。↑（◎ これは我ながらナイスなシチュ、あとでセルティに頼んでみよう）

いつもいつも、こうして文章にしただけで鼻血が出そうになる。

恋とは「四百四病の外」とは良く言うけれど、これは確かに重病だ。

癒《いや》せるのはセルティしかいない。

セルティは今、僕の後ろで先週録画した『世界ふしぎ発見！』を見ている。

まさかそのすぐ後ろで、僕がいろんな格好をしたセルティを想像して幸せな気分になっているなんて想像も付かないだろうね。そんな無垢《むく》なセルティも素敵《すてき》だ。


まずい、セルティにこの日記を覗《のぞ》かれそうだ。

僕はセルティから必至《ひっし》に隠《かく》しながらこの手帳にリアルタイムで日記を書き綴《つづ》っている　こんな妄想《もうそう》をしている日記が見つかっっったら　一体何をされる事やらあああまずい影に足をから

めとら〜〜〜〜――――・〜・

（以下、白紙のページに血痕《けっこん》が数滴《すうてき》染みついている）

（赤い斑点《はんてん》の合間に、筆跡の違う文字が数行）

そういう事はコソコソしてないで口で言え。あと、お前の鼻血とはいえ、結果として日記帳を汚《よご》した。ごめん。

あと、そのセーラー服のシチュエーションはどう考えても恋愛じゃなく学校の怪談だ。

見た方が恥ずかしくなるような事ばかり書くなバカ。

でも、普通の服なら着てやらない事もない。

気が乗ったらね。

逃走者達は
6
4章
Ryohgo Narita
NA-9-31

5月4日　昼　池袋某所《いけぶくろぼうしょ》

鈍《にぶ》い音が、池袋の外れに響《ひび》き渡る。

特攻服《とっこうふく》を着た男の鋭い拳《こぶし》が、チーマー風の男の頬骨《ほおぼね》を捉《とら》えた音だ。

「ガッ……」

悲鳴を上げながら地面に転がり、怒りに満ちた目で特攻服の男を睨《にら》み付ける。

「なんだぁ手前《てめぇ》ら！　俺《おれ》達が誰だか知ってんのか？　おぉ？」

頬を押さえつつ立ち上がろうとした所で、特攻服男の蹴《け》りがチーマーの顔面に叩《たた》き込まれた。

「知ってるよ。ダラーズだろ？」

特攻服の男は転がったチーマーの前に立ち塞《ふさ》がり、冷めた目つきで言い放つ。

「弱いにも程があるだろ。ダラーズがピンキリってのは本当らしいな。Ｔｏ羅丸《うちまる》も余所《よそ》の事は言えねえけどよ」

「っそ、なんなんだよ手前《てめえ》ら！」

「何やってんだコラァ！」

横で唖然《あぜん》としていた三人ほどのチーマー達が、ようやく目の前の事態を理解する。

突然特攻服《とっこうふく》の男に「ダラーズか？」と尋ねられ、昼間から特攻服を着ている男を馬鹿にするように「だったらなんか用なんすかぁ？　寄付してくれるんですか、特攻隊長さんよぉ」と応《こた》えた瞬間《しゅんかん》、特攻服の男が返答したチーマーを殴《なぐ》り飛ばしたのだ。

「舐《な》めたマネしやがって、どこのチームだ手前！」

そう叫びながら、チーマー達の間には緊張が走る。

もしも眼前の暴走族が、粟楠会《あわくすかい》がバックについている『邪《ジャ》ン蛇《ジャ》カ邪《ジャ》ン』だったりした場合、下手《へた》にやり返せば明らかに自分達の手には負えなくなる。

かといって、このまま引いてしまっては、『ダラーズ』の名はともかく、自分達の立場が地に落ちる事となる。

なんとか相手の正体だけでも知ろうと相手の全身を睨《ね》め付けると——特攻服の袖《そで》に『Ｔｏ羅《とら》丸《まる》』という刺繍《ししゅう》が入っているのが確認できた。

「……あぁ？」

それに気付いたチーマーの一人が、安堵《あんど》の表情と共に嘲《あざけ》りの言葉を口にした。

「なんだぁ？　手前ら埼玉《さいたま》のT o羅丸かよ！」

「……だったらどうした？」

「手前ら、こないだこっちに来てさんざんやられたんだろうがよ！」

「お前のとこの連中がボコボコにされたの知らないのか？」

「埼玉だから携帯の電波届かないんじゃやね？」

先に殴《なぐ》られたというプレッシャーを覆《かく》す為《ため》に、彼らは相手を嘲る事で自分達を精神的優位な立場に持ち込もうとする。

そんな暇《ひま》があれば殴りかかった方が効率が良いのだが、喧嘩《けんか》慣れしていない上に、たった二発で仲間の一人が動かなくなっているという事もあり、なかなか先頭を切って殴りかかるという事ができずにいる状態だった。

「大体、手前一人で、この人数に勝てると思ってんのか？　あぁ？」

チーマーが叫んだ脅《おど》しの言葉に、特攻服の男は溜息《ためいき》混じりで言葉を返す。

「なんで殴りかかったか、それは聞かねえのか？」

「うるせぇ！　関係あるかっらぁ！」

「何手前が仕切ってんだコラ」

今にも摑《つか》みかかろうとする男達に、特攻服の男は冷静に言葉を吐《は》きかけた。

「お前らみたいなクズなら、一人でも勝てる自信はあるけどよ……」

次の瞬間《しゅんかん》──チーマー達の背筋《せすじ》が凍《こお》る。

「カス相手に疲れたくねえんだ。今日は長丁場《ながちょうば》になりそうだからよ」

そう呟《つぶや》いた男の背後──路地《ろじ》の入口から、同じような特攻服を纏《まと》った若者達が、十人程度の大集団で現れたからだ。

「……ッ！」

慌《あわ》てて振り返ると、反対側の路地からも数名の『Tｏ羅丸《とらまる》』メンバーが歩いてくる。

「な、なんで……なんなんだよ手前《てめえ》ら」

泣きそうな顔になるチーマーに対し、特攻服《とっこうふく》の男は首をコキリと鳴らして呟《つぶや》いた。

「さっき自分で正解言っといて、なんでまた聞くんだ？　お前ら」

「……Tｏ羅丸だよ、お前らダラーズにボコボコにされた……な」

♂♀

数分後

路地からさして離れていない駐車場《ちゅうしゃ》の中、顔を腫《は》らして正座させられたチーマー達が消え入るような声で訴える。

「ち、違う、違うって、俺《おれ》ら、本当はダラーズなんかじゃねえって！　い、いや、ダラーズなんかじゃありません、すいません。ただ、ネットに登録しただけで、リーダーの顔とかも全然知らないんです」

　自然と敬語になって訴《うった》える少年達に、特攻服の一人が木刀《ぼくとう》を手にしたまま口を開く。

「んー、まあ、あれだ、どうでもいいんだよそんな事は」

「……」

「名前を使うって事は、それだけリスクを背負うって事だぜ？　もっとも、手前らはダラーズの名前出してここいらで自慢《じまん》しまくってたって話だから解《わか》りやすかったけどな」

「すいまふぇん、もうひまふぇん」

　口の中を腫《は》らしたのか、徐々《じょじょ》にろれつが怪しくなっていく状態で謝罪の言葉を吐《は》き出すチーマー。Ｔo羅丸の男は、その胸ポケットから携帯電話を取りだし、それを正座したチーマーの膝上《ひざうえ》に放り投げた。

「呼べ」

「ひゃ、ひゃい？」

「お前ら、メールで繋《つな》がってんだろ？　呼べるだけ呼べよ。ダラーズに関係してる、お前の知り合いだけでいいからよ」

「それ以外に、手前《てめえ》らに選択肢《し》なんてねえんだよ」

♂♀

20分後

「おら、見せ物じゃやねえ！　帰れ！」

駐車場《ちゆうしや》の入口でＴｏ羅丸《とらまる》が追い払《はら》ったのは、こちらを覗《のぞ》いていた小学生の男子達だった。キャアと悲鳴をあげて逃げていく男子達。その手には携帯電話が握《にぎ》られている。

「……おい、もしかして、あいつらもダラーズなのか？」

「わ、わかりまふぇん。ダラーズのメーリングりひゅとでまわふぃたから、ほぼ全員に……」

「さっきは女子高生とかそこらへんのサラリーマンが覗いてたよな」

「そろそろ通報されてるぜ。移動しよう」

仲間の言葉に、Ｔｏ羅丸の男は溜息《ためいき》を吐《つ》きながら呟《つぶや》いた。

「ったく、本当に、誰だろうがダラーズの一員って奴《やつ》か」

そして、下手《へた》をすればあの小学生達までが自分達に殴《なぐ》りかかってきたかもしれないと想像し、苦虫を噛《か》みつぶした顔で吐《は》き捨てる。

「お前らのチームを作った奴《やつ》は、頭はいいが最低の野郎《やろう》だな」

♂♀

都内某所《ぼうしょ》　粟楠会《あわくす》　組事務所

池袋《いけぶくろ》に縄張《なわば》りを持ついくつかの組織の一つ——目出井組《めでいぐみ》系粟楠会の本部。

一見、それなりに大きな企業が入っていそうなオフィスビルだが、その入口には看板《かんばん》が掛けられておらず、現在は開いているが、全《すべ》ての入口に、見るからに頑丈《がんじょう》なシャッターが装備されており——勘《かん》の良い者達は、それを見ただけで何か妙《みょう》な雰囲気《ふんいき》を感じ取り、そのビルに自ら背を向ける。

そのオフィスビルの中層階に、粟楠会の事務所は存在した。

場所によっては、テレビなどで見るような高級机に額縁《がくぶち》、黒い革張《かわば》りのソファーなどが存在する『いかにも』という部屋や、目出井組の組長の写真や粟楠会の会長の写真、神棚《かみだな》や提灯《ちょうちん》などが飾られた『そのもの』な部屋もあるのだが——大半の部分は、通常のオフィスビルとなんら変わらない造りになっている。

そんなビルの一角にある会議室の中で、複数の男達が顔を付き合わせていた。

半分ほどの人間達は、一目で『堅気《かたぎ》ではない』と解《わか》る風貌《ふうぼう》をしている。

もう半分ほどは、一見しただけでは普通のビジネスマンのように思えるが——現在の場の空気の中では、やはり堅気の者とは思えない威圧感を醸《かも》し出している。

その内の一人、鋭い目つきをした若い男が、爬虫類《はちゆうるい》を想像させる鋭い目つきで口を開く。

「……それで、平和島静雄《へいわじましずお》の身柄《ガラ》は？」

若い男——粟楠《あわくす》会幹部、風本《かざもと》の言葉に、反対側の席に座っていた強面《こわもて》の男がタバコを吹かしながら言葉を紡《つむ》ぐ。

「おい、風本、何てめえが仕切ってんだ？」

そんな挑発《ちょうはつ》めいた言葉に、風本は相手に視線を向けぬまま言葉を返した。

「青崎《あおざき》の兄貴、勘弁《かんべん》して下さいよ。質問しただけで仕切り面《づら》した気はありませんや」

「どうだかな」

極めて冷静な風本とは対照的に、青崎と呼ばれた男は頭ごなしに相手を睨《にら》み付ける。

青崎の身長は190センチを超えており、横幅《はば》もかなり広い。太い骨格の上に筋肉と脂肪がバランス良く上乗せされ、背丈《せたけ》に合わせただけのスーツが今にもはち切れそうだ。そんな男が、肉食獣《じゅう》のような威圧感で場の空気をより一層緊張《きんちょう》させた。

と、そこに別の男の声が割り込んでくる。

「止《や》めろ、青崎」

その男の声に、会議室にいた一同が静まりかえった。

「若頭《専務》」

誰とも無く呟《つぶや》かれた言葉を合図として、全《すべ》ての人間がその男——粟楠会の若頭、粟楠幹彌《みきや》の方に目を向ける。

彼は粟楠会の組長《社長》である粟楠道元《どうげん》の実子《じっし》であり、実質的に組織の跡目《あとめ》を継ぐ第一候補と言われている。

近年、彼らのような組織では実の子に代目《だいめ》を継《つ》がせる事は少なくなったのだが、幹彌本人が父の後を継ぐことを望んでいた為《ため》に、現在は粟楠会の若頭という立場に身をおいていた。

彼は粟楠道元の次男であり、長男は堅気の道を歩んでいるため、その事からも彼自身が望んでこの世界にいるという事が解《わか》る。

組織の中には、彼が七光りだけで組織を継ぐのではないかと疎《うと》ましく思う者もおり、名を響《ひび》かせる程の経歴が無い事から、周囲の組織からも彼が粟楠会の『穴』なのではないかと思われている面もあり、内にも外にも気を許せない状態だ。

果たして彼に、実子で跡目を継いだ他の組織の人々のような器があるのかどうか、それはまだ、粟楠会《あわくす》の多くの人間達が答えを保留している疑問である。

そんな男が、眼《め》を細めながら会議を続けるべき一石を投じる。

「俺《おれ》は、その平和島《へいわじま》って小僧《こぞう》を知らんが……そいつは本当に、素手喧嘩《ステゴロ》でうちの連中を三人も殺《や》れるような奴《やつ》なのか？」

単純な問いかけに、場の空気が一段と冷え込んだ。


今から30分程前——粟楠会の構成員三人の遺体が発見された。

その単純にして明快な事実は、彼らの組織全体を複雑で陰鬱《いんうつ》な状態へと追い込んだ。

事件は5月4日の午前中、世間がゴールデンウィークのクライマックスを迎えようかという時期に起きた。

粟楠会の下部組織であり、幹彌《みきや》が直接指揮を執《と》っている『魔砲島《まほうとう》株式会社』。名に会社とはついているが、無論、本来の姿を隠《かく》す為《ため》の隠れ蓑《みの》である。

表向きは絵画販売の代理店であり、幹部の四木《しき》が代表取締役という形に収まっているが、実際のトップは幹彌であり、稼《かせ》がれた金の一部は粟楠会本部へ、その更《さら》に一部は、上部団体である目出井組《めでいぐみ》へと流れていくシステムだ。

その『魔砲島株式会社』において、池袋《いけぶくろ》内に三ケ箇所存在する事務所の一つ。表沙汰《おもてざた》にはできない類《たぐい》の仕事を回す、隠れ蓑《みの》に包まれた本質の部分。

そこで事件は起こった。

当時事務所に詰めていたのは四人。正確には四人中の三人だ。

四人目である若い組員が、仕事を終えて数時間ぶりに事務所に戻ると——

中にバーテン服を着た男が立っており、その周囲に変わり果てた同僚《どうりよう》の姿があり、武器を持って部屋に戻った時には、既《すで》にその男は消えていた。

それが、その若い男自身が上司《じようし》である四木に語った内容だった。

若い男は「あれは平和島静雄《しずお》だった。間違い無い」と証言しており、現在四木が自分の部下達にその行方《ゆくえ》を追わせている。

テレクラの料金を踏み倒した者から金を取り立てる仕事をしているそうだが、どちらかと言えば堅気《かたぎ》の側にいる人間が、三人もの『その筋の人間』を殺害するなどありえるのか。

そうした疑念を声に含ませ、平和島静雄という男について尋ねる幹彌。

彼の疑問に答えたのは、派手《はで》な柄《がら》の入ったスーツを着こなす一人の男。青崎《あおざき》と同じぐらいの身長だが、こちらは細身の引き締まったタイプだ。見るからに高級品と解《わか》る色眼鏡《めがね》をかけており、足に不自由があるようには見えないのだが、椅子《いす》の傍《かたわ》らには彼のものと思しき西洋風の杖《つえ》が立てかけられている。

「素手喧嘩、ってのは誤解ですよ。奴《やつ》は気分次第で得物《どうぐ》を使う」

同じ粟楠会の人間が殺されたというのに、その男はヘラリとした笑みを顔面に貼《は》り付けている。だが、ブランド物の色眼鏡《めがね》の奥に見える眼光は鋭く、顔についた大きな疵痕《きずあと》や、周囲の人間達の反応からも、その男がここにいる面子《めんつ》の中でもかなりの武闘派だという事を窺《うかが》わせる。

「知ってるのか、赤林《あかばやし》」

赤林と呼ばれた男は、椅子《いす》をギシリと軋《きし》ませながら、幹彌《みきや》に向かって語り始めた。

「まあ、幹彌さんは海外と行き来してて、池袋《いけぶくろ》にいる時間が少ないから解《わか》らないのも無理はありませんが、俺《おれ》は奴《やつ》の喧嘩《けんか》を遠目に見たことはありましてね……。野郎《やろう》は確かに得物《どうぐ》を使うが、普段から持ち歩いちゃいない。奴は、その場にあるものを使う」

「そりゃ普通だろ。看板《かんばん》だの石だのは喧嘩慣れしてる奴なら中坊《ちゅうぼう》でも……」

「いえいえ、そういうんじゃなくて、自動販売機とか、ガードレールですよ」

「？　ますます普通じゃねえか。そういうのに叩《たた》きつけるって事だろ？」

今ひとつ要領を得ない赤林の物言いに、幹彌は眉《まゆ》を顰《ひそ》めるが――

「いえいえ、投げるんですよ」

赤林の返答を聞いて、眉間《みけん》に更《さら》に皺《しわ》を寄せる。

「……あぁ？」

「自販機をぶんなげたり、ガードレールを引っぺがしたりしてね。街灯を引っこ抜いた事もあるらしいですねぇ」

ヘラヘラと笑いながら語る赤林に、『巫山戯《ふざけ》ている場合か』と怒鳴《どな》りつけようとした次の瞬《しゅん》間《かん》、幹彌はある違和感を捉《とら》え、その怒声を喉《のど》の奥に封じ込めた。

部屋の中にいる人間《うち》の半分程《ほど》が、僅《わず》かに視線を動かして黙《だま》りこんだからだ。

赤林の言葉が冗談《じょうだん》だとするならば、風本《かぜもと》あたりが先に窘《たしな》めるのがいつものパターンである。

だが、その風本も無言のまま目を伏せており、青崎《あおざき》もまた、苦虫を噛《か》み潰《つぶ》したような顔のまま無言を貫いている。

そこで幹彌は気が付いた。赤林の色眼鏡の奥にある目は、全く笑っていないという事に。

幹彌もその時点で理解したのだろう。今の赤林の喩《たと》えが、冗談でもなんでもないという事に。

納得したわけではないが、少なくともこの部屋にいる半分程の人間が、その『平和島静雄《へいわじましずお》』という名に気を張り詰めているのは明らかだ。

「……とにかく、今は明日機組《あすきぐみ》との手打ちも近い。余計なトラブルが露見《ろけん》して弱みを見せるのは得策じゃない。あまり派手《はで》な行動は起こさないでもらいたいんだが……」

「この不祥事《トラブル》が外に知れる前に、その平和島って男をなんとしても引きずり出せ」

♂♀

都内某所《ぼうしょ》 ビル 3F

何者かによって襲撃《しゅうげき》された、粟楠会《あわくす》の事務所の一つ。

まだ死体が発見されてから30分と経《た》っていない部屋の中で、そんな事実を感じさせない雰囲《ふんい》気《き》の挨拶《あいさつ》が交わされていた。

「すいませんね、いつも」

「なあに、いつもの事だっちゃら」

「粟楠の大旦那《おおだんな》にゃ、若《わけ》ぇ頃から世話になってらぁで」

「ありがてぇこった」「幹彌《みきや》のぼんずも随分に大きぅなったき」「なぁ」

粟楠会幹部——四木《しき》の挨拶に笑って答えるのは、腰《こし》の曲がりかけた老婆達。

彼女達は一見清掃《せいそう》員のような格好をしているが、些《いささ》か服の目張《めば》りなどが厳重で、専用のヘルメットを被《かぶ》れば細菌等を扱う特殊部隊か、あるいはスズメバチの駆除《くじょ》業者のような格好になるだろう。

そのような年格《とし》好の老女達が数人部屋の中に存在し、挨拶をする最中も手を動かし続け、モップやスプレーなどで清掃作業のような事を続けている。

「……」

四木は沈黙《ちんもく》したまま、部屋の隅《すみ》でその作業を眺《なが》めている。

「ま、血があんまり出てなかったのは幸いやき、るみのーなんとかちゅう検査やられたら、鼻血でも出たいうときぃな。あれは壁紙貼《は》り替えても血が出たいうんはバレるでな」

「そんな言い訳が通じる程、警察は我々を信用していませんよ。そもそも、ここで鑑識が入る事はありません。その為《ため》に処置しているんですからね」

「まあ、そらそうやね」

「はは……」

アッハッハと笑いながら作業を続ける老婆に愛想《あいそ》笑いを返し、四木はすぐ隣《となり》にいる男に尋ねかける。顔面に包帯《ほうたい》を巻いた青年で、一日前、セルティの顔を見て悲鳴をあげて四木に制裁された粟楠会の若衆だ。

「で、平和島《へいわじま》静雄《しずお》の身柄は？」

「それが、まだ……見つけはしたんですが……」

「まあ、あのガキを押さえつけるなんて、そう簡単にできる話じゃねえのは解《わか》ってる。手を出すにしろ、得物《どうぐ》はまだ使うな。……で、こっちは何人やられた？」

「いえ、それが……」

何とも歯切れの悪い部下の言葉に、四木は僅《わず》かに視線を傾け、冷徹な声で尋ね返す。

「どうした？」

「あいつ、ただ逃げるだけで……こっちには一切手を出してこないんです」

♂♀

池袋《いけぶくろ》　豊島《としま》区役所付近

静雄が声を掛けられたのは、池袋の繁華街《はんかがい》から少し外れた通りだった。

「平和島静雄《へいわじましずお》だな」

「……」

バーテンダー服という目立った服装のままの『容疑者』は、自分の名を呼ぶ声に、無言のまま振り向いた。

すると、其処《そこ》には数人の男達の姿があり、歩道を塞《ふさ》ぐような形で歩いてくる。

それぞれ体格も良く、堅気《かたぎ》の人間には見えない空気を纏《まと》っていた。

反対側に振り返ると、やはり同じような雰囲気《ふんいき》の男達が数名、静雄の方を睨《にら》みつけながら立ち塞《ふさ》がっていた。

同時に、黒塗りのワゴン車が車道に止まり静雄の行き場所を完全に塞ぎ込む。

「……なんですか」

溜息《ためいき》混じりに尋ねかける静雄に、男達の一人が重い声を吐《は》き出した。

「とぼけるな。自分がやったこと解《わか》ってんだろうが」

「あれをやったのは俺《おれ》じゃないんですが、そう言っても信じてくれませんよね」

身に覚えがないと言うでもなく、相手の言葉に肯定するわけでもなく、淡々と自分の意見だけを答える静雄。

それに対し、男達は表情を変えぬまま一歩前へと踏み出した。

「信じるか信じないかは俺達が判断する事じゃねえ。いいから乗れ」

「断ります。俺は、俺を嵌《は》めた臨也《いざや》の奴《やつ》をぶん殴《なぐ》りに行く途中《とちゆう》です。邪魔《じやま》をしないで下さい」

静雄の口調は、まだ冷静だった。

寧《むし》ろ年上の人間への敬語も入り交じっている事から、言葉だけを聞けば普段よりも機嫌がいいのではないかと思う程だ。

しかし——実際に相対《あいたい》している男達の考えは違った。

目の前の音は、声だけはこちらに応《こた》えているものの——その目は、既《すで》に自分達を見ていない。

ただ、まだその視界に映らぬ何かへの怒りを瞳《ひとみ》の中に燃やし続けている。

男達は当然ながら粟楠《あわくす》会の構成員であり、中には、静雄と同年代の者もいる。

静雄と同じ時期に池袋の高校に通った者なら、一度は『喧嘩《けんか》人形』の伝説を聞いた事があり、実際にそのすさまじさを目にした者も多い。

人が宙を舞う光景は、想像以上のインパクトを心の中に刻みつける。

粟楠会《あわくす》の若者も、その光景を見た事があるのだろう。

平和島静雄《へいわじましずお》。

その牧歌的な響《ひび》きとは裏腹《うらはら》に、彼を知る者にとっては、その名を聞いただけでも嫌《いや》な汗《あせ》が滲《にじ》み出る。

暴力のプロである男達も、若い何人かは目の前の青年の存在そのものにプレッシャーを感じていた。

そして、男達が平和島静雄の『膂力《りょりょく》』を自らの『暴力』で押さえ込む覚悟《かくご》をした瞬間《しゅんかん》——目の前で、全く予想外の事が起きた。

今にも怒りを爆発させそうだったバーテン服の青年が、あまりにもあっさりと男達に背を向け、誰もいない方角へと逃走を始めたではないか。

歩道の前後でもなければ、車道側でもない。

真横のビルには店舗《てんぽ》やオフィスへの入口などもなく、ただ、壁際に自動販売機が置かれているだけだ。

それでも、静雄は誰もいない方向へと逃走を開始したのだ。

すなわち——上方へと。

自動販売機に静雄が体を向けた瞬間《しゅんかん》、何人かはそれを静雄が持ち上げると確信した。

だが、静雄はそれに手を掛ける事なく、ただ、大地を蹴《け》った。

バイクを簡単に蹴り転がす静雄の脚力。

その力を用いた跳躍《ちようやく》は、軽く静雄自身の体を宙に舞い上げ——その勢いを利用して、彼は自、、、、、、、、、、、、、、、
動販売機を駆け上がり、ビルの二階の窓に手をかける。

呆気《あっけ》にとられる男達の前で、静雄は更《さら》に、腕《うで》の力のみで自分の体を上方に持ち上げ、そのままビルの窓に足をかけた。

窓を割って中に入るのかと思いきや、静雄はその窓枠《まどわく》から更に跳躍。隣《となり》のビルの看板《かんばん》の設置金具に飛び移り、そのまま走っているのとほぼ変わらない速度で上へ、上へと移動し続け——


「に、逃げるなコラぁ！」

と、男達の一人が我に返って叫んだ時には、既《すで》に静雄の姿はビルの屋上へと消えてしまっていた。


『パルクール』と呼ばれる技術体系が存在する。

技術、というのは、それがスポーツであるのか、芸術であるのか、移動手段の一つであるの

か、いまだに明確な区分が成されていないからだ。

街や自然の中を縦横無尽《じゅうおうむじん》に、美しく、一切《いっさい》の無駄《むだ》なく走り抜ける。

言ってしまえばそれだけの事なのだが、ただ単に土やアスファルトの上を走るわけではない。

その技術を習得した者達は、街に散らばるあらゆる障害物《しょうがいぶつ》を走り抜けるべき『コース』として捉《とら》え、ただひたすらに目的地に向かって走り抜けるのだ。

ビルの谷間があればそれを飛び越え、塀《へい》があれば乗り越える。階段の手すりの上を走り、それを足場として更《さら》なる高みへと駆け抜ける。

時にビルの壁を伝い、時にフェンスを軽々と乗り越え、時にビルの間の壁を交互に蹴り上げて遥《はる》かな段差を攻略《こうりゃく》する者達。

まるで現代の忍者《にんじゃ》を思わせる彼らは、『パルクール』という技術体系の中では『トレーサー』と呼ばれていた。その中には本来移動には必要の無いアクロバティックな動きを取り入れ、移動効率を追求したパルクールとは異なり、自由さを旨《むね》とする『フリーランニング』へと変化させていった者《フリーランナー》達もいる。

映画やゲームなどでも近年この技術が採用される事が多くなり、世界中にその知名度が広がりつつあるのが現状だ。

しかし、平和島静雄《へいわじましずお》の脳髄《のうずい》に、そうした情報はまだ届いていない。

それでも、彼は現在——池袋《いけぶくろ》の街を、実に自由に駆け逃げ回っていた。

パルクールやフリーランニングのように、鍛錬《たんれん》を重ねた動きではない。

例えば、高所から飛び降りる動作一つにしても、訓練をした者でなければ足を痛める事は必《ひっ》定《じょう》であり、数メートルの段差から飛び降りればたちまち足の骨を折る事になるだろう。

経験だけならば、ある程度はあった。

静雄《しずお》と少なからず因縁《いんねん》のある青年、折原臨也《おりはらいざや》。

彼は高校時代にこの『パルクール』の技術を多少身につけており、平和島《へいわじま》静雄から逃走する際、その技術を用いて必殺の豪腕《ごうわん》から逃げ延び続けていた。

静雄はそれを追い続ける内に、彼なりの『追走術』を身につけ、徐々《じょじょ》に臨也を殴《なぐ》り倒せるようになっていったのだが——

そんな5年以上前の事を思い出しながら、静雄はその追走術を逃走術と変え、コンクリートジャングルの中を縦横《じゅうおう》無尽《じん》に駆《か》け抜ける。

ビルとビルの間を飛び越え、数メートルの高低差でも躊躇《ちゅうちょ》なく飛び降りる。

跳躍《ちょうやく》なのか落下なのか、既《すで》にその区別はない。

足への衝撃《しょうげき》も、完全には吸収しきれていない。

通常ならば痛みに悶《もだ》え、下手《へた》すれば足が折れる衝撃でも——平和島静雄の体は無理矢理それに耐えてしまう。

駆ける　　飛び越える　　　　　　　　回る
跳《と》ぶ　　踏みきる　　しがみつく　　滑《すべ》り込む
摑《つか》む　　よじ登る　　這《は》い上がる　　転がる

そして、駆ける。駆ける。駆け抜ける。

それらの動きに、本来のパルクールに見られる効率の良さ、フリーランニングに見られる芸術的な体捌《たいさば》きは見られない。静雄は本格的にそうした訓練を受けているわけではないので、それは当然のことだ。しかし、彼は自分の人間離れした膂力《りよりよく》にものを言わせて、無理矢理『駆け抜ける』という結果だけを再現したのだ。

普通の力自慢《じまん》では、裏打ちされた訓練に追いつく事などはできない。平和島静雄にそれができたのは、過去の経験もあるが、普通ではない筋力を持ち合わせていた事が大きいだろう。

そして、その普通ではない筋肉と瞬発力《しゆんぱつりよく》を持ち合わせた『池袋最強』と噂《うわさ》される男は——
粟楠会《あわくす》の面々を迎え撃《う》つのではなく、一切の抵抗をせずに逃げ出す事を選んだ。

♂♀

都内某所《ぼうしょ》　ビル　３Ｆ

平和島静雄《へいわじましずお》が逃亡した。

そう聞かされた四木《しき》は、暫《しば》し無言のまま思案する。

目の前では老婆達による作業がほぼ終了しており、部屋の中には争いの痕跡《こんせき》が完全に消え去っている。まるで、そこで人が三人死んでいた事すら幻《まぼろし》であったかのように。

四木の部下は、沈黙《ちんもく》に耐えかねて四木に尋ねかける。

「しかし、あっさり逃げやがるとは、平和島静雄も大した事ないんすね」

次の瞬間《しゅんかん》、その鼻っ柱に四木の裏拳《うらけん》がめり込んだ。

「グガッ」

「お前は馬鹿か？　腕《うで》だけでビルを駆《か》け上れるって報告を聞いて、どこをどうすれば『大した事がない』と言える？　それが簡単だって言うなら、今からお前をそこの窓からぶら下げて試してみるか？」

「す、すいやせん！　で、でも、そんなに凄《すげ》ぇ奴《やつ》でも逃げ出すって事ですよ。流石《さすが》に俺《おれ》らを敵《てき》に回すようなマネはしないんでしょう」

部下の言葉に、四木は更《さら》に思案し、独り言のように呟《つぶや》いた。

「そう考える奴が、何故《なぜ》俺の会社の奴を殺す？」

「それは……」

言い淀《よど》む部下を無視し、四木は更に独り言を呟いた。

「ナマバコ《金庫》にも手を出された様子はない。奴の腕力《わんりょく》なら、簡単に金庫ぐらいこじ開けるなり持ってくなりできるだろうに」

そして、至極《しごく》単純で、そして最も重要な疑問を口にする。

「……本当に、静雄の奴がやったのか？」

「金髪《きんぱつ》にサングラスのバーテンなんて、見間違えようがないでしょう」

「いや、さっきの報告を聞く限りじゃ、奴がここに居た事は事実だろう。だが……」

四木はそこで言葉を止め、部屋の中を改めて見回した。

――そもそも、本当に殺したのが平和島静雄なら、目撃者の一人を生かしておく理由がない。

――自分の犯行だと知らしめる為《ため》、って事もあるが、そんなマネをする必然がどこにある？

「どのみち、奴の身柄《みがら》はうちで押さえる。赤林《あかばやし》や青崎《あおざき》が出てきたらややこしくなるからな」

と、周囲にいた部下達に対して口にした所で、入口から部下の一人が走り込んできた。

「四木さん、至急お伝えしたい事が」

「何だ？」

「……幹彌《みきや》さんのお嬢《じょう》さんを探してた連中から、今報告があったんですが……昨日《きのう》、60階通りのスカウトが、茜《あかね》のお嬢を見たそうです」

部下が口にしたのは、栗楠幹彌《上司》の娘《むすめ》であり、栗楠道元《社長》の孫《まご》娘でもある少女の名前だ。

家出をしているという事で、組をあげて探しているのだが、現在は更《さら》に重要な事案が発生している最中であり、四木《しき》は少しの間だけ彼女の事を忘れていた事に気が付いた。

「茜のお嬢を探してるのは風本《かざもと》達だろう。なんで俺《おれ》に報告する？」

わざわざ駆《か》け込んできてまで言うという事は、何か今の自分に関係があるという事だろう。

嫌《いや》な予感を覚えつつ、四木は部下に対して詳《くわ》しい説明を求めた。

そして――彼の予感は的中する。

「き、昨日、その……お嬢らしき女の子が……平和《へいわ》島静雄《じましずお》に連れられて、どっかに走って行っちまったって……」

♂♀

都内某所《ぼうしょ》　駅のホーム

ゴールデンウィークの真っ直中である現在、駅のホームは家族連れや私服姿の学生集団、休日返上で働いているサラリーマン達などが往来し、いつも以上に雑多な空気が満ちている。

その人々の動きの中、ホームの片隅《かたすみ》の柱に寄りかかり、電車が来ても動こうとしない青年が一人。


——逃げ回るなんて、君らしくないじゃないか、シズちゃん。

携帯の画面を見ながら、青年——折原臨也《おりはらいざや》が緩《ゆる》やかに笑う。


——少しは冷静になった、って事かい？

殴《なぐ》り返せば本当に言い訳の余地がなくなるからねえ。

——実際、今頃……粟楠《あわくす》会の勘《かん》のいい人なら、シズちゃんが犯人ではないかもしれないという疑念を持っている頃か。

——少しは人間的に成長したって事かな。

——でもそれは、君の場合に限っては成長じゃなく退化だよ。

携帯電話のボタンを押しながら、仇敵《きゅうてき》の逃げ惑《まど》う姿を思い浮かべ、再び笑う。

嬉《うれ》しそうに、楽しそうに、心の底から嘲《あざけ》るように。

——人間離れした君が、人間的に成長しても意味ないだろ？

——君には、自分の力を振り回す以外の道なんて無いんだから。

——目撃者を殴《なぐ》り殺しておけば、疑われずに済んだかもしれないのにね。

矛盾《むじゅん》した事を心中《しんちゅう》で呟《つぶや》きながら、携帯電話で何らかの情報のやり取りを行う情報屋。

彼はそこで得た情報の一つに目を向け、先刻よりは嘲りの色を抑えた調子でニヤリと笑う。

——さて、始めようか。

彼は、つい30分程前まで、駅前にある隠《かく》れ家《が》の一つに身を寄せていた。

だが、『ダラーズが襲撃《しゅうげき》されている』というメールを受け取ると同時に、彼は暗闇《くらやみ》から抜け出し、日の光の元に這《は》いだした。

だが、それは決して、渦中《かちゅう》に身を投じる為《ため》ではない。

彼の立つホームは、池袋《いけぶくろ》から遠ざかる方面に向かう列車だ。

——ああ、僕は蚊帳《かや》の外でいい。

臨也《いざや》は口元を歪《いびつ》に歪《ゆが》めながら、何かの情報を携帯電話から送信する。

同時に、次の列車がホームに入り込んできた。

青年は携帯端末《たんまつ》をポケットの中にしまい込むと、軽やかな足つきで列車の中に己の身を滑《すべ》らせた。

――そろそろ、蚊帳の外から五月蝿《うるさ》い羽音を聞かせてあげよう。

♂♀

都内某所《ぼうしょ》　廃工場近辺のビル　屋上

「なあ、ヴァローナ。獲物が動くのをひたすらに待つ狩人《かりうど》ってのは、こんな気分なのかな」

大柄《おおがら》の男の問いに、ヴァローナは頷《うなず》きもせず、ただ言葉だけを吐《は》き出した。

「肯定、否定、決断できません。私は、動物の狩猟《しゅりょう》経験は皆無です。人間相手の狩猟なら、現状がまさにその現象。比較のしようがありません」

「なるほど。よくわからないがわかった」

頷きながら、大男――スローンは手にした双眼鏡《そうがんきょう》を覗《のぞ》き込んだ。

レンズの先に映るのは、廃工場の裏側。

そこでは、漆黒《しっこく》のライダースーツにフルフェイスのヘルメットという『存在』がおり、何やら工場の中をこそこそと覗《のぞ》いているように見受けられる。

どうやら工場の中に溜《た》まっている不良少年達の様子を窺《うかが》っているようだが、ヴァローナ達からすれば、黒ライダーが動かない限りは動きようがない。

実際、不良少年達が工場に入ってから、既《すで》に一時間近くが経過している。

相手が動きを見せるのを待つ最中、スローンがまたも現状では意味がない疑問を口にした。

「狩りと言えば、気になる事が一つあるんだ……」

実に真剣な口調で問いかけるスローンに対して、ヴァローナは視線すら動かさない。

「昔から、狩りには毒矢とか使うだろ？　吹き矢でも弓でも、先に毒なんか塗ったりしてな。あれってどうなんだ？　毒が全身に回ってる獲物を喰ったりしたら、狩人《かりうど》もその毒にやられちまうんじゃないのか？　気になって仕方がない。この疑問はそれこそ毒のように俺《おれ》の頭を侵食していて、多分俺はもうすぐ悩み死ぬ」

真面目《まじめ》な顔でそんな疑問を投げかけてきた相棒《あいぼう》に、女は体も感情も動かさぬまま、電子辞書のように淡々と疑問への答えを吐《は》き出した。

もっとも、辞書にしては、些《いささ》か奇妙《きみよう》な言葉による回答だったが。

「狩りに使われる毒、その多くは血管から神経、脳に作用。動物すなわち死、または再起不能。残念無念。人間、それを口から摂取《せっしゅ》。唾液《だえき》、胃《い》、十二指腸を通る、毒分解。無害化。めでたしめでたし。経験が生んだ知恵。祖母の知識袋です」

「なるほど！　やはり人間の胃袋というのは偉大だな。そりゃそうだ、狩りで使った毒で自分が死んでたら世話無いよな。……そういえば、毒蛇《どくへび》って自分で自分の尻尾《しっぽ》を噛《か》んだりしたらどうなるんだ？」

「自己の毒の免疫《めんえき》、存在。多くの毒蛇は問題ありません。ただし、全《すべ》て肯定違います。毒の強い蛇、免疫に毒素が勝利。死あるのみです。残念無念」

「なるほど！」

そんなやり取りが何分か続くが、ヴァローナは微動だにせぬまま黒ライダーの監視を続け、スローンも馬鹿な事を尋ね続けながらも、その視線は常に周囲を警戒《けいかい》している。

もしや、工場内にいる不良達が全員いなくなるまであしているつもりなのだろうか？

ヴァローナがそう考えた時——黒ライダーがにわかに動き出した。

「？」

何事かと思って見ていたのだが——どうやら、黒ライダーの携帯電話に着信があったようだ。更《さら》に、それをきっかけとして中にいる人間達に気付かれたようで、あからさまに狼狽《ろうばい》している様子が見て取れた。

「……化け物なのに、人間を思わせる行動です。理解不可解です」

「理解不能、な。それより、なにかおかしいぞ。入口の方を見てみろ」

スローンに言われて視線を動かすと、廃工場の入口に、新たに十数名の男達が集まっているのが見えた。やはり不良少年の類《たぐい》だろうが、どうにも様子がおかしい。

手に手に鉄パイプや木刀《ぼくとう》などを持っており、それまで中に入っていた少年達とは異なり、揃《そろ》いの作業着のような服を身に纏《まと》っている。

——あれが日本の特殊な不良少年集団が着るという特攻服《とっこうふく》か。

ヴァローナがそう判断した時には、既《すで》に少年達は工場の中に入り込んで行っていた。

何人かは裏口の方にも歩を進めており、どうやら中にいる者達を逃《の》がさないようにするつもりらしい。


「どうする？」

「要観察です。どのみち、黒ライダー、何か行動する筈《はず》です。我々はその際に視線を乖離《かいり》させない。それが重要です」


彼らは自分達の姿勢を崩《くず》さない。

不良少年達の混乱など、明らかに彼らの想定外の事態の筈なのだが——それでも、微塵《みじん》も焦《あせ》った様子はない。

日本という国の少年同士の喧嘩《けんか》など、彼らの世界には関係がない。

そう主張するかのように、彼らは常に冷静だった。


少なくとも、この時点では。

♂♀

数分前　川越《かわごえ》街道沿い　高級マンション

「なんか、急にガランとしちゃったなあ」

朝までは、実に賑《にぎ》やかな雰囲気《ふんいき》だった岸谷新羅《きしたにしんら》のマンション。

病人も順調に回復し、急な来客なども含めて実に騒々《そうぞう》しい一晩だった。

しかし、現在部屋の中にいるのは新羅一人。

セルティも仕事に出たまま帰っておらず、トムは仕事へ、静雄《しずお》は臨也《いざや》を吹き飛ばしに、そして杏里《あんり》と少女は池袋《いけぶくろ》の街へと繰り出している最中だ。

「みんな元気だなあ。昼前から外に出るなんて、紫外線に負けない現代っ子達め」

通常の生活空間でも白衣という、これでもかと言うほどにインドア派な格好をした青年。彼は同居人であるセルティの帰りを待つ間、病人の寝ていた布団などを干したり、生活感溢《あふ》れる行動に勤《いそ》しんでいた。

と、その時、部屋のチャイムが鳴り響《ひび》く。

「おや、静雄《しずお》かい？　それとも全身の骨を折った臨也《いざや》かな？」

鼻唄混じりの独り言を呟《つぶや》きながら、部屋のドアを開くと——

そこには、威圧感のある男達が数名立っていた。

新羅《しんら》はさして焦《あせ》った様子も見せず、その男達の中心にいた人物に声をかける。

「四木《しき》さん、どうしたんですか？」

「少し、聞きたい事がありましてね」

言うが早いか、四木は部屋の中に上がり込み、無言のまま部屋の奥へと入り込む。

「ちょっとちょっと、四木さん？」

新羅が止めるのも聞かず、四木はリビングの中央から周囲を見渡し、次いで、キッチンの方へと足を運ぶ。

「誰か、客が来ていたようですね」

流し台の上にある多すぎるコップを見て、四木はそう判断する。

更《さら》に、それらのコップの横にあった——小さく丸められたスチール製のコップという、通常ではあり得ないものを手に取った。

新羅は四木の行動に疑問を覚えつつも、苦笑しながらそのコップについて口にした。

「ああ、それを見れば解《わか》るでしょう。静雄の奴《やつ》が来てたんですよ。ちょっと冗《じょう》談《だん》を言っただけなのに、あいつ片手でキュキャとかコップを握《にぎ》り丸めて……本当に、生きた心地がしませんでしたよ」

「……」

新羅の物言いに、四木は数秒考える。

平和島《へいわじま》静雄が立ち寄りそうな場所は、彼を畏《おそ》れる者が多いという性質上、自然と限られたものとなる。当然静雄の住むアパートにも人を回しているが、四木自身は『平和島静雄の情報を得る』という行動を兼ねて、静雄と交流のある新羅のマンションへの捜索《そうさく》に同行したのだ。

どうせ奴《やつ》の姿はないだろうという思いで訪れた彼が、挨拶《あいさつ》もそこそこに部屋の中へと押し入ったのは――マンションの階段の鉄の手すりの一部が、怪物にでも齧《かじ》られたのかとばかりにひしゃげていたからだ。

それは、折原《おりはら》臨也を殴《なぐ》り殺すべく部屋を出た静雄の怒りによるものではあるのだが――そんな事情を知らずとも、現在の状況から平和島静雄を連想することは容易である。

もしや、粟楠茜《あわくすあかね》もこのマンションにいるのではないか？

そんな疑念と希望を持って踏み込んだのだが、室内には自分達と新羅以外の気配は感じられない。

「？　どうしたんですか、四木さん。また急患《きゅうかん》ですか？　こっちは一晩静雄や病人の相手をしていてへとへとなんで、手術関連ならもっと腕《うで》のいい人を頼んだ方がいいですよ？」

新羅《しんら》の口ぶりからしても、静雄《しずお》が追われている事などは知らないようだ。

だが、あえて四木《しき》は口を開き、静かに、それでいて重い調子で問いかける。

「……静雄が、この部屋にいたんですね？」

「？ ええ。どうしたんですか？ もしかしてあいつ、四木さんの縄張《なわば》りの店で大暴れとかしちゃいました？」

「まあ、似たようなものです。ちょっとそれで、被害者は何もしていないのにやられたなんて言うものですから、本当に彼に非があるのか確かめたくて、少し話を聞きたいんですよ。それで、彼の居場所を探してましてね」

「ああ、なんだ。それなら、電話してくれれば良かったのに」

事実を半分伏せる四木の言葉に新羅は白衣のポケットから携帯電話を取り出した。

「あれ、ダラーズのメールがなんかたくさん来てる。……まあいいや」

新羅は受信ボックスを一旦《いったん》閉じると、アドレス帳を開きながら四木に笑いかける。

「じゃあ、静雄に電話して、今どこにいるか聞いてみますよ。あいつは確かにキレやすいですけど、理由なく怒る奴《やつ》じゃないから、大目に見てやって下さい。あ、それって今日の事ですか？」

「ええ、今日ですね」

四木の言葉に、ああ、と溜息《ためいき》をつき、静雄の携帯への短縮番号を押す新羅。

彼は携帯を耳にあてながら、四木に雑談を始める。

「あいつ、今日は今までで最高に苛立《いらだ》ってるから仕方ないですよ」

「……ほう？」

興味深い話だが、四木はあえて感情に出さず、新羅の言葉の続きを待った。

「どこから話したらいいですかね。あいつ、昨日《きのう》突然このマンションに来たと思ったら……誰を連れてきたと思います？」

「さあ、芸能人だとかいう弟ですか？」

一つの、予感があった。

だが、あえてその予感とは違う推測を口にし、新羅の顔色を窺《うかが》う四木。

しかし新羅は笑顔を崩《くず》さず、本当に雑談といった調子の声を吐《は》き出した。

「いえいえ、それがねえ、10歳《さい》ぐらいの女の子を連れてきたんですよ、あいつ！」

「……ッ！」

「あれ？　静雄の奴《やつ》、出ませんね。……えーと、それで、静雄の奴……」

続きを言う事はできなかった。

携帯の画面から四木の方に視線を戻すと、そこにはいつも以上に厳しい顔をした四木がおり――その周りにいる部下の男達も、ただならぬ様子で新羅を取り囲んでいたからだ。

「あ、あれ？　私、何かまずい事、言いました？」

新羅《しんら》は、そこで初めて——事態がただ事ではないという事に気付く。

四木《しき》は、そんな新羅の精神状態を更《さら》に圧迫すべく、重く鋭い声を新羅の鼓膜《こまく》に突き刺《さ》した。


「その女の子は、今……どちらに？」

♂♀

竜ヶ峰帝人《りゅうがみねみかど》は知っていた。

自分が何を作り上げたのかという事を。


『ダラーズ』の話は、最初はネタに過ぎなかった。

「架空《かくう》の組織を作ろう」という帝人の発案に対して、ネット上で知り合った何人かが面白がって協力した事によって生まれた、空想上のチーム。

『チームに入る条件も、チーム内のルールもない』

そんな奇妙《きみょう》な組織は、いつしか実態を池袋《いけぶくろ》という町の中に作り出した。

池袋。

帝人にとっては、実際に行ったことすら無かった街。

雑誌や新聞、ドラマの中でしか見た事のない、理念の壁を一つ隔《へだ》てた先にある存在だ。

創設者である仲間達は、もう帝人《みかど》の周りには誰もいない。

竜ヶ峰《りゅうがみね》帝人という本名すら彼らは知らないし、帝人もまた、ネットの向こうの人間達の年格好も知らない。ネットをやらない人間からすればその程度の関係かと笑うかもしれないが、同じ『ダラーズ』という何かを作り上げた仲間達でもある。

そんな彼らは、ネットの中で帝人との関係を断ち切っていった。

実際に現実に生み出されてしまった不気味《ぶきみ》な存在。

自分達が冗談《じょうだん》半分で生み出したチームが、その名前で活動を行い、時には非合法な事もやってのけ——実際にカラーギャングの一つとして社会に認識されつつある。

創設者達はこぞって逃げ出した。

ハンドルネームを変えて、以後は二度とダラーズの名前を口にしない。

それだけで良い。

ただそれだけの事で、責任から逃れられるのだ。

もともと遊びのつもりで始めた事であり、現実にはなり得ない事の筈《はず》だった。

空想に描いた怪人が人を襲《おそ》い始めたとして、それは果たして空想した者の責任なのか？

答えは簡単には出ない話だが、少しでも可能性があるならば、多くの者達はその責任を回避《かいひ》しようとするだろう。

顔の見えぬ帝人の仲間達は、揃《そろ》ってそう考えたのか、次々と『ダラーズ』の前から姿を消していった。

だが、帝人は違った。

彼は、現実の存在となった『ダラーズ』を受け入れたのだ。

それこそが、自分の求めていたものだとばかりに。

――誰かが管理しないといけない。

――それは、作ってしまった者の義務だ。

心中《しんちゅう》の高揚《こうよう》を隠《かく》しながら、少年は自分にそう言い聞かせた。

果たして竜ヶ峰帝人は、その時点でどこまで理解していたのだろうか。

自分が何を生み出してしまったのかという事を。

ダラーズというチームに与《くみ》した人間達の創始者として存在し続ける事が、一体何を意味するのかという事を。

彼がそれを完全に理解していたにせよ、全く理解していなかったにせよ――

ダラーズに関わった全《すべ》ての存在が、容赦《ようしゃ》なく少年に現実を突きつける。

竜ケ峰《りゅうがみね》帝人《みかど》は知っていた。

自分が何を作り上げたのかという事を。

だが、少年はまだ知らない。

自分自身は、一体何者であるのかという事を。

竜ケ峰帝人は――まだその答えを得る事ができずにいた。

♂♀

都内某所《ぼうしょ》　廃工場

時は、四木《しき》が新羅《しんら》のマンションに着いた時から一時間近く遡《さかのぼ》る。


「さて、腹は決まりましたか？　帝人先輩《せんぱい》」

幼さの残る顔に爽《さわ》やかな笑顔を浮かべ、黒沼青葉《くろぬまあおば》はその顔に似合わぬ言葉を紡《つむ》ぎ出す。

彼の眼前にいるのは、一つ上にも関わらず、青葉に負けじと幼い顔つきをした少年――竜ケ峰帝人。

同じ来良《らいら》学園に通う、先輩と後輩《こうはい》。

あるいは、ダラーズという大きな括《くく》りの中にいる仲間同士。

出会った時は、ただそれだけの間柄に過ぎなかった。

だが、それは帝人から見た視点に過ぎない。

青葉にとっては、最初から全《すべ》て解《わか》っていた。

帝人がダラーズの創始者であることも、
黄巾賊《こうきんぞく》との争いや、紀田正臣《きだまさおみ》との関係の事も、
あるいは、本人すら気付いていない、竜ヶ峰帝人の本性の一部まで。

一方で、帝人は青葉の事を何も知らない。

ダラーズに憧《あこが》れる、ただの後輩。

だが、『ただの』という情報にはなんの根拠《こんきょ》もなかった。

何をもって人間に『ただの』という形容詞を付けられるのかも割り切っていない帝人からすれば、要するに『よく知らない相手』と言っているのも同然だ。

その『よく知らない後輩』が、自分にどうしようもないプレッシャーを与えている。

彼が『ブルースクウェア』の創始者であるという突然の告白。

更《さら》に、埼玉《さいたま》で『Ｔｏ羅丸《とらまる》』を襲撃《しゅうげき》したのが自分達であるという事。

立て続けに突きつけられた事実だけでも、帝人が混乱するには充分だったのだが——

止《とど》めとばかりに、一つの『願い』が突きつけられた。

「ブルースクウエアの、リーダーになれ」

という、突拍子《とっぴょうし》も現実感もない願いを。


何もかも否定したかった。

きっと夢を見ているんだと考えた。

——園原《そのはら》さんと仲良くしてる青葉《あおば》君が妬《ねた》ましかったから、彼を貶《おとし》めようとして僕はこんな夢を見てるんだ。

——僕はなんて卑《いや》しい奴《やつ》なんだ。

そう思い込んで、夢から覚めようとした。

現実から逃げようとした。

しかし、青葉の一言が、帝人《みかど》を糸に絡《から》め取る。


「帝人先輩《せんぱい》、今……

——————————笑ってる、じゃ、な、い、で、す、か」

――嘘《うそ》だ！

――そんなわけあるか！

叫びだしたかった。

本気で腹の底からの叫び声を出したかった。

だが、実際にその声を吐《は》き出す直前、帝人はかろうじて気が付いた。

それを言われた瞬間《しゅんかん》、何故《なぜ》、自分はこうも激昂《げっこう》しているのかという事に。

普通の人間なら、そんな事を考える暇《ひま》もなく怒鳴《どな》っていたかもしれない。

だが、帝人にとっては、自分の衝動《しょうどう》はあまりにも衝撃《しょうげき》的だったのだ。

その衝動すらも止まってしまう程に、それは彼にとって恐ろしい異常だったのだ。

何しろ彼は、生まれてこのかた、激昂した事など殆《ほとん》どないのだから。

ダラーズが初めて集会を行った時、矢霧誠二《やぎりせいじ》の姉と言い合った時も。

切り裂き魔《ま》にダラーズが襲《おそ》われたと知った時も。

正臣《まさおみ》が酷《ひど》い怪我《けが》をしている瞬間に出くわした瞬間さえ――

彼は、怒りを抱《いだ》く事すらあれ、激昂して叫ぼうとすることはなかった。

――僕は……なんで？

――なんで、こんなに、お腹の底が熱いんだろう。

結局、彼の喉《のど》からこみ上げてきたものは、否定の叫びではなく、猛烈《もうれつ》な吐《は》き気だった。
少年は、気付いてしまったのだ。
自分が今、激昂《げっこう》して叫ぼうとしたのは――
少なからず、事実を指摘されていたからではないか？

――え……あれ……。
帝人《みかど》は、思わず自分の顔を触《さわ》る。
自分の表情を確認しようとしたのだ。
だが、意識してからの自分の表情は、間違い無く笑ってなどいない。
しかし、先刻は――青葉《あおば》に指摘《してき》された瞬間《しゅんかん》はどうだったのだろうか？
――僕は……さっき……。
自分はさっき、何を考えていたというのだろうか？
つい数秒前の感情すらも思い出せず。ただ冷や汗《あせ》を掻《か》き続ける。

「先輩《せんぱい》、大丈夫《だいじょうぶ》ですか？」
気付けば、眼の前に青葉の顔があった。

「う、うわッ!?」

途端《とたん》に『得体の知れないもの』となった後輩《こうはい》の姿。彼の顔は先刻と変わらない無邪気《むじゃき》な笑顔のままだが、もう帝人にはその微笑《ほほえ》みを信じる事などできはしない。

「酷《ひど》いなあ、可愛《かわい》い後輩の顔を見て悲鳴を上げるなんて。……もう10分ぐらい経《た》ちましたけど、そろそろ結果でました?」

「じゅ……10分……?」

自分の気付かぬまにそんなにも時間が過ぎ去っていたのかと、帝人は自分の携帯電話を手にとった。

その画面を見ると、待ち受け画面の上に『メール着信　二十三件』という項目がある。恐らくはダラーズが襲撃《しゅうげき》されている事に関するものだろう。

「こんなに……」

帝人は、自分の鼓動《こどう》が急激に速くなっていくのを感じていた。

耳の奥に、ザア、という異音が響《ひび》いているような気がする。

混乱。

自分は今、確実に混乱している。

理解できるのはそれだけだ。

一体何から考えなければならないのか、それすらも解《わか》らない。

ダラーズが襲撃《しゅうげき》されている件について？

青葉《あおば》がブルースクウェアの創始者だったという告白について？

彼らが埼玉《さいたま》の暴走族を襲撃していた件について？

自分がダラーズの創始者だと知られていた件について？

ブルースクウェアのリーダーになれと言われた件について？

そして何より——自分はその混乱の中で、本当に笑っていたのだろうか？

別々の事項だが、全《すべ》ては繋《つな》がっているのも確かだ。

だが、今の帝人《みかど》には、どの件から解《と》きほぐせば良いのか、それすらも解《わか》らない状態だ。

「待って、ちょっと待って」

何も考えずに口から出たのは、そんな何の解決にもならない言葉だけだった。

そんな帝人に対し、青葉は無邪気《むじゃき》な微笑《ほほえ》みを浮かべながら残酷《ざんこく》に言い放つ。

「さっきから待ってますよ？　みんなで」

「……」

廃工場内には、青葉《あおば》と帝人の二人きりというわけではない。

青葉の言う『ブルースクウェア』のメンバーらしき少年達が、各々の態度を取りながら工場の中に散在している。ある者は今の帝人と同じように携帯を弄《いじく》っており、ある者は欠伸《あくび》をしながら工場内のドラム缶《かん》に腰《こし》をかけたり、その行動に統一性は見られない。

また、工場内の人間は知らない事だが——窓の外から、ずっとセルティが様子を窺《うかが》っている
という状況でもある。
「まあ、そんなに急がなくてもいいですよ。携帯電話のメール、溜《た》まってるでしょう？　確認
しておいた方がいいんじゃないですか？」
青葉はそう呟《つぶや》きつつ、自らも携帯電話の画面に眼《め》を向けた。
「まあ、まだ襲《おそ》われたって話が出始めてるぐらいで、そんなに大事にはなってないみたいです
ね。パトカーが走り回ってる音も聞こえませんし、この工場はそもそも黄巾賊《こうきんぞく》のたまり場だっ
たわけですから、ダラーズを探してる連中が踏み込んでくる事はないですよ」
泰然自若《たいぜんじじゃく》とした後輩の言葉を聞き、帝人の背筋《せすじ》に震《ふる》えが走る。
つまり青葉は、落ちついて対処してみせろ、と言っているのだ。
「一旦《いったん》、帰ってから考えてもいいかな？」
「流石《さすが》にそこまでは待てないかな」
青葉が首を振ったのと同時に、大柄《おおがら》な不良少年達が二名、入口の方に移動し——廃工場の扉《とびら》
を閉める。
ガラガラと響《ひび》く音が、絶望の歌となって帝人を凍《こお》りつかせた。
「で、でも、ほら、もうすぐ園原《そのはら》さんとの待ち合わせだし……」
「この状況でもそっちを気に掛けるなんて、帝人先輩《せんぱい》、どんだけ杏里《あんり》先輩が好きなんですか」

苦笑しながらからかいの言葉を口にする後輩《こうはい》。

普段ならば「そ、そんなんじゃないよ！」と顔を赤くしながら反論するシーンだが、今の帝《み》人の顔色《かど》には血の気の浮かびようもない。

そして、追い打ちをかける形で、青葉《あおば》は帝人の顔を更《さら》に青ざめさせる言葉を吐《は》いた。

「どの道、今日は杏里先輩《あんりせんぱい》には会わない方がいいんじゃないですか？」

「え……」

「巻き込みますよ、確実に」

「……ッ！」

杏里は自分達とは何の関係もない人間だ。

彼女に『何か』秘密がある、というのは帝人もうすうす感づいてはいる。

黄巾賊《こうきんぞく》に囲まれた正臣《まさおみ》を助けに行ったときに、彼女が日本刀を持っていた事。そして、セルティと知り合いであるという事などから、なんとなく彼女には彼女の秘密があるのだろうと。

だが、そんな秘密があろうとなかろうと、杏里は大事な友達であり、同時に想い人でもある。

そんな彼女を、自分達の関わる喧噪《けんそう》に巻き込む事だけはできない。帝人はそう決意していた。

そして、少年は思い出す。

臨也《いざや》との電話で、彼が『巻き込まれたくなければ、ダラーズと名乗らなければいい』と話していた事を。

さらにその直前——正臣から、チャットで似たような警告を受けていた事も。

今日は、ダラーズとして行動してはいけないのだと。

思えば、正臣はこうなる事を知っていたのかもしれない。

帝人は混乱の中で、確信に近い勢いでそう推測した。

正臣は自分とは別の情報網を持っている。もしかしたら、青葉達の情報を摑《つか》んでいたのかもしれない。

だとすれば、自分がここで『ダラーズとして』答えを出す事は、彼の気遣《づか》いを無駄《むだ》にする事となるのではないか？

しかし、それは同時に、この混乱から逃げる為《ため》に友人を言い訳に使うという事ではないか？

帝人は葛藤《かっとう》しつつも、とりあえず目の前の少年に先刻の答えを返す事にした。ただし、半分ほど『自分はダラーズとして行動しない』という事を含ませて。

「そんなの、僕がダラーズだって言わなければ……巻き込まれる事はない。簡単な事だよね？」

こんな平和ボケした答え、青葉は失望するかもしれない。

帝人はそう考えたが、それでも構わなかった。

この状況から抜け出せるぐらいなら、ここにいる不良少年達に殴《なぐ》られて重傷を負った方がマシだと考えたのだ。

つまり、それ程までに、今の帝人の精神は追い込まれていたのである。

だが、無邪気《むじゃき》な笑顔の少年は、敬愛する先輩《せんぱい》に対して逃避《とうひ》すらも許さない。

「できないでしょ？　それ」

「……え？」

「帝人《みかど》先輩に、今、襲われてるダラーズを放っておいて、ただの一般人として過ごすなんて、とてもじゃないけどできないでしょう？」

「……ッ！」

どこまでも純真な、悪魔《あくま》の囁《ささや》き。

「解決するのは簡単ですよ。僕達をＴｏ羅丸《とらまる》の奴《やつ》らに生贄《いけにえ》として差し出すなり、あいつらを潰《つぶ》せって命令してくれればいい。帝人先輩が傷つく心配もない」

それは、安堵《あんど》させるというよりも、寧《むし》ろ挑発《ちょうはつ》するような言葉だった。

普段の帝人だったら、『そんな事はできない！』と奮起《ふんき》し、ダラーズの一員として、誰も傷つかぬような指示をメールで回し始めていた事だろう。

だが、今の帝人は、その思考に至る直前にブレーキがかかる。

信頼する臨也《いざや》からの忠告があった、という事もある。

更《さら》に、彼との電話の中で言われた、『君が恐れているのは、君自身がダラーズに置いて行かれる事だろう？』という推測。

もしも、ここでダラーズの一員として、情報を回すなり対策を立てるなりしてしまっては、彼の言葉を裏付ける事になるのではないかという疑念。

また、ここでダラーズとして行動してしまっては、せっかく警告してくれた正臣《まさおみ》の心を裏切る事になるのではないかという不安。

そして何より、ここで自分が完全にダラーズの中の一部であると認めた上で、この抗争に関わってしまっては、それこそ杏里《あんり》や正臣を巻き込んで、黄巾賊《こうきんぞく》の時のような事態になってしまうのではないかという恐怖があった。

かといって、目の前の青葉《あおば》達が恐いから、という理由で無理矢理何かをさせられるぐらいなら、まだ自分の手で選んだ方がマシだろう。

竜ケ峰《りゅうがみね》帝人は、周囲に流されやすい人間だ。

だが、自分の作り上げたダラーズに関しては、自分でも理解のできない思考をしてしまう事も確かだった。

現に、こうしている今も、帝人の腹の奥に何かの感情が渦巻《うずま》いていた。

矢霧《やぎり》製薬と揉《も》めた時と同じ感覚が、帝人の奥底から湧《わ》き上がってくる。

しかし、彼自身にもその感情の正体が分からない。

だからこそ、彼の混乱は止《とど》まる事無く、ますます深い泥《どろ》の中へと嵌《はま》りゆく。

「それでも……僕は……」

――妙《みよう》だな。なんだかいつもの帝人先輩《みかどせんぱい》とちょっと違うぞ。

少年の異変に気付いたのは、彼に混乱をもたらした張本人、青葉《あおば》だった。

自分の知る帝人なら、今の挑発《ちようはつ》で、青葉達を全否定するなり、なんらかの『決断』は下すものと思っていた。

だが、帝人の中には奇妙《きみよう》な迷いがあるようで、それが足枷《あしかせ》となって如何《いか》なる決断をも下せなくなってしまっているようだ。

――……誰かに、何か入れ知恵されたかな？

彼は知らない。

帝人が事前に『ダラーズとして過ごさない方がいい』という警告を、彼の最も信頼する友人、紀田正臣《きだまさおみ》から受けているという事を。

そして、それが実は正臣ではなく――全く別の人物が、彼のハンドルネームを騙《かた》って帝人に吹き込んだのだという事を。

――……。

だが、青葉は気付く。

――折原臨也《おりはらいざや》か……？

帝人の心に小さな鍵を掛けた男の存在に。

何か情報を摑《つか》んでいたわけではない。

竜ヶ峰《りゅうがみね》帝人の反応が微妙《びみょう》におかしい。もちろん、人間の行動など完全に予測できるわけもない。だが、『帝人らしくない』というよりも、『ダラーズの創設者らしくない』という観点で青葉は僅《わず》かな違和感を感じていた。

そして、帝人の『ダラーズとの関わり』に関してなんらかの影響を与える人物がいるとすれば、数は限られてくるだろう。

——確信はできないけど……。

——本当に何か吹き込んだんだとしたら、こっちへの嫌《いや》がらせ、って所か？

——あるいは、折原臨也も帝人先輩を何かに利用しよう、って腹か。

青葉は、目の敵《かたき》にしている折原臨也を疎《うと》ましく思いながら、表情には出さずに淡々とした笑顔を帝人に向け、語りかける。

「いいんですよ。ゆっくり考えて下さい。そうですね、杏里《あんり》先輩との集合時間を一つの目処《めど》にしましょうか」

「え……」

「その時間になったら、僕から杏里先輩に電話しますよ。帝人先輩は急用が入ったみたいだから、今日は来れないそうです。僕はあと10分ぐらいで着きますってね」

「ちょ、ちょっと待ってよ」

帝人が急用で行けなくなるという内容よりも、後半の方が気になった。

「遅れていくって……」

「ああ、僕は行きますよ。当然じゃないですか。二人揃《そろ》って行かなかったら、流石《さすが》に杏里先輩《あんりせんぱい》を不安にさせちゃうでしょう?」

そして、入口を塞《ふさ》ぐ形で立っている仲間達にチラリと視線を向けてから、眼《め》を細めて一言。

「帝人《みかど》先輩は、ここで待機《たいき》ですけどね」

♂♀

その様子を廃工場の外から見守っていた『影』が一つ。

中にいる少年達に見つからないように警戒《けいかい》しながら、セルティ・ストゥルルソンは思案を続けていた。

——うーんと。

——どうしよう。

彼女の目的は、当然ながら不良少年達のいざこざを覗《のぞ》き見する事ではない。

粟楠《あわくす》会からの依頼である『粟楠茜《あかね》』の捜索《そうさく》と警護。

その依頼を受けた直後に自分や杏里を襲撃《しゅうげき》してきた謎《なぞ》のライダーを追うべく、相手が乗っていたバイクにつけた『影の糸』を辿《たど》ってここに辿り着いたのだが、思わぬ先客達に、完全に中に入るタイミングを失ってしまっている状態だ。

——奴《やつ》らのバイク、多分この中なんだけどな。

——この子達が粟楠会の組長の孫《まご》を狙《ねら》う組織……には見えないし。

セルティが様子を窺《うかが》うと、帝人はメールの画面を見ながら顔を真《ま》っ青《さお》にしており、その前では帝人の後輩《こうはい》らしき少年が不敵《ふてき》な笑みを浮かべている。

——とりあえず、帝人君をすぐに殴《なぐ》ろうだのなんだのしてるわけじゃなさそうだけど……。

——結構長くかかりそうだ。

——メール音、切っておいて正解だったね。

セルティは、最初はメールにも着信音をつけていたのだが、ダラーズ関係のメールが多いので、普段は通知音をOFFにしている。

バイブ音はするものの、工場内の少年達にも同時にメールが回っている為《ため》、多少前後して響《ひび》き渡る着信音に紛《まぎ》れてセルティの音はうまく隠《かく》れていた。

途中《とちゅう》から振動も消せる事を思い出し、軽く作業して音は完全に消してある。

一旦《いったん》この場を離れる事も考えたが、それにしては帝人が心配だ。

彼とは知らない仲ではないし、寧《むし》ろセルティの正体を知っている上で気兼ねなく接してくれる、数少ない友人の一人と言える。

すぐに助けに入る事も考えたが、それは帝人《みかど》にとって逆に迷惑《めいわく》となるかもしれないし、彼が自分で判断して答えを出さねばならない問題のようにも思える。そもそも、ここで下手《へた》に騒《さわ》ぎを起こせば、バイクの持ち主である『敵《てき》』に感づかれ、帝人を含めた工場内の少年達を巻き込んでしまう可能性もあった。

既《すで》に自分が監視《かんし》されているという事にも気付かず、セルティは静かに状況を見守り続ける。

——それにしても、本当に帝人君は大変な事に巻き込まれてるみたいだね。

——あの青葉《あおば》君て子も、不良みたいには見えないけど、凄《すご》い腹黒そう。

——……ああ、でも、新羅《しんら》が初めてうちに臨也《いざや》を連れてきた時も『優等生っぽい』って思ったし……外見だけじゃやっぱり判断できないか。

セルティもダラーズの一員ではあるが、彼女にとっては絶対の居場所というわけではない。もしも新羅の愛を否定していればそうなっていたかもしれないが、彼女としては、複数ある居場所の一つであり、それこそネットのチャット仲間程度の認識だ。

だが、帝人は実際の知り合いという事もあり、見捨てて何処《どこ》かに行くわけにもいかない。

——しかし、どうするのかな。帝人君は。

普通ならば、帝人のような大人《おとな》しそうな少年に『チームのリーダーになれ』などと言うのは、冗談《じょうだん》か何かとしか思えないだろう。

だが、セルティは帝人がただの少年ではない事を知っている。

初めて出会った頃に、矢霧《やぎり》製薬の幹部を相手取って、一歩も引かない『喧嘩《けんか》』をしてみせた。殴《なぐ》り合いなどではなく、ただ面と向き合って対話をしただけだが、あれは立派な『喧嘩』だった。セルティはそう判断しており、帝人が胆力《たんりょく》が据《す》わっている人物だと思っていた。

それにしては、今日の帝人は歯切れが悪い。

やはり、杏里が巻き込まれるかもしれないという事に不安を抱《いだ》いているのだろうか。

──杏里《あんり》ちゃんなら、巻き込まれても大丈夫《だいじょうぶ》っていうか、寧《むし》ろ彼女を巻き込んだら巻き込んだ方がえらい目に遭《あ》うのになあ。

セルティは、杏里が『罪歌《さいか》』の宿主《やどぬし》であるという事を知っており、その実力も認めている。もちろん帝人には伝えていないが、帝人も何か感づきつつはあるようだ。

そう考えた上で、セルティは帝人について分析する。

──でも、帝人君は、結局杏里ちゃんを巻き込まない道を選ぶだろうな。

──例え『罪歌』の事を知っても、それでも帝人君は杏里ちゃんを巻き込まないようにするだろうね。

──それでいて、杏里ちゃんの方から『協力したい』と言えば断らないだろう。

セルティは、帝人が自分の正体を知った時の事を思い出し、彼が誰よりも『非日常』を渇望《かつぼう》している事に気付いていた。杏里がその『非日常の側に行きたい』と望めば、それを拒《こば》む事はしないだろう。

もっとも、粟楠会《あわくす》からの仕事を引き受け、半日前にアンチマテリアルライフルを発砲《はっぽう》されたばかりのセルティにとっては、現在の帝人《みかど》の置かれた状況はまだ『日常』の範囲にあると言ってもいいのだが。

——しかし、チームだの抗争だの、新羅《しんら》が通ってた頃も酷《ひど》かったけど、高校生ってのはみんなそうなのか？　私には良く解《わか》らない問題だな。

もう5年以上昔の事だが、新羅達がまだ学生だった頃、セルティは学生同士の大がかりな喧《けん》嘩《か》を何度も目撃《もくげき》してきている。

今のように、ダラーズや黄巾賊《こうきんぞく》といったチームごとの対立ではなく、完全に近隣《きんりん》の高校同士の縄張《なわば》り争いのような感じだった。

中心にいたのは、本人は静かに暮らしたいだけの静雄《しずお》。

裏から糸を操っていたのは、喧嘩の輪の一歩外にいた臨也《いざや》。

新羅はその間で、のらりくらりと立ち回っていた。

——新羅だったら笑いながら『じゃあ、とっとと謝ってボコられてきてよ。責任を取ってタダで怪我《けが》を治してあげるから、それで貸し借りはチャラね』と言い出しそうだ。静雄なら『面《めん》倒臭《どうくせ》ぇ事してんじゃねえぞ！』って叫んでここにいる奴《やつ》を全員ボコボコにして終わり。臨也なら……。

——臨也なら、どうするだろうな？

——あの青葉《あおば》って子、臨也にちょっと雰囲気《ふんいき》が似てるな。

そう思い、セルティは気付く。

——ああ、そうか。

臨也はそもそも、こんな状況に置かれないな。

——あのタイプは、同族嫌悪《けんお》が激しいタイプだから、同じような人間に『リーダーになれ』なんて話は持ち込まないだろうね。……陥《おとし》れるつもりなら別だけど。

セルティはそんな事を考えつつ、気配を消して工場内の様子を窺《うかが》い続ける。

自分の背後に突き刺《さ》さる『敵《てき》』達の視線には、全く気付くことができぬまま。


——だいぶ経《た》ったな。

その後も暫《しば》らく、廃工場の中では特に大きな動きはない。

帝人は俯《うつむ》いたり、青葉に何か尋ねたり、携帯電話で情報を集めたりしているようだったが、目立った進展は無いようだ。

——一体何分ほど経過しただろうか？

セルティが携帯の時計を見ると、既《すで》にこの廃工場に着いてから一時間ほど経《た》っている。

いいかげんに助けるなり立ち去るなりした方が良いだろうかと本気で悩み始めた頃、工場内で青葉《あおば》が笑顔でポン、と柏手《かしわで》を打つ。

「さて、それじゃそろそろ、杏里先輩《あんりせんぱい》に電話しましょうか」

「ちょ、ちょっと待ってよ」

何か言い出そうとする帝人《みかど》の肩《かた》を、大柄《おおがら》な不良少年が押さえ込む。

「電話だと余計な事を叫ばれちゃいそうだから、メールで連絡しておきますね。っていうか、御免《ごめん》なさい。実はもう5分ぐらい前に連絡しちゃいました」

「えッ……」

「というわけで、僕はそろそろ出ないと間に合わないから、帝人先輩はそこでゆっくり考えて下さい。……抗争でボロボロになっていく、ダラーズの人達からの連絡を見ながらね」

「ま、待ってよ！」

そんな帝人の叫びを聞いて、セルティは僅《わず》かに腰《こし》を浮かせた。

――……こりゃ、流石《さすが》にどうにかした方がいいかな。

――このままあの青葉って子は出て行くみたいだから、その後に助けよう。

立ち去ろうとする青葉の背を見ながら、セルティは先刻感じた自分の感覚を思い出す。

あの少年は、折原臨也《おりはらいざや》に雰囲気《ふんいき》が似ている。

ただそれだけの事だが、警戒《けいかい》するには充分過ぎる。

──……なんとなくだけど、あの青葉って子には関わらない方がいいような気がする。

──そして、杏里ちゃんの所に先回りして帝人君を届けたら、後は私はこの工場に戻るとしよう。まだバイクから『糸』は解《と》いてないしね。

そして、飛び出すタイミングを見計らっていた、まさにその瞬間《しゅんかん》──

最悪のタイミングで、『それ』は鳴り響《ひび》いた。


『♪♪ッ　♪♪ッ　♪〰〰〰〰』


『世界ふしぎ発見！』で有名な、ボッシュートの音楽。

それは紛《まぎ》れもなく、セルティの携帯電話から響いていた。

──のあああぁッ!?

──電話の方の音、消し忘れていた！

メールの音は先刻全《すべ》て消したのだが、肝心《かんじん》の着信音を消しておくのを忘れていたセルティ。

以前遊びで色々な音を入れていた時、たまたまこの音を入れてみた所で新羅《しんら》がそれを聞き、

『待ってよセルティ！　喋《しゃべ》れないセルティに電話するのは僕ぐらいだよね!?　何!?　僕からの電話はボッシュートって事!?　ちょっと待って、私に何か非があるなら反省するから、せめて

そのガッカリ度が何色のひとし君人形レベルなのか教えてくれ！』

と、慌《あわ》てふためいて面白かったので、そのまま新羅《しんら》専用の着信音にしてしまっていた。

あまりに空気にそぐわぬ音が響《ひび》いた為《ため》に、そんな経緯《けいい》を思い出すセルティだが、当然ながら思い出に浸っている暇《ひま》などない。

慌《あわ》てて携帯を弄《いじ》るセルティの視界に飛び込んできたのは、廃工場の窓越しに映る——帝人《みかど》や青葉《あおば》を含めた、工場内の全《すべ》ての少年達の呆《ほう》けきった顔だった。

『もしもし、セルティかい？　実はさ、今、四木《しき》さんがうちまで来ててさ、君が今受けてる仕事について、大変な事が解《わか》ったんだけど、時間あるかい？　あれ？　聞こえてるならいつもみたいに秘密の暗号信号で応《こた》えておくれよ。もしもし、もしもし、もしもしー？』

そんな声が携帯電話から響いてくるが、セルティの耳には入らない。

「……黒バイク？」

「セルティさん!?　なんでここに!?」

初めて笑顔を消した青葉の声と、驚きをあらわにする帝人の声。

その二つが合わさって聞こえた後——

「なんだてめぇ？」

我に返った少年達のストレートな問いかけが、工場内に空《むな》しく木霊《こだま》する。

セルティは携帯電話のマイクの部分に指を当て、『それどころじゃない』という意味の信号をトントンと打ち込み、もう片方の手で起用にPDAを取り出した。

そして、左手の先から無数の『影の指』を生《は》やし、文字を打ち込んで、窓際まで歩いてきた不良少年の一人に差し出した。


『通りすがりの都市伝説です。見なかった事にしないと今晩夢の中で襲《おそ》いかかります』

♂♀

川越《かわごえ》街道沿い　新羅のマンション

『ふざけてんのか！』

聞いた事の無い若者の罵声《ばせい》が、携帯電話の向こうから響いてくる。

新羅は溜息《ためいき》をついて、背後を振り返りつつ呟《つぶや》いた。

「えーと、セルティ、なんかトラブル中みたいです」

そう言った新羅の視線の先では、椅子《いす》に座った四木が難しい顔をして両手を組んでいる。

「……彼女には、引き続き連絡を続けて下さい。この際、人手は欲しいので」

「はいはい。あー、本当に信じて下さいよ？　セルティは、その茜《あかね》ちゃんが僕の部屋にいたなんて知らなかったでしょうし、私もセルティがどんな仕事をしているか聞かされていなかったんですから」

「それは信じますよ。先生がそのつもりなら、静雄《しずお》がここに来た痕跡《こんせき》なんざ残していないでしょうからね。それにセルティさんも、我々の仕事の内容を話して、先生を巻き込みたくなかったんでしょう。多少、そのスレ違いに苛立《いらだ》ちはありますがね」

　率直な意見を淡々と呟《つぶや》いたあと、四木《しき》は僅《わず》かに表情を硬くし、彼にとって重要な人物の名を口にした。

「……それで、茜お嬢《じょう》さんを連れて行ったというその女子高生、友達との待ち合わせに向かったそうですが……場所に心当たりはないですかね」

　鋭い眼光で問いかける四木の声に、新羅《しんら》は思わず背筋《せすじ》を震《ふる》わせるが、それでも普段の自分の態度を崩《くず》さず、正直な推察を口にした。

「どうでしょうねえ。そんなに待ち合わせスポットを知ってるタイプの子には見えませんから、多分、60階通りの東急ハンズ前か、反対側のロッテリア、駅で待ち合わせならメトロポリタン口の噴水《ふんすい》か西口公園、東口のいけふくろう前って所だと思いますけど」

「……」

四木が視線を向けると、部下の何人かが携帯電話を片手に外に向かった。

恐らくは、今のスポット全《すべ》てに粟楠《あわくす》会の人間を向かわせる気なのだろう。

「しかし、あの子がまさか粟楠社長のお孫《まご》さんとは」

「……解《わか》っているとは思いますが、この件は……」

「ご心配なく。私の口の堅さは知っているでしょう？　私が唯一《ゆいいつ》口元を緩《ゆる》めるセルティは、とっくに事情を知ってるわけですから」

微笑《ほほえ》み混じりでコーヒーを淹《い》れ、スティックシュガーを探し始める新羅。

すると――スピーカー状態にしてキッチンに置いたままの携帯電話から、派手《はで》な破壊音や少年達の怒声《どせい》などが聞こえてきた。

「？」

それは当然四木の耳にも届いており、彼は僅《わず》かに眉《まゆ》を顰《ひそ》めながら呟《つぶや》いた。

「……何か、トラブルのようですね」

♂♀

「ふざけてんのか！」

大柄《おおがら》な不良少年の怒声《どせい》に、セルティはゆっくりと肩《かた》を竦《すく》めた。

自分に首があれば、溜息《ためいき》というのはこういう時に吐《は》き出すものなのだろう。

セルティはそう考えながら、軽やかに地を蹴《け》り、窓枠《まどわく》を越えて工場の内部に入り込んだ。

携帯はそのままライダースーツの胸元にしまい込み、ＰＤＡを持ったまま帝人《みかど》の方に近づいていった。


「……」

周囲の仲間達が色めき立つ中、黒沼青葉《くろぬまあおば》は警戒《けいかい》の眼《め》をセルティに向けている。

青葉が黒ライダーを見るのは、初めてではない。

つい一ヶ月前も、帝人達と共にバンの中から彼女の動きは見ている。

それだけで、彼女が人間ではない『何か』なのではないかという予感はしていた。

体から影を出し、エンジン音の無いバイクを乗り回す。

テレビの映像を信じるなら、あのヘルメットの中には何もない。

手品だと言う者もいるが、その者達も本当は解《わか》っているのだろう。

——あれが手品だというなら、それは本当に手品だとしても魔法《まほう》と何も変わらない。

そして、かつて帝人があのライダーの事を『セルティさん』と呼んでいた事も覚えている。

「……覗《のぞ》き見ですか？　それとも、帝人先輩《せんぱい》が携帯でこっそり呼び出していた伏兵ですか？」

青葉はそう呟《つぶや》きながら帝人の方に視線を向けるが、当の帝人も眼を丸くしてセルティを見つめている。どうやら、彼は本気で黒ライダー――セルティの登場に驚いているようだ。

一方、セルティは無言のままPDAに文字を打ち込みながら、何の迷いも無く帝人と青葉の方に歩み寄る。

『話は聞かせて貰《もら》った。が、私が口出しする権利はあんまり無いような気がする』

「……」

「……」

綴《つづ》られた文字を見て、帝人と青葉はそれぞれ別の感情を持って黙《だま》り込む。

そんな相手の様子は気にせず、セルティは更《さら》に文字を書き紡《つむ》ぐ。

『だから、私の事は気にしないで続けてくれ』

「……」

「……」

沈黙《ちんもく》は静寂《せいじゃく》へと移行し、なんとも言えない空気が廃工場の中を支配する。

「……なん」

――なんなんだ、おめぇ。

青葉の仲間の一人がそう呟くことで静寂を打ち破ろうとした瞬間《しゅんかん》――

錆《さ》びた鉄扉《てつび》の開く音がして、静寂《せいじゃく》に満ちた空気が勢いよく霧散《むさん》した。

先刻閉めたばかりの工場の扉《とびら》が大きく開き、外の光の中から、複数の男達が現れた。

彼らは帝人《みかど》達より1~2歳《さい》年上と思しき青年達だった。もっとも、帝人や青葉《あおば》の童顔《どうがん》と比べれば、客観的には5歳ほど年が離れているように感じられるかもしれない。

彼らは揃《そろ》いの革《かわ》ジャンを身に纏《まと》っており、袖《そで》には『Tｏ羅丸《とらまる》』というロゴが入っている。また、帝人達の位置からは見えないが、背中の部分にも同じロゴが堂々とデザインされている。

何人かの手には角材や鉄パイプが握《にぎ》られており、集会などではなく、完全に抗争にやってきたという雰囲気《ふんいき》だ。

「……Tｏ羅丸」

青葉はそう呟《つぶや》き、顔から完全に笑顔を消す。

革ジャンの集団から、顔に包帯《ほうたい》を巻いた男が一人現れ、青葉達を見るや眼《め》を見開き、仲間達に告げた。

「見つけたぞ……こいつらだ。こいつらが、俺《おれ》ら襲《おそ》ってバイク燃やしやがった連中だ」

「ビンゴ、か」

首をコキリと鳴らしながら言うのは、革ジャンの中に混じっていた特攻服《とっこうふく》の男。

「……とりあえず、ここにいる奴《やつ》らを全員やったら、一旦《いったん》総長に報告だ」

「他に回ってる連中はどうします？　呼びますか？」

「いや……この人数なら大丈夫《だいじょうぶ》だろう」

「うす」

革ジャンの男は、淡々と応《こた》えると同時に――既《すで》に動いていた。

振り上げられた角材が、入口側にいた不良少年の顔面に振り下ろされる。

不良少年は、ギリギリでそれに気付き、両手を交差させて乾《かわ》いた凶器《きょうき》を受け止めた。

角材の折れる鋭い音が響《ひび》く。

どうやら元々ヒビでも入っていたようで、簡単に折れたが――当然ながら、それでも衝撃《しょうげき》は深刻なダメージを与えたようで、不良少年は角材を受け止めた体勢のまま、苦痛に歪《ゆが》んだ表情で固まっている。

その一撃《いちげき》を合図として、不良少年達が一斉《いっせい》に革ジャンの集団へと怒声《どせい》を上げて躍《おど》りかかろうとしたのだが――


「落ち着け」

一瞬《いっしゅん》早く青葉の放った一声が、少年達の心に冷や水となって浴びせかけられた。

叫び声ではない。

だが、凛《りん》とした、よく響く声だ。

革《かわ》ジャンの集団を含め、工場内の人間が全員青葉《あおば》の方に注目する。

青葉はそれを確認すると、真剣な表情のまま帝人《みかど》に向き直り――

竜ヶ峰《りゅうがみね》帝人という少年の人生において、洒落《しゃれ》にならない一言を吐《は》き出した。


「ここは俺《おれ》達で食い止めます。総長は、今の内に逃げて下さい」


「へ？」

青葉が何を言ったのか解《わか》らず、キョトンとした顔で後輩《こうはい》に向き直る帝人。

２秒後、相手が何を言ったのか理解した少年は、慌《あわ》てて入口に現れた集団の顔を見る。

全員が、こちらの顔を凝視《ぎょうし》している。

「ちょ、誤解……」

「いいか、お前ら！」

何か言おうと口を開いた所で、それを隠《かく》すように青葉が大声を上げた。

「総長だけには絶対に手を出させるな！　やっちまえ！」

「おおッ！」「っしゃあ！」「死ねコラぁ！」「ダラーズを舐《な》めてんじゃねえぞ！」

青葉に呼応する形で怒声《どせい》が響《ひび》き渡り不良少年達が一斉《いっせい》に革ジャンの集団へと躍《おど》りかかった。

「面白ぇ……ここで全部のケリぃつけてやろうじゃねえか！」

「つらぁ！」「手前《てめえ》、総長なら逃げねえで俺とタイマンはらんかい！」

Ｔｏ羅丸《とらまる》の集団もそんな事を叫びながら、不良少年達を迎《むか》え撃《う》つ。


「ま、待って！　待ってよ！」

帝人の叫びは、もうその喧噪《けんそう》の中には届かない。

その声が聞こえていたのは、一人はセルティ。もう一人は目の前にいた青葉のみだ。

青葉はクルリと身を翻《ひるがえ》し、いつもの無邪気《むじゃき》な笑顔を帝人に向けて言葉を紡《つむ》ぐ。

「それじゃ、ここは僕達に任せて下さいよ、総長さん☆」

「ちょ、ちょっと……」

何か言おうとした帝人の背から、怒声《どせい》が響《ひび》き渡る。

「死ね、ダラーズのクソどもが！」

「え……」

振り返ると、そこには自分に向かって振り下ろされる鉄パイプがあった。

――ッ！

顔面に当たると覚悟《かくご》したその直前で、その鉄パイプが黒い手によって受け止められる。

「せ、セルティさん」

「なんだテメエ……うおッ!?」

そのまま『影』を絡《から》ませて革《かわ》ジャンの青年を投げ飛ばし、帝人《みかど》に向かってPDAの画面を突きつけた。

『納得はいかないだろうが、ここは逃げた方がいい。誤解を解くのは難しそうだ』

「で、でも」

何か言いたげな帝人を、問答無用とばかりに摘《つま》み上げ、そのまま窓越しに外へと運び出した。

窓の外に待機《たいき》させていた黒バイク《シューター》に乗り込み、帝人を影で自分の背中へと無理矢理括《くく》り付けたまま発進させる。


「くそ！　逃がすな！」

工場内から革ジャンの青年達の怒声《どせい》が聞こえるが、セルティは構わずバイクを走らせた。

その一方で、セルティは背後の帝人にPDAを見せる。

『とりあえず、杏里《あんり》ちゃんとの待ち合わせ場所に行こう。二人とも、ほとぼりが冷めるまでうちのマンションに隠《かく》れてるといい』

「……」

そのPDAの文字に対し、帝人は無言だった。

——色々と複雑なんだろうな。

帝人の性格を知っているセルティとしては、このまま『隠れてろ』というのは帝人にとっては辛《つら》い選択だというのは解《わか》っている。だが、相手の抗議や希望を聞いている暇《ひま》も無さそうだ。

セルティもまた、この混乱の中で別の敵《てき》と戦わなければいけないのだから。


そして、セルティは、とうとう自分を監視《かんし》する者達の正体に気付かなかった。


先刻の混乱の最中、自分のバイクにも発信器のような物を打ち込まれていたという事に。

もしかしたら、シューターはその違和感を訴えようとしたのかもしれないが、どうやら主人を混乱の場から逃がす事を優先したようだ。

セルティは自分を襲撃《しゅうげき》した者達の存在を忘れたまま、ただ工場から遠ざかる為《ため》に都内の道を駆《か》け続ける。

その目的地に、別の混乱が待ち受けているとも知らぬまま。

♂♀

廃工場横のビル　屋上

黒バイクが走り出すのを見届けたヴァローナは、携帯端末《たんまつ》の画面を見ながら満足げに頷《うなず》いた。

「発信器を打ち込みました。これで黒バイクの所在地、追跡《ついせき》可能です。めでたしめでたし」

「じゃあ、後はあいつが家に帰るまで寝るか？」

「スローンが愚《おろ》かな事は肯定《こうてい》、帰還する事は否定です。私達と同様。途中《とちゅう》で発信器を認知。長距離貨物車に投げ込まれたら、私達骨折を損失の疲労儲《もう》けの事。残念無念。それを回避する為《ため》、すぐに追跡《ついせき》するのは当然です」

いつになく強い調子で語るヴァローナに、スローンは肩《かた》を竦《すく》めながら言葉を返す。

「ハイハイ。普段の仕事じゃそこまで熱心じゃない癖《くせ》に、随分と燃えてるな」

「半分仕事、半分趣味。自分の欲求を満たす。その上で報酬《ほうしゅう》も獲得。問題ありません。世界は今日も恒常的《こうじょうてき》に美麗《びれい》です」

「何を言ってるのかさっぱり解《わか》らんが、まあ、綺麗《きれい》な面《つら》したヴァローナが綺麗だっつーんだから、世界も美しいんだろうよ」

そんなプロらしくない無駄話《むだばなし》を続けながら、二人組の『便利屋』はビルの階段を下りていく。

「しかし、こうもあっさりと餌《えさ》に引っかかるとはな。あの化け物も案外とノンビリしているな」

「肯定です。しかし、簡単な相手かは否定です。罠《わな》に掛かるからと熊を侮《あなど》って格闘を挑《いど》む者、殆《ほとん》ど存在しません。蜘蛛《くも》の巣にかかった蝶《ちょう》を愚《おろ》かと笑うに等しい愚行《ぐこう》」

「……あ！　それで思い出したんだが……蜘蛛って言えば、なんで蜘蛛は自分の巣にひっかからないんだ？　この謎《なぞ》の糸に絡《から》め取られた俺《おれ》は、気になって恐らくもう少しで一歩も動けなくなりそうだ」

　こんな状況でも、スローンは相変わらずの疑問を口にする。

　ヴァローナはそれに呆《あき》れる事も、疎《うと》ましく思う事もなく、やはり機械のように淡々と言葉を紡《つむ》ぐ。

「蜘蛛。二種類の糸を使い分けます。接触《せっしょく》すれば確認可能です。中心の糸、粘着力《ねんちゃくりょく》皆無です。そこから四方に延長する糸も、粘着力皆無です。螺旋状《らせんじょう》に延長する糸だけが獲物にペタリ絡《から》みつきます。終了です」

「でも、その獲物をグルグル巻きにしてたりしたら、結局自分にも糸が絡まるんじゃないか？」

「蜘蛛、自分の体から特殊な成分を分泌《ぶんぴつ》。その成分、粘着性を中和。ある程度ならペタリしません。だから、少量なら粘る糸に触《さわ》ってもOKです。めでたしめでたし」

　階段を全力で降りながらも立て続けに応《こた》えるヴァローナに感心しつつ、スローンは満足したようで、満面の笑みで頷《うなず》いた。

「なるほど……！　さしずめヴァローナが蜘蛛だとしたら、俺は分泌液ってわけか。両方揃《そろ》って初めて獲物を捕らえられるというわけだな」

「比喩《ひゆ》表現、疑問です。私がスローンを分泌。不気味《ぶきみ》ですから完全否定します。存在の消去を希望します」

「……日本語に不慣れだからキツイ表現になってるだけだと信じたいもんだ」

丁度《ちょうど》その会話が終わった時点で階段が終わり、工場の目の前の敷地へと出る。

道路を見ると、数台のバイクが工場内から飛び出してきた所だった。

工場内ではいまだに喧噪《けんそう》が続いており、どうやら二手《ふたて》に分かれて、一方はセルティを追う事にしたようだ。

「……そういえば、あの黒バイク、後部座席に子供を一人乗せてたな」

「肯定《こうてい》です」

日本人の外見年齢《ねんれい》に疎《うと》い彼らからすれば、童顔の帝人《みかど》は下手《へた》すれば小学生のように見えたのかもしれない。

ヴァローナは新しく調達した二輪車に向かいながら、淡々と自分の答えを口にした。

「食料として調達した。その可能性あります」

「物凄《ものすご》く適当に考えてないか？」

「肯定です。本の知識にない化け物。何をするか想像する、意味は皆無です。実際にこの眼《め》で認識するまで、真実即ち闇《やみ》の渦中《かちゅう》です」

妙《みょう》な日本語を使うヴァローナは、僅《わず》かに感情を膨《ふく》らませながらバイクに跨《また》がり、ヘルメットを被《かぶ》りながら独り言を呟《つぶや》いた。

「希望です。……どうか、私を喜ばせて下さい、黒く不可思議な化け物め」

♂♀

数分後　池袋《いけぶくろ》駅東口　いけふくろう

若者達が池袋を散策するさい、待ち合わせとしてよく使われる場所がある。

駅を中心としてぶらつく際に有名なのは、メトロポリタン口の地下にある噴水付近《プリズムガーデン》か、東口にある『いけふくろう』と呼ばれる石像だろう。

双方《そうほう》共に、雨の日でも使えるという事もあり、池袋を散策する際の待ち合わせ場所として良く利用されていた。

いけふくろうとは、その名の通り、梟《ふくろう》を模《かたど》った石像であり、渋谷《しぶや》のハチ公像と同じように待ち合わせの解《わか》りやすい目印として機能している。

その石像の前で、梟の眼と同じような丸眼鏡《めがね》を掛けた少女が、横に立つ5、6歳《さい》年下と思しき少女に語りかける。

「青葉《あおば》君、っていう子がもうすぐ来ますから、それまで待っていて下さいね」

「……うん」

幼い少女――アカネは静かに頷《うなず》き、眼鏡《めがね》をかけた少女――園原杏里《そのはらあんり》の手を強く握《にぎ》りしめた。

アカネの顔色はすっかり良くなっており、病み上がりという印象は感じられない。

杏里は少女の表情に安堵《あんど》しながらも、自分の心の内では不安を抱《かか》えていた。

――帝人《みかど》君、急用って、なんだろう。

後輩《こうはい》の青葉からメールで連絡があり、とりあえずこのまま待つ事にしたのだが、彼女の中では妙《みよう》な不安がふくれつつあった。

昨日《きのう》言っていた『別の日の用事』というのが、やはり今日だったのだろうか。

普段こういう事があれば、帝人は直接杏里のメールに報告してくる。

それを知っていただけに、人づての伝言というのが気になった。

もしかしたら、何か大変な事が起こっているのではなかろうか？

半日前に、妙な外国人に腹を刺《さ》されそうになった杏里としては、帝人にも何かが起こっているのではないかと不安になる。

――もしかしたら……私のせいで何かが……？

ただの急用だとは信じたいのだが、もしかしたら、昨日の襲撃者《しゆうげきしや》達が『杏里と仲の良い人物』として帝人に眼《め》を向けたのかもしれない。

帝人だけではない、もしかしたら友人の張間美香《はりまみか》や紀田正臣《きだまさおみ》、矢霧誠二《やぎりせいじ》やクラスメイト達にも手を延ばしてくるかもしれない。

何しろ相手の目的も正体も分からない状態なのだ。何が起こるか解《わか》らない。

気になって帝人の携帯にメールを入れてみたのだが、まだ返事はない。

電話してみようとも考えたが、本当に急用だった場合に迷惑《めいわく》になってしまう。

とりあえず青葉の到着を待って、彼から詳《くわ》しい話を聞いてからにしようと思う杏里だったが、昨日の襲撃者達の鋏《はさみ》の輝きを思い出し、思わず身を震《ふる》わせる。

刃《やいば》が向けられた時の事を思い出したからではない。

あの凶刃《きょうじん》が、帝人や他の友人達に向けられたとしたら。

その瞬間《しゅんかん》の事を想像し、彼女はどうしようもない寒気に捕らわれたのだ。

——だとしたら……私……。

平静な顔を装《よそお》いながらも、自分の中に恐怖と怒りが湧《わ》き起こるのを感じていた。

しかし、それは結局表に出ることもなく、杏里にとってはやはり『額縁《がくぶち》の向こう側の世界』の出来事として、ある程度より先に感情の波は進まない。

映画を見て怒りや恐怖の感情を抱《いだ》いても、映画鑑賞中に本気で『巫山戯《ふざけ》るな！』と叫んだり、絶叫して逃げ出す者が殆《ほとん》どいない事と同じように。

一方で、体の中には相変わらず罪歌《さいか》の『呪《のろ》いの言葉』も響《ひび》き続けている。

『愛してる』

ただそれだけの言葉を、百の、千の、万の言葉に置き換えて謳《うた》い続ける、彼女の中にいる不《ぶ》気味《きみ》な『妖刀《バケモノ》』。

簡単に愛していると呟《つぶや》けば、それは安い言葉と受け取られる事だろう。だが、安い言葉でも永遠に吐《は》き出し続ければ煮詰まって輝き出す事だろう。その色が禍々《まがまが》しい物か神々《こうごう》しい物かは全く別の話ではあるのだが——ただ、その声を堂々と発する事ができるというだけで、杏里《あんり》は妖刀《ようとう》が羨《うらや》ましくて仕方がなかった。

こんな状況でも、恐怖も怒りも額縁《がくぶち》の向こう側に追い出せない自分自身を疎《うと》ましくも思うが、今の彼女にとっては、そんな自分の心配よりも帝人《みかど》や謎《なぞ》の襲撃者《しゅうげきしゃ》を追っているセルティの方が心配である。

顔には一切それを出さずに、静かに青葉《あおば》の到着を待ち続けていると——

「あれ、園原《そのはら》さん。どうしたの？」

「……あ、神近《かみちか》さん……」

目の前にいたのは、杏里のクラスメイトの少女だ。

別の友人達と一緒にいるようで、彼女の連れらしき少女達は、少し離れた場所で雑談しながら待機《たいき》している。

杏里と同じように大人《おとな》しめのタイプの少女だが、特に仲が良いわけでも悪いわけでもない。普段からあまり話す関係ではないだけに、何を話してよいものか解《わか》らず、お互いの間を微妙《びみょう》な闇《やみ》が包み込んだ。

「えっと、妹さん？」

「あ、いえ、知り合いの女の子で……。神近さんはどうしたんですか？」

「うん、私は中学の時の友達が、昨日《きのう》からこっちに来てて、ちょっと街を案内してるの。さっきまで西口の方にいたんだけどこれからサンシャインの方にいくつもりだよ」

「そうなんですか」

　どこかぎこちない会話の後に、再び間が訪れる。

　その妙《みょう》な空気を打《う》ち払《はら》おうとして、クラスメイトの少女——神近莉緒《りお》は、思い出したように杏里に告げた。

「そうそう、今日、街を歩くなら気を付けた方がいいよ？　なんだか今日、街のあちこちで不良達が喧嘩《けんか》してるみたいだから」

「喧嘩、ですか？」

「ダラーズが、どこかの暴走族と揉《も》めてるって……」

「……」

　ダラーズ、という単語に、杏里の心が反応する。

「そうなんですか、気を付けます」

　だが、額縁の向こう側にある肉体は特に大きな感情を示す事もなく、淡々とした調子で言葉を返した。

そして、三度目の『間』が訪れようとしたそのタイミングで、莉緒《りお》の連れらしき少女が近づいてきて、彼女の袖《そで》をつまみながら声をあげた。

「ねーねー、莉緒ー、お腹空《なかす》いたー。その子も友達なら、一緒に御飯食べに行く？」

「あ、ノンちゃん、ごめん、今行くから！　ええと、園原《そのはら》さんはこの後は……？」

「あ、すいません、私は待ち合わせがあるんで……」

「そっか、ええと、じゃあ、園原さん、また学校で……」

静かな笑みを浮かべながら、ぎこちない笑いで去っていくクラスメイト。

その後ろ姿を見送りながら、杏里《あんり》は静かに溜息《ためいき》を吐《つ》いた。

──もっと、社交的にならないと……。

クラス委員になったのも、今のように受け身な自分を少しでも変えられればと思ったからだ、しかし、美香《みか》の腰巾着《こしぎんちゃく》と言われて虐《いじ》められていた頃とそんなに変わらないのではないだろうか。

そんな事を考えつつも、彼女の思案は次第に先刻の『ダラーズ』に関する話に移っていった。

帝人《みかど》が、ダラーズとなんらかの関わりがあるという事は知っている。

それも、かなり深い所に関わっているようなのだが、それを面と向かって帝人に聞いた事はない。相手もまた、日本刀を持った自分を目撃《もくげき》している筈《はず》なのに、それについては何も聞いてこない。

やはり、紀田正臣《きだまさおみ》が帰ってきて、三人でお互いに話してこそ意味がある事なのだろう。

杏里はその時が来るのは待ち侘《わ》びる一方、恐くもあった。

互いに全《すべ》ての真実を知る事で、三人の関係が壊《こわ》れてしまうのではないかと。

正臣が街から消えた時点で、もう壊れかけていると言えるのかもしれないが——それでも、杏里は信じたかった。

もしもあの二人が『罪歌《さいか》』という『異常』すらも受け入れてくれるのならば、杏里の中で、今までとは違う人の繋《つな》がりが生まれるのではないだろうかと。

自分にとって都合の良い考えかもしれないが、それに期待せずには居られなかった。

同時に、彼女は決意する。

帝人と正臣が抱《かか》えている闇《やみ》がどのような物であろうと、自分は彼らを受け入れようと。

決して額縁《がくぶち》の外側として見るのではなく、内側の事として本当の彼らを感じ取ろうと。

ただそれだけを願いながら、彼女は青葉《あおば》の到着を待ち続ける。

彼から帝人の急用の中身を詳《くわ》しく聞き、彼が無事であるという安堵《あんど》を得る為《ため》に。

だが、そんな彼女の元に現れたのは——

彼女の知らない、スーツ姿の男達だった。

「アカネお嬢《じょう》さん」

男の人数は三人。

奇妙《きみょう》な威圧感を持っており、休日の駅の待ち合わせ場所という混《こ》み合った場所だというのに、周囲の人間達が自然と距離を空《あ》けていく。

その内の一人が口を開いた相手は、杏里《あんり》ではなく、その手を握《にぎ》る幼い少女。

「！」

アカネは男達の姿を見て、明らかに驚いた表情を貼《は》り付ける。

恐怖ではなく、純粋な驚きといった顔だ。

「探しました。一緒に来て下さい」

「な、なんで……」

アカネは一歩後ろに下がるが、その肩《かた》をガシリと摑《つか》む掌《てのひら》が。

振り返ると、そこにも一人スーツの男が立っており、困ったような顔でアカネの事を見下ろしている。

「おっと、大人《おとな》しくして下さい」

「や、やめて！　放さないと、誘拐《ゆうかい》されるって大声で騒《さわ》ぐんだからね！」

「警察の旦那《だんな》がたを呼んで事情を話しますか？　それでもいいですけど、困るのはアカネ御嬢《おじょう》さんですよ」

「う……」

男達の物言いに、アカネは言葉を詰まらせて頷《うなず》いた。

「?」

疑問符を顔に貼り付けているのは、蚊帳《かや》の外である杏里《あんり》一人だ。

「あ、あの……」

「ああ、お嬢ちゃんが、岸谷《きしたに》先生の言ってた子かい」

「え……」

「悪かったね。アカネお嬢の世話をしてもらってさ。あとは、俺達《おれ》に任せてくれればいいから」

何がなんだか解《わか》らない。

岸谷先生というのは、セルティと同居している医者らしき人の事だろう。いつもセルティは『新羅《しんら》』と呼ぶのだが、マンションの表札に『岸谷新羅《きしたに》』と書かれていたのを杏里はハッキリと覚えている。

とすると、彼の紹介《しょうかい》でここに来たという事だろうか?

アカネの父親のようには見えない。そもそも、複数いる時点でそれはないだろう。

だが、誘拐《ゆうかい》といった雰囲気《ふんいき》にも見えない。男達には敵意《てきい》は全く無く、寧《むし》ろアカネを敬っているような感じすら見受けられる。

家出少女という話は聞いていたが、どうやらそれを連れ戻しに来たらしい、という事は分かる。だが、この男達が何者なのかという事が解《わか》らない。

「あ、あの、皆さんは、アカネちゃんのご親戚《しんせき》の方ですか……？」

できるだけ角《かど》が立たない形で質問をしてみた。

すると、男の一人は少し考え、溜息《ためいき》混じりに答えを返す。

「……まあ、家族ってわけじゃあねえけど、組長《オヤジ》の孫娘《まごむすめ》ともなれば、俺《おれ》達にとっても家族同然っつーかな……」

説明に困っている男の前で、杏里《あんり》はますます混乱していた。

——ええと、オヤジ……お父さんのお孫さん、っていうことは、アカネちゃんはこの人達にとって娘か姪《めい》で、でも家族じゃないって事は娘じゃないし、ええと、離れて暮らしてるアカネちゃんのオジさん達……？

それにしては年齢《ねんれい》も顔つきも全く違う男達を見て、杏里はどうしてよいのか解らなくなってしまったのだが——

彼女がとりあえずアカネにも事情を聞こうと口を開いた瞬間《しゅんかん》、更《さら》に現場を混乱させる元がやってきた。

「園原《そのはら》さん！」

「!?　み、帝人《みかど》君！　セルティさんも!?」

いけふくろうの目の前、地上に続く階段から下りてきたのは、息を切らせた帝人と、いつもの特徴的すぎる格好をしたセルティの姿だった。

「あの、急用があったんじゃないんですか？　それに、青葉《あおば》君は……」

「説明は後でするよ！　それより……」

何かを言おうとした帝人は、そこで思わず言葉を止めた。

彼女の横には張り詰めた空気を纏《まと》う男達が四人ほど存在し、杏里と手を繋《つな》いでいる少女を取り囲んでいるような状況だ。

――ッ!?

男達は年格好からしてＴｏ羅丸《とらまる》とは無関係のように思えるのだが、状況が状況だけに帝人は急激に不安になる。

もしかしたら、既《すで》に自分が原因で杏里を何かに巻き込んでしまっているのではないかと。

杏里の顔を見た後、思わずセルティの方にも眼《め》を向ける帝人。

だが、固まっているのはセルティも同じ事だった。

漆黒《しっこく》のライダースーツにフルフェイスのヘルメット。

そんな不審者《ふしんしゃ》丸出しの格好に、休日を楽しんでいた群衆が、ぎょっとしてセルティに視線を泳がせた。

が、なまじ混みすぎていて視界が悪かったせいか、セルティの姿に気付かずに普段通り行き来している人間も多い。それこそこの群衆にパニックを起こすとしたら、国民的アイドルの一人がバックミュージックと共に現れるか、ライオンの一頭でも迷い込ませるぐらいのインパクトが必要だろう。

ともあれ、何人かは『黒バイク』の乗り手と気付き、携帯電話で写真を撮影しようとしている状況だが——セルティはこっそりとそうした携帯電話のレンズ部分に『影』を飛ばし、こちらを撮影できないように覆《おお》い隠《かく》す。

普段ならば気にしない所だが、一緒にいる帝人《みかど》や、目の前にいる杏里《あんり》が一緒に写ってネットにアップされては始末が悪い。

そんな気遣《きづか》いをしながらも、セルティは大急ぎで杏里の元に駆《か》けつけたのだが——

——？

——な、何か、絡《から》まれてる？

堅気《かたぎ》ではなさそうな雰囲気《ふんいき》の男達が四人もいるので、何事かと警戒《けいかい》の眼《め》を向けるセルティ。

そんな彼女に、男達の一人がゆっくりと頭を下げた。

「お疲れ様です」

——え!?

——あ、あれ？

——そういえばこの人達、どこかで……。

「セルティさんも、岸谷《きしたに》先生か四木《しき》の兄貴から連絡を？」

「いや、丁度《ちょうど》良かった、彼女の護衛、宜《よろ》しくお願いしますよ」

——あ！　そうだ！

——この人達……栗楠《あわくす》会の……。

その栗楠会の面々が、一体杏里に何をしているというのだろうか。

まさか何時《いつ》ぞやの切り裂《さ》き事件に杏里が関わっているという事がバレたのではなかろうかと不安になるが、その杏里の手を握《にぎ》る小さな少女の姿を見つけ、そんな思いは吹き飛んだ。

代わりに、新たな疑問が湧《わ》き上がる。

——え？　あ、え？　ええー？

——栗楠……茜《あかね》ちゃんだよね？

目の前にいる少女こそが、自分の探すべき栗楠茜だと気付き、驚きに思わず体が止まる。

もしも自分に首があれば、こういう時に眼を丸くするのだろうと思いながら、セルティは栗楠会の男達に事情を聞こうとしたのだが——

『いえ、私はこちらの眼鏡《めがね》の少女に用があって来ただけで』

そこまでPDAに打ち込んだ所で、背後から怒声《どせい》が響《ひび》いてきた。

「待てこらぁ！」

「ネズミみてぇにコソコソ逃げてんじゃやねぇよ！」

真っ昼間から騒《さわ》がれた怒声《どせい》に、セルティは文字を打つ指を止めて振り返る。

——うわ。

——ここまで追ってきた!?

目の前に居たのは、五、六人の革《かわ》ジャンを纏《まと》った青年達だった。

明らかに暴走族か何かと思しき一団の怒声に、群衆はセルティが現れた時以上にその状況に首を振り向かせ、ある者は関わり合いにならぬようにそそくさとその場を離れ、ある者は巻き込まれぬ程度の距離を保って、近くの柱の陰などからこっそりと様子を探ったりしている。

すぐに警察や駅員に通報する者がいなかったのは、まだ男達が怒声をあげただけで、具体的には暴力行為などに及んでいなかったからだろう。

——ちょっと待て、ここ、すぐ側《そば》に交番もあるんだぞ!?

——なんとしてもダラーズの総長……って事になってる帝人《みかど》君を捕まえるつもりか!影でこの五人を縛《しば》ってしまおうかとも考えたが、そうすると帝人がダラーズのリーダーであると確定されてしまうのではないだろうか?

そんな一瞬《いっしゅん》の躊躇《ためら》いの間に、セルティの代わりに粟楠《あわくす》会の男が声を上げた。

「うるせえぞ、小僧《こぞう》ども。駅の中で騒いでんじゃねえ」

セルティが先月暴走族に追われた事を知っていたのだろうか。男は青年達をセルティに絡《から》むただの暴走族だろうと判断し、軽く追い払《はら》おうとしたのである。

だが、男達の眼光に一瞬戸惑《とまど》ったものの、すかさず心を立て直して言い返した。

「あぁ？　んだぁ？　関係ねぇだろ！」

革ジャンの青年が発した怒声に、茜《あかね》が体をビクリと震《ふる》わせる。

それを見た粟楠会の男達は、四人で一斉《いっせい》に革ジャンの青年達を睨《にら》み付けた。

「大の男が子供の前で大声出してるんじゃねえ。こっちは取り込み中だ。失《う》せろ」

あくまで見下《みくだ》した態度の男に対し、革ジャンの青年達もまた、一歩も引かずに対峙《たいじ》する。

「んだぁ？　オッサンもダラーズか？　ったく、小学生だのＯＬだのの次はチンピラ風のおっさん達かよ、本当にダラーズってのは節操《せっそう》がねぇなぁ、あぁ？」

その言葉を聞いて、帝人の胸が締め付けられそうになる。

ダラーズが責められているという事で、自分の全《すべ》てが否定されたような錯覚《さっかく》に陥《おちい》ったのだ。

一方で、青年達の言葉の意味が解《わか》らない粟楠会の面子《めんつ》は、少年達が何かクスリでもキメているのかと疑いつつ、別の疑念を口にする。

「もしかして、手前《てめえ》らが茜《あかね》のお嬢《じょう》にちょっかいだそうって連中か……？」

背後にいる茜を心配させぬよう、男達だけに聞こえるような言葉で呟《つぶや》かれたその疑念。

当然Ｔｏ羅丸《とらまる》の面々はその言葉の意味が解らず、挑発《ちょうはつ》かなにかであろうと受け取った。

そして、男達の背にいる茜に気付かぬまま、青年達は言ってはならない言葉を口にする。

「いいから、ごちゃごちゃ言ってないでそのガキを渡せっつってんだよ」

「「「！」」」


青年の言葉に対し、粟楠《あわくす》会の面々の顔色が瞬時《しゅんじ》に変化した。

Ｔｏ羅丸《とらまる》の青年達は、帝人《みかど》を『ガキ』と表現したつもりだった。

だが、粟楠会の人間達にとって、現状では『ガキ』といえば粟楠茜《あかね》の事だ。

粟楠茜が誰かに狙《ねら》われているらしく、組を狙った平和島静雄《へいわじましずお》とも関わりがある。茜に関してそうした情報を掴《つか》んでいる身としては、その言葉が茜を指して言ったと勘違《かんちが》いしても仕方のない事だろう。


「……いい度胸《どきょう》じゃねえか、どこの組の鉄砲玉《つっこみ》だ？　手前《てめえ》ら」

「あ、ああん？」

「それとも、澱切《よどぎり》の差し金か？　……どんな端金《はしたがね》で命を捨てた？」

「な、何わけのわかんねえ事を」

あからさまに威圧感の増した男達を前に、革《かわ》ジャンの青年達が思わず怯《ひる》む。

その間に、男の一人が茜の手をとり、セルティの方へと差し出し、彼女だけに聞こえるように頭を下げながら小声で呟《つぶや》いた。

「セルティさん、お嬢《じょう》を安全な場所までお願いします。まだ、岸谷《きしたに》先生の所に四木《しき》の兄貴もいる筈《はず》ですから」

——……いや、ええと、どうしよう。

男達が何か勘違《かんちが》いしている事には気付いたものの、それを悠長《ゆうちょう》に説明している暇《ひま》はない。どちらにしろ、これから喧嘩《けんか》が起ころうとしている現場に茜一人を残していくわけにもいかないだろう。

そう判断したセルティは、半分諦《あきら》めるような形で、茜の手を取り駆《か》け出した。

「きゃッ！」

茜が小さく悲鳴をあげたのを聞いて、セルティは『大丈夫《だいじょうぶ》、私は味方だよ』とＰＤＡに打ち込み、顔文字も混ぜて少女の前に差し出した。

走りながらそれを見た少女は、戸惑《とまど》いながら杏里《あんり》を見る。

すると、杏里もセルティの手に掴《つか》まれており、その横にいる帝人もセルティに手を掴まれていた。

物凄《ものすご》い違和感を覚えたが、慌《あわ》てていた茜は、とりあえず杏里も一緒という事に安堵《あんど》して共に走る事にした。彼女としては、粟楠会の男達から離れられる方が嬉《うれ》しかったのかもしれないが。

体から影を伸ばし、一時的に四本腕《うで》となって皆の手を引くセルティ。

騒《さわ》ぎに注目していた群衆がそれに気付き、にわかにざわめき始める。

「おい、マジかよ……」「今、腕が増えてるよね⁉」「なにあれ‼」

「あれ、特撮《とくさつ》じゃなかったのか⁉」「手品⁉」「うおおおッ⁉」

「おい、マジだって、今、俺《おれ》の前にあの黒バイクがいんだよ！」「すっげ！」

好奇《こうき》の目にさらされ続けるが、セルティは既《すで》にそうした視線を気にしない。

ただ、先刻と同じように周囲に意識を巡《めぐ》らせ、携帯電話のカメラを構えている者達の方には『影』を飛ばして対処していた。

「ま、待てこら！」

革《かわ》ジャンの一人がその後を追おうとする。

当然帝人《みかど》とセルティを追ったつもりなのだが、粟楠《あわくす》会の面々からすれば茜《あかね》を追っているようにしか見えない。

「待つのは手前《てめぇ》らだろ」

「うおッ⁉」

男に襟首《えりくび》を摑《つか》まれ、地面に引き倒される革ジャンの青年。

そんな光景を尻目《しりめ》に、セルティ達は東口の階段を上りきった。


駅前の道路には、黒バイクを停車させてある。

駐車《ちゆうしや》違反だが、今は緊急《きんきゆう》事態だと自分に言い聞かせ、そのままバイクに跨《またが》った。

——四人乗りは流石《さすが》に……無理か！

——久しぶりに……出すしかないか！

セルティはそんな事を考えつつ、瞬時《しゅんじ》にシューターの背に触《さわ》り、影を流し込んで合図を送る。

すると、バイクの後部が徐々《じよじよ》に変化し——デュラハンの愛馬、コシュタ・バワーたる本来の姿を取り戻した。

以前に何度か変化させている、馬単体の姿ではなく——更《さら》に原型まで戻り、アイルランドにおけるコシュタ・バワーの姿——すなわち、首無し馬である『彼』あるいは『彼女』の後ろに、デュラハンが本来座るべき二輪の馬車が繋がっている状態に。

——ごめん、シューター、重くなるけど我慢《がまん》してくれ！

セルティは、本来自分が座るべき馬車の椅子《いす》に杏里《あんり》と帝人を座らせ、影でシートベルトのようなものを作って馬車に括《くく》り付ける。一方、自分は影で背中に茜を括り付け、シューターの背中に力強く跨った。

当然ながらその『変化』は、GW真っ最中の池袋《いけぶくろ》の街中《まちなか》、白昼堂々と行われたものであり——百人を軽く超そうかという通行人や、客待ち中のタクシーの運転手達にこれでもかという程に目撃《もくげき》されていた。

眼《め》を丸くしながらその光景に視線を奪《うば》われている人々を前に、セルティは『影』で作ったヘルメットを、自分以外の三人に次々と被《かぶ》せていった。もはや携帯のカメラを一々気にするよりも、こちらの方が速いと判断したからだ。

そして、彼女は黒い手綱《たづな》を握《にぎ》り、勢いよく振り上げる。

首無し馬の嘶《いなな》きが、池袋駅東口のロータリーに響《ひび》き渡った。

——……頼むぞ、シューター。

そして、漆黒《しっこく》の馬車は走り出す。

最初は緩《ゆる》やかに、だが、すぐに通常の車と変わらぬスピードとなって、池袋のアスファルトを古風な車輪が蹂躙《じゅうりん》する。

——良い子だ、いくぞ！

愛馬を信頼すると同時に、セルティは祈《いの》りを捧《ささ》げる。

神というよりも、この街全体の流れ、運命のようなものに対して。

——……できる事なら、今日はあの恐い白バイの奴《やつ》が非番でありますように……ッ！

馬の嘶《いなな》きと共に走り去っていく馬車を見送って、人々の多くは呆然《ぼうぜん》とその場に立ち尽くしていた。

♂♀

だが、そんな中で、比較的平静を保っていた者達がいる。

セルティ達を追ってきた、ヴァローナとスローンだ。

それぞれ別の二輪車を駆《か》ってロータリーまで来たのだが、そこで例の変化を目撃《もくげき》した。

ヘルメットに仕込んだ無線機を通して、スローンがヴァローナに語りかける。

『……ありゃ、本格的にバケモノだな』

『肯定です。しかし、問題はその箇所と違います』

ヴァローナはいつもの冷徹《れいてつ》な声のまま、自分が見た事実を淡々と口にした。

『彼女の背部、例の少年連行していました。問題は、二人増加した事実です』

『ああ、だからバイクが馬車になった。どういう仕組みなのか気になって夜も眠《ねむ》れない、って言ったら、なんて応《こた》える？』

『回答不能。自己で調査することを推奨《すいしょう》します』

一応スローンの問いに答えた上で、ヴァローナはゆっくりとバイクを発進させる。

信号は青になっているのだが、今し方の光景に驚いているのか、他の車両はなかなか車を発進させず、事情を知らぬ後部車両からクラクションが鳴らされ始めた。

そのクラクションを聞きながら、ヴァローナは自分の見た事実の続きをスローンに語る。

『増加した二人、仕事対象です』

『何?』

『一人は、柔肌《やわはだ》から刀剣《とうけん》を取得する眼鏡《めがね》の少女。もう一人は、誘拐《ゆうかい》の目的である少女。確定です。否定要素、皆無《かいむ》です』

『……本当か? 確かに、言われてみれば……』

訝《いぶか》しみながらも肯定《こうてい》し、ヴァローナに続いてバイクを走らせるスローン。大柄《おおがら》な彼からすれば小さく見えるが、バイクの型自体はヴァローナが乗っているのと同じものだ。

ヴァローナは馬車を追いながら、冷静に現在の状況を整理し、スローンに語り始めた。

『……あの眼鏡少女と誘拐少女、依頼主別々です。全く別個の任務。肯定ですか?』

『肯定だ』

『なのに、その任務対象、二人集合。黒バイク入れれば三人集合。不可解です』

『……二つの依頼が、あのバイクで繋《つな》がってると?』

スローンの問いに、ヴァローナは肯定も否定もせず、慎重《しんちょう》に自分の意見を口にした。

『偶然《ぐうぜん》、必然、不明です。黒バイクではなく、廃工場から連れだした少年が接続点、その可能性も皆無《かいむ》ではありません』

『そうだな……』

『場合によっては、依頼人が我々を嵌《は》めようとしている可能性、皆無ではありません。慎重《しんちょう》に行動する必要性を提案します』

ヴァローナは、あくまで冷静にその言葉を紡《つむ》いだ筈《はず》だった。

実際、彼女の事を知らぬ者が聞いたら、機械のような冷静さだと感じるだろう。

だが、ヴァローナと長い付き合いであり、彼女の日本語にも慣れたスローンは、呆《あき》れ気味に彼女に対して呟《つぶや》いた。

『嬉《うれ》しそうだな、ヴァローナ』

それに対し、何でも屋の女はヘルメットの中で口を僅《わず》かに歪《ゆが》ませる。

『肯定です。私は今……心地好い緊張の中にいます』

5月4日　昼　チャットルーム

チャットルームには誰もいません。
チャットルームには誰もいません。
チャットルームには誰もいません。

・
・
・

狂さんが入室されました。
参さんが入室されました。

狂【ご機嫌麗《きげんうるわ》しゅうございます、電脳空間の向こう側にいる皆々様。本日は連休の最中なので、流石《さすが》に誰もいらっしゃいませんわね。ですが、この興奮冷めやらぬうちに、今しがた私と参さんが見て来た事を書き記して置こうと思いまして、こうして誰も存在しないネットの中の空虚《くうきょ》なスペースに来訪した次第でございます】

参【こんにちは】

狂【おや、てっきり昨日《きのう》の終了時点からの再開かと思えば、バキュラさんが何か書き込まれていますね。しかもそれ以前のログが全《すべ》て消え去っているではありませんか。ああ、そうなのです。チャットの履歴《りれき》を保存しようとしても、いつ如何《いか》なる時に消えるか解《わか》りませんし、所詮《しょせん》はデータ、持ち主の手でいくらでも改変する事ができるのです】

参【変です】

参【バキュラさん、一週間ぶりとか言ってます】

狂【つまりは記録ですらアテにならないのですから、チャットは普段の会話と同じようなものですわ。つまり！ チャットでの会話など、私達の普段話す会話と変わらず、それぞれの心の中に留めて己の色に変化させるのが正しい形なのでございます。もっとも、そう言ったら兄に苦笑されましたが。あの苦笑は私の心の中で嘲笑《ちょうしょう》に変わり、やがて憎《にく》しみの炎《ほのお》がメラメラと】

参【バキュラさん、昨日もいました】

狂【あら、そうですわね。改めてバキュラさんの言動を確認しましたが、なにやらおかしな事をおっしゃっていますね。これは由々《ゆゆ》しき事態で御座います。本当に身に覚えがないのだとしたら、何者かがバキュラさんの名を騙《かた》っていたという事に相違ありません。あるいは、バキュラさんのドッペルゲンガー……。出会えば死ぬという伝承は、ネット上でも有効かしら？】

参【恐いです】

狂【それとも、真《しん》・黒煮《くろに》シティという妄言《もうげん》を無かった事にするために、あえて昨日の発言は自分ではなく自分の名を騙った何者か、という事にしたいのかもしれませんわね。その真偽《しんぎ》を証明する為《ため》には、その旅行の同業者たる恋仲の人に証言して頂くほか御座いませんが、果たして本当にそんな方は実在なさるのでしょうか？　ああ、本当に居たとしたら失礼でしたわね】
参【二次元嫁《よめ》】
狂【嗚呼《ああ》、思えばチャットルームとは不思議な存在ですね。誰もいない時でも、確かにその場所は概念上《がいねんじょう》存在しております。しかしながら、誰もこのページを開かなければ、このチャットルームという空間はどこにも存在しないのです。せいぜいサーバーのデータベースの中にある微々《びび》たる数列でしょうが、それはただのデータであり、こうして話を出来る『場所』にあらず】
参【よくわかりません】
狂【しかし、こうして私達のように誰かに観察される事によって、このチャットルームという場は確かにこの世に存在するのです。もしかしたら、チャットルームの中に、現実には存在しないバケモノが暴れ回っているかもしれないというのに。もしかしたら、見ただけで狂い死ぬ言葉の羅列《られつ》が書かれているかもしれないのに、ページが開かれない限りは、誰もそれを確認】
参【文字数オーバー】
狂【失礼。誰もそれを確認する事はできないのです！　ああ、まさにシュレディンガーの猫《ねこ》。まさかシュレディンガーも将来このような場所が電脳上に出来上がるとは想像していなかった

でしょう！　もっとも、シュレディンガーは別にそうした意図で猫《ねこ》の喩《たと》えを出したわけではないのでしょうが】
参【よくわかりません】
狂【私達も、ページをいまだに開かぬ人達にとっては箱を開ける前の猫に過ぎません。果たして誰かが私達のこの秘密の会話を覗《のぞ》き見た時、私達はどのような状態になっているのでしょう。まだ会話を続けているのか、それとも既《すで》に退室しているのか、あるいは毒を喰らって死んでいるのか、現実の私達の状態など、ページを開いてみても解《わか》らないのでしょうけれど！】
参【ねえ】
参【早く書かないんですか？】
狂【あらあら、これは私とした事が。ネット上でも指摘《してき》され、真横にいる参さんにも直接早く事の次第を記せとせかされてしまいましたわ。ええ、私としても、あまり私の無駄話《むだばなし》が長ければこれから記す真実の衝撃《しょうげき》が薄《うす》らいでしまうのは本意ではありません】
狂【それでは、お話しましょう。私が今し方に見てきた事を！】
参【わーい】
狂【さてはて、私達が昼前に、池袋《いけぶくろ》の街中《まちなか》を散策していた頃でした。最近仲良くなった、異国より来た素敵《すてき》な荷物持ちの方と共にショッピングに興じていたのですが、そこで私達は、何気なく空を見上げたのでございます。するとどうでしょう。なんと、地上からそびえ立つビルの

上に、バーテンダーの服を纏《まと》った男性がいるではございませんか】
参【静雄《しずお》さん】
参【痛い】
参【抓《つね》られました】
狂【あれが有名な平和島《へいわじま》静雄氏だったのかどうかは置いておきましょう。とにもかくにも、私達のはるか上空にいたそのバーテン服の殿方《とのがた》は、ビルの屋上で空を眺《なが》めていたり自殺未遂《みすい》をしていたわけではないのです。いえ、ある意味自殺行為とも言えるのですが――なんと、その殿方は、ビルの二階分ほどもある段差を飛び降り、隣《となり》のビルへと飛び移ったのです！】
参【かっこよかったです】
狂【一歩間違えば死の危険が伴うというのに、どうして彼は斯様《かよう》な行為をするに至ったのでしょう。私達はただ、その行為を見つめる事しかできませんでした。まるで獣《けもの》、いえ、ビルの窓《まど》枠《わく》から別のビルの窓枠へと飛び移り、なんの苦もなく吸い付く姿はまるでハエトリグモのようでした！　ああ、思い出すだけでも禍々《まがまが》しく官能的な動き！　興奮してしまいそう！】
バキュラさんが入室されました。
参【こんにちは】

バキュラ【こんにちは】
バキュラ【あの、】
バキュラ【ちょっと聞きたいんですけど、】
バキュラ【俺《おれ》がここに昨日《きのう》居たってマジですか？】
参【本当です】
狂【あらあら、これはこれは御機嫌麗《ごきげんうるわ》しゅうバキュラさん？　ドッペルゲンガーさんの登場に恐怖を覚えられたのでしょうか？　それとも貴方《あなた》の恋人さんが妄想《もうそう》ではなく三次元の本物であると証明する材料を揃《そろ》えてきたのですか？　どちらにせよ、退室してから私達が現れるまでずっと覗《のぞ》き見していたなんて、本当にもうエッチですね。猥褻《わいせつ》にも程があります】
参【出歯亀《でばがめ》さん】
バキュラ【いえ、】
バキュラ【退室したあと、】
バキュラ【ずっとログ観察状態で放っておいて、】
バキュラ【今部屋に戻ってきたら二人がカキコしてたのを見かけたんで】
バキュラ【慌《あわ》てて入室しました】
参【そうだったんですか】
参【ごめんなさい】

狂【ふふう？　まあそういう事にしておいて差し上げます。先《せん》だっての書き込みの主が貴方《あなた》であろうと何処《どこ》かの偽者《にせもの》であろうとバキュラさんの別人格であろうとドッペルゲンガーであろうとシュレディンガーの猫《ねこ》がガスで死ぬ前に書き綴《つづ》った遺書《いしょ》であろうと、私達がバキュラという名で書き込まれた『真《しん》・黒煮《くろに》シティ』という単語を覚えているのはどうしようもない事実です】
バキュラ【さっきから気になってましたが、】
バキュラ【なんですか、】
バキュラ【その、】
バキュラ【真・黒煮シティって】
バキュラ【シューティングゲームかなんかの最終面の名前ですか】
参【シンクロニシティです】
バキュラ【駄洒落《だじゃれ》じゃないですか】
狂【でも言ったのは『バキュラ』さんですよ？】
バキュラ【あああああ、】
バキュラ【ログが気になります】
バキュラ【ところで、】
バキュラ【昨日までのチャット、】
バキュラ【田中太郎《たなかたろう》さんとかもいたんですか？】

参【いました】
狂【セットンさんや罪歌《さいか》さんもいらっしゃいましたよ？　甘楽《かんら》さんだけはいらっしゃいませんでしたけど】
バキュラ【甘楽さんはいなかったんですか】
参【いませんでした】
狂【ま、あの人は神出《しんしゅつ》鬼没《ぼつ》な人ですから。もしかしたら、今のこのチャットも覗《のぞ》いているかもしれませんわ。何か甘楽さんだけが狂い死ぬような呪《のろ》いのワードを御存知《ごぞんじ》なのでしたら今が最大にして最後のチャンスかもしれませんよ？　バキュラさん、しょっちゅう甘楽さんにツンツンツンツンツンツンツンツン死ねとか言ってるじゃありませんか】
参【恐い】
バキュラ【いや、】
バキュラ【あれは冗談《じょうだん》ですから】
バキュラ【とにかくありがとうございました】
バキュラ【ではまた】
参【さようならです】
バキュラさんが退室されました。

狂【あらあら、ビルの上を飛ぶ私達の話にはノーリアクションでしたわね。何かよっぽどお急ぎの用事でもあったのでしょうか？　それとも、私達の話を聞いて、何か重大な用事ができてしまったのでしょうか？　今となっては確認のしようもありませんけどね】
参【むー】
狂【それでは私達も、この辺りで退散させて頂く事に致しましょうか】
参【さようならです】
狂さんが退室されました。
参さんが退室されました。
チャットルームには誰もいません。
チャットルームには誰もいません。
チャットルームには誰もいません。

・
・
・

# 間章もしくはプロローグE　粟楠茜《あわくすあかね》

少女は、世界に祝福されていた。


一般的な基準からすれば、かなり高水準に位置する衣食住。

池袋《いけぶくろ》の郊外にある、都心とは思えぬ広い邸宅《ていたく》。

優しい母親や理解のある父、威厳のある祖父《そふ》を始め、彼女の周囲には世話を焼いてくれる人々が数多く存在し、少女の意見は尊重された。

それでいて、甘《あま》やかしているかといえばそうでもなく、我が儘《まま》に育つ事もなく、少女は健《すこ》やかに健やかに育てられる。

物心ついた時から、何一つ不自由のない生活を送ってきた。

もっとも、少女自身は『不自由』という状態を知らなかったので、自分がいかに祝福されているかも知らなかったのだが。

少女は幸せだったのだ。

父や祖父《そふ》の仕事を知り、自分の周囲の世界の裏側を知る、その瞬間《しゅんかん》までは。


始まりは、携帯電話だった。

小学生に携帯電話など早いのではないか。父親はそう言って渋《しぶ》ったが、防犯上の観念もあり、少女は自分専用の『回線』を一つ手に入れる。

携帯電話の回線は、ただ電話相手と繋《つな》がるだけではない。

目に見えぬその回線は、ネット網を潜《くぐ》り抜け、新たな世界を少女に見せる魔法《まほう》の扉《とびら》でもあったのだ。自分用のパソコンも持っておらず、ネット空間というものに接触《せっしょく》するのは初めての事だった。

インターネットはバーチャルな世界に過ぎないと言う者がいるが、そのバーチャルの壁の向こう側には、やはり現実の『何か』は存在しているのだ。チャットで話す相手は、仮想空間内での仮面を被《かぶ》っているかもしれないが、決してネットの中にしか存在しない人工知能というわけではない。

有料サイトに接続すれば、現実世界の資産が減る。そして、それを利用した詐欺《さぎ》などの悪意も、紛《まぎ》れもなく現実によるものだ。

少女は携帯電話を手に入れた事により、無数の『現実』と繋《つな》がっていく。

例え、彼女がそれを望まなかったとしても。

その少女は、学校内でも明るく、快活であり、虐《いじ》めなどとは殆《ほとん》ど無縁《むえん》な生活を送っていた。

殆ど、というのは、一度だけ見かけた事があるからだ。

今から半年ほど前、同じクラスの女子が、みんなに無視されたり、鞄《かばん》に虫の死体を入れられたりするという虐めを受けていた事がある。

少女はたまたまその現場を目撃《もくげき》し、クラスメイト達を強く言い咎《とが》めた。

——虐めは良くない事だ。

幸せに育った少女は、その道徳観から声を上げたのだ。

しかし、それは少女にとって、精一杯の勇気を必要とする行動だった。

幼いながらに、何となく肌《はだ》で感じてはいたのだ。

そんな事をすれば、次は自分が虐められるかもしれない、と。

だが、彼女はそれでも口を開き、虐められている少女を庇《かば》った。

後悔はなかった。

少なくとも、その時点では。

結果として、その時点での虐《いじ》めを止める事には成功した。

では、果たして彼女は新たな虐めの対象となったのだろうか？

答えは、否。

驚く程に上手《うま》く事が運び、数日後には虐めなど無かったかのように、彼女の周りには平穏《へいおん》が訪れた。

自分の見ていない所で虐めが行われているのではないかとも思ったが、そうした兆候《ちょうこう》は見られない。

それからというもの、彼女はクラスの中心人物となった。

クラス委員ではあったが、決してそれを笠《かさ》に着る事なく、クラスの皆が仲良くできるように努力し、実際、彼女の周りはいつも明るい笑顔が耐えなかった。

幸せだった。

自分と一緒《いっしょ》に笑っているクラスメイト達も、みんな幸せなのだろうと思っていた。

なんの疑いもなく——そんな所だけ、少女は純粋過ぎたのだ。

まだランドセルを背負う年頃にして、少女は人生とはなんと素晴《すば》らしいのだろうと考えるようになった。そして、誰か不幸な人が居たら助けてあげたいと思うようになった。

そうした感情は、得てして善意の押しつけになる事もあるのだが——

少なくとも、少女が周囲の人間関係を手伝ったり、遊びの計画を立てたりして海や山に行く機会も増え、彼女はクラスどころか学校の中心人物の一人と言っても差し支《つか》えはなくなった。

将来は、もっともっとみんなを笑顔にする仕事をしたい。

祖父《そふ》の仕事は良く解《わか》らなかったが、父は、色々な店に絵画を売る仕事をしているそうだ。

家にも何枚か、遠いどこかの景色が描かれた、見るからに高そうな絵が飾られている。少女には絵の値段は解らないが、ただ、とても綺麗《きれい》な絵だというのは理解できた。

――こんな素敵《すてき》な絵なんだから、きっと見て幸せになる人がたくさんいるんだ。

――お父さんは、なんて素敵な仕事をしているんだろう。

――そうだ、私は絵を描こう。画家になろう！

――たくさんたくさん絵を描いて、いつかお父さんに売って貰《もら》うんだ！

そう思った少女は、絵を学び始めた。

周囲の者はそんな彼女を応援したが、その夢を語った時に、何故《なぜ》か祖父と父親が一瞬《いっしゅん》顔を見合わせたのを覚えている。

ともあれ、少女は恵まれた環境に加えて、自分の目指すべき夢すらも手に入れた。

そんな幸せに包まれた生活の一環として彼女に与えられたものが、携帯電話だった。

少女は単に防犯用や家族に連絡する為《ため》のものとして、殆《ほとん》どその電話を使う事はなかったのだが――その携帯電話が、一つの事実を少女につきつける結果となった。

誰かから電話が掛かってきたわけではない。

学校の裏サイトなどに接続したわけではない。

最初は、物理的なきっかけだった。

携帯電話を友達の家に忘れるという、単純過ぎるきっかけ。

少女は、慌《あわ》てて友人の家に戻る。

そして、ドアホンを鳴らそうとした時に、庭から友人の声が聞こえてきた。

声を掛けようとしてそちらに回ろうとした所で、その友人の母親が、少女の名前を呟《つぶや》いた。


「あんた、栗楠茜ちゃんに何か迷惑をかけなかっただろうね？」

——え？


少女は戸惑《とまど》い、庭に向かう足を止めた。

今、友達の家で遊んでいたのは、自分の他にも三人程《ほど》居た。

携帯電話を忘れた事を思い出した自分だけが、たまたまここまで戻ったのだ。

それなのに、何故《なぜ》、友達の母親から自分の名前が出るのだろうか？

何か家の中で変な事をしてしまったんだろうか。

それにしては、言っている内容がおかしい。

——なんて言ったんだろう。

まだ幼い少女は、自分が何か聞き間違えたのだろうと考えた。

しかし、次に聞こえてきた友人の声が、少女の考えを粉々に打ち砕《くだ》く。

「解《わか》ってるよ！　私、ち、ち、ちゃんと茜ちゃんの言う事聞いてるもん！」


——……え？


少女の時間が、停止する。

少女の世界が、凍《こお》り付く。

まるで、宿題をやろうとした時に親に怒られ、『今やろうと思っていたのに！』と叫ぶような声だった。

戸惑《とまど》う少女は其処《そこ》まで考えはしなかったが——

仮に、その声を客観的に聞いた者がいたとしたら、こう思う事だろう。

栗楠茜《あわくすあかね》の言う事を聞くというのは、宿題と同じような『義務』に違いない、と。

「他のみんなも、栗楠茜《あわくすあかね》ちゃんに嫌《いや》な思いとかさせたりしてないだろうね！」

「してないよ！」

「本当かい？　こっちまでとばっちりが来るのは御免《ごめん》なんだからね！　全く、中学は別になってくれるといいけどね……」

そんな親の言葉に、子供は流石《さすが》に戸惑《とまど》い、何かしらの罪悪感を含んだ声で呟《つぶや》いた。

「……でも、茜ちゃんは、そんなに我が儘《まま》言ったりとかしないから、大丈夫《だいじょうぶ》だよ。お母さんは気にしすぎだよ」

友人を庇《かば》うというよりも、親が誰かを一方的に決めつけているのが気にくわないというような言いぐさだった。

一方、母親は息を荒げながら自分の娘《むすめ》に言葉を返す。

「茜ちゃんが良い子か悪い子かなんてのは、関係ないんだよ！　栗楠の人達は本当に恐いんだからね！　喧嘩《けんか》して殴《なぐ》って怪我《けが》でもさせてごらん、いったいどんな難癖《なんくせ》つけられるか！」

――……。

――……？

――……？　？　？　……？

友人の母親が何を言っているのか、やはり少女には理解できなかった。

しかし、だんだんと自分の胸が苦しくなっていく事だけは解《わか》る。

結局、少女——栗楠茜は、その場から逃げ出した。

自分はここにいてはいけない。

その確実な思いを持って、彼女はただ、逃げ出した。

携帯電話は結局忘れたままだが、もはやそんな事はどうでもよかった。

ただ、一刻も早く友人の家から離れたかったのだ。

先刻の友人とその母親の会話が何を意味するのか、それを理解しようとする事すら放棄《ほうき》して。


だが、運命は彼女を逃がさない。

その夜、茜の家にまで携帯電話が届けられたのだ。

友人の両親が、わざわざ車を使ってまで。

翌日、学校で渡せば良いものを、わざわざ親が届けに来たのだ。

自分の母親に対して頭を下げる相手の両親。

母に『ほら、茜もちゃんと御礼をいいなさい』と言われ、頭を下げた時にちらりと相手の顔を見たが——顔には愛想《あいそ》笑いが貼《は》り付いており、何を考えているのか解らない。

後に、その時の話を年上の知り合いに話した際、

『携帯電話は情報の塊《かたまり》だからねえ。娘《むすめ》の携帯を覗《のぞ》き見されたと君の家族が思う前に、とっとと自分から届けに来たんだろうね』

と言っていたが、当然ながら、茜《あかね》にとっては『なんだ、そうか』と済まされる話ではない。

何しろ、その事件が——全《すべ》てのきっかけだったのだから。


戻ってきた携帯電話で、彼女は恐る恐る『インターネット』というものにアクセスする事にした。最初は緊張《きんちょう》につぐ緊張で、何をしたらいいのか良く解《わか》らない状態だった。

それまで、彼女はネットに繋《つな》げようとした事などなかったし、自分の携帯電話のメールアドレスぐらいしか知らなかった。だが、何日もかけて覚えるうちに、呑《の》み込みの良い少女は徐々《じょじょ》にネットというものの『歩き方』を身につけていく。

無論、その間にも学校は普通に通っていた。

件《くだん》の友人も、いつも通り自分に接している。

あまりにも普段と変わらない為《ため》、それが逆に恐かった。

やはりあの日の事は自分の聞き間違いだったのではないかと、そんな期待すら胸に抱《いだ》き始めていた。

だが——携帯を通じて繋がった世界は、彼女に残酷《ざんこく》な事実を告げる。

検索《けんさく》ツールの使い方を大体覚えた所で、少女は意を決して調べて見る事にした。

『粟楠《あわくす》』という単語を入力して、そこに出てきた検索結果に眼《め》を向ける。

【目出井組《めでいぐみ》系　粟楠会】

インターネット辞典の一つ『文車妖妃《ふぐるまようき》』。

そこに、その『組織』についての詳《くわ》しい記述が記されていた。

小学生の知識では何を書いてあるのか良く解らない所も多々あったが、それでも、もっとも重要な事は理解できた。

粟楠会という存在が、どのような類《たぐい》の組織であるのかという事を。

それに気付いた瞬間《しゅんかん》、茜は自分が震《ふる》えている事に気が付いた。

——違う。

これは何かの間違いだ。

粟楠会という文字は家の中で何度も見た事がある。

神棚《かみだな》のある部屋には、粟楠会という文字の入った提灯《ちょうちん》が飾られている事も知っている。

——違うもん。

きっと、たまたま同じ名前なだけに違いない。

そう覚悟《かくご》していたのだが――

栗楠《あわくす》会の会長として、自分の祖父《そふ》の顔写真が貼《は》られているのを見かけた瞬間《しゅんかん》、少女の『世界』が動きを止める。

そして――

別の検索《けんさく》結果のホームページで、『隠《かく》れ蓑《みの》として、絵画の販売などを行っている』という文字を見つけ、凍《こお》りついた世界は音を立てて崩《くず》れ始めた。

それでも、彼女は騒《さわ》ぎ出したり、悲鳴をあげたりはしなかった。

ただ、虚《うつ》ろな眼《め》でネットを閉じ、携帯電話で友人の一人へ電話を掛ける。

かつて、虐《いじ》められている所を助けた少女。

それ以来親友になったと思っていた彼女に電話して、一つの問いを投げかけた。

『どうして、みんな……私の言う事を聞いてくれたんだろう』

と。

その声に、何かただならぬものを感じたのだろう。

親友の少女はだいぶ言い淀《よど》んではいたが、ポツリ、ポツリと語り始めた。

「……みんな、本当は次は茜《あかね》ちゃんを虐めようって言ってたの。私も、一緒《いっしょ》に茜ちゃんを虐めれば、もう虐めないでやるって言われた。だけど……その子達の一人が、茜ちゃんのお父さんは恐い人達だから、怒らせちゃ駄目《だめ》だって言い出して……」


その話を誰かが親にしてしまった事により、近所の親達の間に、噂《うわさ》は急速に広まった。

『自分の子供達が、栗楠会の会長の孫娘《まごむすめ》を虐めようとしている』と。

親達の一部はパニックに陥《おち》り、自分の子供達にキツクキツク言い含める。

『絶対に、その栗楠茜という女の子に逆らったらいけないよ』と。

相手は栗楠会の孫娘。

しかも、こちらの子供達の方から虐めを行ったとなれば、万が一言い掛かりをつけられた時に、道義的にも言い訳をする事ができない。

そんな事になる前に、一部の親達は子供達に厳しく言い含めた。

『茜ちゃんに、嫌《いや》な思いをさせちゃいけないよ』と。

栗楠茜に近づいてはいけない、と言ってしまえば、それは虐めと受け取られるかもしれない。

しかし、なまじ仲良くしていて、何かの弾《はず》みで喧嘩《けんか》になったり、怪我《けが》でもさせてしまったら大変な事になる。

だから、親達はとにかく栗楠茜の顔を立てろと言い出した。

折しも、テレビでは学校の裏サイトなどについて話が出始めていた頃であり——過剰《かじょう》に反応した親達は、子供達から裏サイトのアドレスを聞き出し、そこにも栗楠茜《あわくすあかね》の悪口が書かれていないかをチェックした。

こうした一部の親の対応が噂《うわさ》になり、徐々《じょじょ》に感化された周囲の親達や、子供同士の噂が広まり——最終的には、誰も茜に逆らう事は無くなった。

茜本人が欠片《かけら》も気付かぬまま——彼女は、教室の女王となっていた。

自分は、皆と同じ高さにいると思って、少女は誰も見下《みくだ》す事なく周囲を見続けていた。

周りにいる皆が、下から突き上げられた人形であるとも気付かずに。

実際に『栗楠会の会長や若頭《わかがしら》が、娘《むすめ》の学校での人間関係において、堅気《かたぎ》の人間に組の名前を出してまでどうこうするだろうか？』と言えば、それに正確に答えられる者はいない。

だが、親達の一部が過剰な不安を示した事により、その不安が広がってしまった。

それが無ければ栗楠茜は虐《いじ》めの対象になっていたかもしれず、その場合は本当に栗楠会の幹部である父親や、会長である祖父《そふ》が出てこないとは言えるのだろうか？

誰も『出てくるわけがない』と言い切れなかった為《ため》に——このような歪《ゆが》んだ人間関係を生み出してしまった。

そこまでの事情は、友人の話からは分からなかったものの——年齢《ねんれい》の割に勘《かん》の良い少女は、自分の環境を包む大体の『空気』を摑《つか》み取った。

茜は、電話を切った後、暫《しば》し呆然《ぼうぜん》と部屋の中で俯《うつむ》き続けた。

自分は、幸せだと思っていた。

いや、実際幸せだったのだ。

だが、みんなも自分と同じように幸せなのだと思っていた。

虐めもなく、自分の自由な思いを言い合えるクラスなのだと思いこんでいた。

自分自身の存在こそが、クラスのみんなの自由を奪っていたのだ。

結果として、クラスから虐めはなくなった。

だが、そんな結果は、今の茜にとってはどうでも良い事だった。

呆然としたまま時は過ぎ、食堂の方から母親の呼ぶ声が聞こえてくる。

どうやら夕飯の支度《したく》ができたようだ。

父も祖父も忙しく、母と二人で食事をする機会が多い茜だが、それを寂しいと思った事はなかった。彼女にとって、顔を合わせた時の父はとても優しく、彼女もまた、そんな父が大好きだったからだ。

少女は気丈《きじよう》に振る舞いながら、夕飯を母と一緒に食べた。

いつも通りの笑顔を浮かべ、いつも通りに明るい会話を続けながら。

気を緩《ゆる》めては駄目《だめ》だ。

そう思って、食事が終わった後も、彼女は作り笑いを貼《は》り付けたまま部屋の扉《とびら》を閉じ、気を紛《まぎ》らわせる為《ため》に机の上を片付け始めた。

その最中、机の上にあったスケッチブックを取り落とし、中の絵が開かれる。

描かれていたのは、クラスのみんなの昼食風景を描いた絵だった。

一人一人の顔には、楽しそうな微笑《ほほえ》みが描かれている。

心の底から、楽しそうに、楽しそうに。

そして——その絵を見た事が、彼女の崩壊《ほうかい》するスイッチとなった。

「ああ……ああああああああああああああああああああああっ！」

茜《あかね》はその絵をスケッチブックから引き剝《は》がし、ぐしゃぐしゃに丸めて千切《ちぎ》り捨てた。

——『たくさんたくさん絵を描いて、いつかお父さんに売って貰《もら》うんだ！』

少女の夢が、頭の中に響《ひび》き渡る。

何故《なぜ》悲しいのかも理解できないまま、幼い少女は泣き叫び、次々に自分の絵を破き続けた。

自分が見ていた光景は——

クラスのみんなの幸せな笑顔は、全《すべ》て全て嘘《うそ》だった。

そして、その嘘を押しつけたのは、自分の存在なのだ。

混乱したまま、少女は自分の絵を、已の夢を破き続ける。


ほんの数秒間が、少女にとってはとても長い時間のように感じられた。

引き延ばされた時の中で、それまでの自分の幸せな人生を否定する。

だが、スケッチブックのページが中頃まで進んだ所で、その手が止まる。

描かれているのは、父親と母親の顔だ。

茜の家族を描いたページを見て——少女は、気付いてしまった。

栗楠《あわくす》会という仕事をしている父や祖父《そふ》にショックを受けながらも——自分は、家族を嫌《きら》いになる事などできないと。

やがて、娘《むすめ》の泣き声を聞いた母親が部屋の中に飛び込んでくる。

「茜？　茜！　どうしたの!?」

茜はどうして良いのか解《わか》らず、ただ母の胸に飛び込み、泣き続ける事しかできなかった。

少女は、世界に祝福されていた。

だが、その祝福が彼女を幸せにするとは限らない。

それから暫《しばら》くの間、どこか壊《こわ》れてしまった少女の生活が始まる。

家族、とりわけ父親との心の距離が、徐々《じょじょ》に遠く離れていくのが解《わか》る。

娘《むすめ》が自分の仕事に気付いた、という事を父の幹彌《みきや》も知ったようで、お互いに距離感を摑《つか》みかねているような状態が続いた。

学校では、そんな自分を出さないように、精一杯の作り笑いを浮かべる日々が続く。

自分の周囲の世界が嘘《うそ》で塗り固められていたという事実にショックを受けた一方、自分が真実を知ってしまった事で、その『嘘』を壊す事も辛《つら》かった。

クラスメイト達は茜《あかね》に合わせ、茜はそんな周囲の嘘に自分を合わせた。

自分も含めて、嘘しか存在しない世界。

少女は、そんな世界に祝福されていたのだ。


そして、数ヶ月後——

思い詰めた少女は、とうとう家出を決意する。

何ができると思ったわけでもない。

ただ、自分の事も、栗楠《あわくす》の名前も知らない場所に行けば——何かが変わるのではないかと信じて。

少女は携帯電話のネット機能を使って、家出に関する情報を集める事にした。

いくつかのキーワードで検索《けんさく》すると、すぐに複数のサイトがヒットした。

そこの掲示板などに恐る恐る書き込みなどをしている内に——

『奈倉《なくら》』というハンドルネームの男から、積極的な接触《せっしょく》があった。

まだ幼い茜の問いかけに懇切丁寧《こんせつていねい》に答え、親身《しんみ》になって色々な相談に乗ってくれる。そんな人物に、ネット慣れしていない上に心を壊しかけていた茜が信頼を寄せていくのも、ある意味では仕方のない事だったかもしれない。

そして、一度会おうという話になり、流石《さすが》に茜も警戒《けいかい》しつつ、相手がどんな人間か確認してから接触しようとしたのだが——

待ち合わせ場所にいたのは、髪《かみ》の長い綺麗《きれい》な女性だった。

ゆっくりとその場所に近づくと、髪の長い女性は、ニッコリと笑って呟《つぶや》いた。

「あなたが茜ちゃん？　初めまして、奈倉よ」

理知的な女性の言葉に、茜は驚き、両目を丸く見開いた。

まさか、奈倉が女性だなどとは思っていなかったからだ。

彼女はとても親切で、傷心していた茜の心を温かく包み込む。『恐そうな男の人だったらどうしよう』という不安から解放された反動だろう。少女はすぐに『奈倉《なくら》』に対して心を許し、なんども街で会うようになった。

そして、何度か会って話をしている時に——一人の男を紹介《しょうかい》された。

「家出したいんだって？」

『イザヤ』と名乗ったその青年は、『奈倉』の仕事仲間なのだという。

彼は『奈倉』と一緒《いっしょ》に少女の話を聞く事が多かった。

不思議と人の心の中に入り込んでくる『奈倉』と『イザヤ』に対し、茜《あかね》はつい、自分の境遇《きょうぐう》について話してしまった。

話してから、少女はすぐに後悔する。

粟楠《あわくす》会の事を話してしまったら、この人達も怖がってしまうに違いない。

茜は、自分の足がカタカタと震《ふる》え始める事に気が付いた。

——どうしよう。

——どうしよう。どうしよう。どうしよう。

——この人達も、お父さんやお爺《じい》さんの事を怖がっちゃう。

だが、そんな茜の頭に、優しい掌《てのひら》が乗せられる。

『イザヤ』は茜の頭を優しく撫《な》で、柔《やわ》らかい微笑《ほほえ》みを浮かべながら呟《つぶや》いた。

「大丈夫《だいじょうぶ》だよ、恐くない、って言ったら嘘《うそ》になるけど……。茜ちゃんは茜ちゃんだよ」

心が壊《こわ》れかけた幼い少女。

彼女の心の隙間《すきま》に入り込むには、ただそれだけの事で充分だったのだろう。

『イザヤ』はそれから少女に様々な情報を与えて、時には携帯電話の特殊《とくしゅ》なアドレスや普通は使わないような利用方法を教えていく。

そして、更《さら》に一ヶ月後――

気付けば、彼女は家出をしていた。

本当に、気付けば、といった雰囲気《ふんいき》だった。

4月の末頃から、少女は家に帰っていない。

母親には『友達の家に泊まってるから、心配しないで』というメールを毎日送っている。

最初の日は、本当に友達の家に泊まっていた。

『奈倉』の家だ。

嘘はついていない。次の日は、『イザヤ』に漫画喫茶へと連れて行ってもらい、その次の日は24時間営業のファミレスで睡眠《すいみん》を取った。

茜のとった行動は、全《すべ》て『イザヤ』の指示によるものだ。

だが、茜はその状況を不思議とは思わなかった。

これこそが、自分の望んでいた事だと思い出したのだ。

自分を『栗楠《あわくす》の娘《むすめ》』として扱わない、本当の自分を見てくれる環境。

家族に会えない事が寂《さび》しいかと聞かれれば、確かに大丈夫《だいじょうぶ》とは言えなかった。

だが、もしかしたら、自分が家出をすれば、父も祖父《そふ》も、人に怖がられるような事は止《や》めてくれるかもしれない。

心の底では、そんな簡単にいくはずはないと理解しつつも——もしかしたら、という思いが彼女の心に満ち、家に帰ろうという思いを麻痺《まひ》させる。


だが、それもそろそろ限界かと感じていたその時——『イザヤ』がこんな事を口にした。

「……君は、お爺《じい》ちゃんやお父さんが嫌《きら》いなのかい？」

突然の問いに、茜《あかね》は絵を破いた時の事を思い出し、俯《うつむ》きながら静かに答える。

「……わかんない」

そんな茜に対して、『イザヤ』は優しい笑顔で呟《つぶや》いた。

「俺《おれ》が口を出せる問題じゃないからね。解《わか》るまで、ゆっくりと考えればいい」

だが、その表情を突然曇《くも》らせ、真剣な声色で呟いた。

「でも、答えが出るまで、君のお父さんやお爺ちゃんが無事だとは限らない」

「え……？」

「君のお父さんとお爺ちゃんは、ほら、君も心配しているように、いろんな人から怖がられてるだろう？」

「う、うん……」

一体何の話をするのだろうと怯《おび》える茜に、『イザヤ』は一枚の紙を差し出した。

そこには、白黒の服を着た金髪《きんぱつ》の男が写っており、サングラスの下に狼《おおかみ》のような目つきが覗《のぞ》いている。

「彼は、平和島《へいわじま》静雄《しずお》。池袋《いけぶくろ》で一番危ないって言われてる殺し屋なんだ」

「こ、殺し屋さん？」

物騒《ぶっそう》な単語に、息を呑《の》む少女。

そんな少女に対し、『イザヤ』は、真剣な表情のまま、恐ろしい言葉を吐《は》き出した。

「君のお父さんとお爺ちゃんが、彼に命を狙《ねら》われているかもしれない」

「……そう言ったら、君はどうする？」

男の言葉は、この時点ではなんの強制力もない。

ただの問いかけ。

だが——それは確かに、少女の心を絡《から》める糸の一部だった。

そして、少女も喧噪《けんそう》の輪に捕らわれる。
生まれた時から何一つ変わらず、世界に祝福されたまま。

# 『闇医者のノロケ話　その伍』

まあ、お茶でも飲んで待ちましょうよ。四木《しき》の旦那《だんな》。

大丈夫《だいじょうぶ》ですよ。セルティに任せればきっと上手《うま》く行きますから。

そんな渋《しぶ》い顔しないで下さい。

私はね、別に楽天的になってるわけじゃありませんよ。

どのみち結果が分かるまではどうしようもないんです。なら、少しでも希望的観測をもって気を楽にしておけば、ストレスによる負荷《ふか》が軽減できるかもしれませんよ。『笑う門《かど》には福《ふく》来たる』とはよく言ったものです。

ま、四木の旦那が今回セルティに頼んだ仕事っていうのが、女の子の護衛、というので安心しましたよ。もしも逆の……あの女の子を狙《ねら》ってる奴《やつ》を殺せ、とかだったら、流石《さすが》にセルティも仕事を引き受けなかったでしょうからね。

仕方なく運び屋なんてやってますけど、セルティは普通の女の子なんですよ？

……え？

……ああ、ええ。まあ、確かに。

確かにそうですよ。

デュラハンは、元々人々に死の予言を告げるのが仕事です。伝承によっては、直接魂《たましい》を刈《か》り取る死神みたいにも扱われます。

でも、だからって人殺しがホイホイできるかってのとは別問題でしょう、死神とかゾンビみたいに扱われてますけど、本当は妖精《ようせい》なんですよ？

……タライの中の血は何の血かって……そういえば何でしょうね。

実はトマトジュースかもしれませんよ。現実なんて、案外そんなものです。

っていうか、四木《しき》の旦那《だんな》、なんでそんなにデュラハンに詳《くわ》しいんですか。

最近の博徒《ばくと》はインテリだって言いますけどね。インテリ博徒ですか。

え？

ああ、いや、ヤクザとは言いませんよ。

だってヤクザって三枚歌留多《かるた》の博打《ばくち》のなかでは、8、9、3……最悪の札って意味ですからね。流石《さすが》に本人の前で四木さんをヤクザ《最悪の札》呼ばわりは失礼でしょう？

構いませんよ、って言われても困りますよ。

ただ、私はね、四木さん達を『任侠者《にんきょうもの》』と呼ぶほど夢見がちでもありませんよ。

他の組の方は知りませんが、少なくとも、粟楠《あわくす》会の人達で『男気《おとこぎ》が溢《あふ》れ、堅気《かたぎ》の衆には一切手を出さず、クスリも一切扱わない』……なんていう、『侠客《きょうかく》』とでも呼べるような人は数えるほどしかいないでしょう？

ああ、赤林《あかばやし》さんはああ見えてそのタイプでしたっけ？

ともあれ、そう思っているからこそ、あまりセルティを皆さんとは関わらせたくない、というのはご理解下さい。

まあ、自分に関しては、もう諦《あきら》めてますけどね。

この先何か私が不始末《ふしまつ》をしでかしたとしても、それはセルティには無関係の事です。

だから、私を東京湾《とうきょうわん》に沈めた後に、セルティにまで責任を追及したりしないで下さいね。

これは、父の代からの付き合いである四木さんへの個人的なお願いですけれど。

セルティには、私の最期の言葉は『僕の魂《たましい》はセルティの周りを漂《ただよ》ってるから、探してごらん。

そしてまたずっと一緒に暮らそう、セルティ』だったと伝えて下さい。

……あれ？　どうしてため息を吐《つ》くんですか？

……。
い、いやいやいや、滅相《めっそう》もない！
殺される程の不始末《ふしまつ》をしでかす予定なんてありませんたら！
……すいません、私が無神経でした。
そちらの身内の方は、遺言《ゆいごん》すら残せなかったわけですからね。
……そう睨《にら》まないで下さいよ。
私だって、池袋《いけぶくろ》でそんな真似《まね》する奴《やつ》は放って置けません。
……ただ、これは個人的興味から聞くんですが、その三人は、どういった死に方を？
？
なんですか、このデジカメ。
……。
ああ、この中に仏《ほとけ》さんの写真が。
一通り見たら完全に消去するってわけですか。
では、失礼して……。
……。

……御冥福《ごめいふく》をお祈《いの》りします。

一通り見せて頂きました。

その上で、私の個人的な意見を言って宜《よろ》しいですか。

闇医者《やみいしゃ》の意見として、というよりも、平和島静雄《へいわじましずお》の古くからの友人として。


これは、アイツの仕業《しわざ》じゃありませんよ。


……別に、庇《かば》ってるわけじゃないですよ。

確かに、友人として彼の無実を信じたい……という気持ちも三割ぐらいあります。

でも、四木《しき》の旦那《だんな》を相手に、それだけで語っても無駄《むだ》でしょう?

根拠《こんきょ》というものがあるとすれば——まあ、いくつかありますが……。

例えば、静雄の奴《やつ》が本気で相手を殺そうと思う程に怒り狂ったとしましょう。

それも、粟楠《あわくす》会の人間を三人も殺そうかという程の、途轍《とてつ》もない怒りです。

なのに、随分《ずいぶん》と綺麗《きれい》な御遺体《ごいたい》だと思いますよ。

例えばこの壁にめり込んでいる御遺体ですが、ガードレールを引っこ抜く程の静雄の腕力《わんりょく》で、
全くの手加減無しで、殺すつもりで壁に押し込んだのだとしたら——多分、御遺体の顔の判別

というか、頭蓋骨《ずがいこつ》ごと頭が無くなってるんじゃないですかね。

他の御遺体《ごいたい》にしても、綺麗《きれい》すぎます。

確かに素手《すで》によって殺されたものでしょう。

ですが、あまりにも綺麗すぎる。

反撃《はんげき》した様子も殆《ほと》ど無いままに、貴方《あなた》の部下……ですよね？　その人達を、三人も殺すなんていう真似《まね》ができるものでしょうか。あの平和島静雄《へいわじましずお》に。

たまたま暴れて、つい当たり所が悪くて殺してしまった……っていう感じでもありませんしね。この写真の状況を見ると。だって、御遺体がめり込んだ壁以外は、部屋の中が全くと言って良いほどに荒れてないじゃありませんか。


……そもそも、何故《なぜ》彼があのビルに行ったのかが解《わか》りません。

ここのビルに行くような事は一切言ってませんでしたからね。

そもそも、四木《しき》さん達にも、平和島静雄と揉《も》めた記憶《きおく》はないんですよね？

……まあ、静雄じゃないとすれば誰か？　と問われたとしても、私にはてんで見当もつきませんよ。それこそ、粟楠《あわくす》会が誰と揉めているのかなんて事は、私の知ったことではありませんのでね。

そうなんです。

私は今、粟楠会がどんな揉め事に巻き込まれているのかは知りませんし、知るつもりもありません。

ただ、セルティが関わっているなら話は別です。

昨日《きのう》、一瞬《いっしゅん》だけセルティが帰ってきた時、セルティは予備のヘルメットを持って行ったんですよ。

つまり、一個目のヘルメットに何かがあったんでしょうね。

どうやら、そうとう危ない事に巻き込まれてるみたいですねえ、セルティ。

ああ、いえ、四木さんに文句があるわけじゃないですよ。

それに、セルティ本人がどうこうされるっていう心配はあまりしていないんですよ。

セルティは強いですからね。

ただ、私は、セルティが悲しむ顔は見たくないんですよ。

ええ、顔です。

首から上のないセルティにも、ちゃんと顔というか、表情はあるんですよ。

全身の仕草《しぐさ》とか、体を纏《まと》う影の揺らめきとか、そういうのから大体解《わか》ります。私だけでしょうけどね。

ともかく、セルティは、お人好しなんですよ。

自分の体が丈夫《じょうぶ》な代わりに、自分の知り合いとかが傷ついたりすると凄《すご》く悲しむと思います。

もう、その粟楠《あわくす》さんのお嬢《じょう》さんにも感情移入しているかもしれませんねえ。

直接の知り合いというわけでもないのに、子供が死ぬ、という話だけで嫌《いや》な顔をしますから。

昔はそんな事もなかったんですけれど、ここ数年で特にセルティは変わってきています。

やっぱり、人と触《ふ》れ合うと、より人間らしくなるのかもしれません。

私自身は、そういう倫理観とかは無縁《むえん》な人間ですから、そんなに影響うけなかったと思いますけどね。

ともかく……。

セルティは、もしかしたら普通の人間よりも少しお人好しな範疇《はんちゅう》に入るかもしれません。

誰かを無益《むえき》に助けようとする時、普通の人達が計りにかける労力や社会的地位や自分の身の安全があって躊躇《ためら》う事もあるでしょう。

でも、セルティはそうした『天秤《てんびん》にかけるもの』が極端に少ないですから。

自分の首すら無くしたんです。失う物は、自分自身のプライドとか、罪悪感の無い生活とか、そういうものです。そして、そのプライドとか罪悪感の無い健《すこ》やかな生活の為《ため》に、セルティは人を助けてしまう。計りに乗せたら、寧《むし》ろ『助ける』の側の皿に乗っちゃうんですよ。

そこがセルティの素敵《すてき》な所です。

少なくとも、人間らしい心だなんて、今の私には無いものです。もう、私なんかには勿体《もったい》ないぐらいい女です。

最近ますますセルティは素敵な女性になっていますよ。もう、私なんかには勿体《もったい》ないぐらいい女です。

だからこそ、私は誰にもセルティを渡したくないし、悲しませたくない。私のような闇医者《やみいしゃ》が、セルティに釣《つ》り合うとは思っていません。それでも、私は彼女が好きなんです。

まあ、せめてセルティが計りにかける『失う物』の中に、私の名前が入っていてくれると素敵な話なんですけどね。

……あれ？

……四木《しき》さん？　四木の旦那《だんな》？

……もしかして、寝てました？

呆《あき》れてただけ？　ああ、なんだ、それならいいです。

理解されても困りますからね。今の話を理解できるってことは、セルティの素敵さが解《わか》るという事で私の恋のライバルという事になりますから。

ともかく、セルティはそういう性格ですから、安心して下さい。

セルティが粟楠茜《あわくすあかね》ちゃんを見つけたなら、全力で護《まも》りますよ。

例え、粟楠会が今から依頼をキャンセルしたとしてもね。

5章
Ryohgo Narita

関東某所《かんとうぼうしょ》

折原臨也《おりはらいざや》は、関東北部のとある街にいた。

現在はとある駅から別の路線の駅へと歩いている最中であり、周囲にはやはりＧＷの家族連れなどが無数に往来している。

彼の視線は携帯電話に注《そそ》がれている。

何かを確認しながら歩いているようだが、連休中の人混みの中でも、不思議と他者にぶつかる事無く歩を進めていく。

彼の携帯の画面は、どこかのチャットルームが映し出されているようだ。

『バキュラ』『狂』『参』というハンドルネームの参加者達が次々に退室していくのを眺《なが》めながら、臨也は楽しそうに口元を歪《ゆが》め、心中《しんちゅう》で独り言を呟《つぶや》いた。

――そろそろかな。

そして、携帯電話の電源ボタンを軽く押し、ネットを強制的に切断する。
と、それに入れ替わる形で携帯電話が振動を始め、何者かからの着信を主張する。
ディスプレイに映る名前は『紀田正臣《きだまさおみ》』。
——ビンゴ☆
画面を指でピンと弾《はじ》き、臨也《いざや》は楽しげに着信ボタンに指を伸ばした。

「もしもし」

『……もしもし』

「やあ、君か。どうしたんだい急に。話なら今朝《けさ》終わっただろう？　それとも、俺《おれ》の声が恋しくなったとかそういう理由かな？　だったら俺には肩《かた》の荷が重すぎる、っていうかぶっちゃけ君を慰《なぐさ》める暇《ひま》なんてないから、沙樹《さき》ちゃんにたっぷりと慰めてもらいなよ」

『あんたの下らない冗談《じようだん》を聞いている暇はない』

「どうしたのさ？　何か怒ってるみたいだねぇ？」

挑発《ちようはつ》するような臨也の口ぶりに、受話器の向こうから怒気《どき》の籠《こ》もった声が聞こえてくる。

『帝人《みかど》に、何を言ったんすか……』

「なんの事かな？」

『チャットで俺のハンドルネームを騙《かた》ったのは、アンタでしょう』

「証拠《しょうこ》は？」

『アンタ以外にそれをする奴《やつ》がいない』

「狂さんや参さんの陰謀《いんぼう》かもしれないよ。セットンさんだって裏じゃどんな人なのか解《わか》らないし、罪歌《さいか》さんだって過去にうちのチャットルームを荒らした実績がある」

『こんな事を言われても「違う」と言わないでそういう言葉で惑《まど》わしに来るのが、あんたが犯人だっていう証拠だ』

「それじゃ陪審員《ばいしんいん》は納得させられないよ？　でも、まあ及第点って事にしておいてあげようかな。まあ、実際君の名前を騙ったのは俺だよ。まったく、普段の君に合わせると大変だな」

『……帝人に、何を言った』

「何故《なぜ》、僕が帝人君に何かを言った、と思うんだい？　狂さんと参さんとさっきチャットで会話していたようだけど、田中太郎《たなかたろう》君と君が何か話した、とは言ってなかっただろう？」

『折原臨也《おりはら》っていう人間が俺の名前を騙って何かをするとしたら、それ以外に目的が思いつかない。俺を陥《おとしい》れるのが目的なら、あんたは現実の方で手を回すだろう』

「まあ、そうなるかな。で、君はどうする気だい？」

『質問に答えろよ……』

「そんな暇があるといいねえ。今、池袋《いけぶくろ》で何が起きてるのか知らないのかな？」

『……は？』

「ああ、そうか。君はこないだの揉《も》め事以来、ダラーズの情報はシャットダウンしてるんだね。だったら、しょうがないか」

『何を言ってるんすか……？　今、池袋《いけぶくろ》で何かあるんですか？』

「それこそ、電話して聞いてみればいいじゃないか。帝人君に」

『……臨也《いざや》さん、アンタ』

「簡単だろう？　君と帝人《みかど》君は親友じゃないか。電話して、直接話をして伝えればいい。折原《おりはら》臨也はとんでもない悪人だ。昨日《きのう》の俺は奴《やつ》のなりすましだから、言ったことは全部忘れろ……ってね。まあ、もう遅いと思うけど。とにかく、声を聞かせる。ただそれだけの事でいいじゃないか。君達は掛け替えのない友情で結ばれているんだからね」

『……やめてくれ』

「君がどう思おうと、帝人君はそう思っているみたいだよ。全く、彼は本当にお人好しだね。救いようがない。だけど、それ故に尊い。生贄《いけにえ》の羊《ひつじ》みたいにね」

『やめろって言って――――』

相手の叫び声が聞こえかけたところで、臨也は一方的に通話を切った。

「怒鳴《どな》られるのは好きじゃないんだ。それに、もう駅についたしな」

乗り継ぎの為《ため》の駅に辿《たど》り着いた臨也は、カードを持っているのに、わざわざ切符を買ってホームに向かう。

電車の次の時間を確認した後、臨也はまた携帯を弄《いじ》り始め、メール等を確認する。

「さて、このままダラーズがやられっぱなしっていうのも面白くないな……と」

独り言を呟《つぶや》きながら、臨也は懐《ふところ》から二台目の携帯電話を取りだした。

そして、彼は携帯のボタンを押し始める。

明確な悪意と、人間への歪《ゆが》んだ愛に満ちた指先で。

♂♀

一時間前　某《ぼう》女子学園前

池袋《いけぶくろ》駅からサンシャインシティの間を横切る、首都高の高架《こうか》下にある大通り。

その道路沿いにあるとある女子校の前で、二人の男が対峙《たいじ》していた。

薄手《うすで》のニット帽《ぼう》を被《かぶ》った凛々《りり》しい顔つきの青年と、ストローハットを被った、顔や腕《うで》に包帯《ほうたい》を巻いている青年。

互いに向き合う青年達だが、怪我人《けがにん》である方の青年——六条千景《ろくじようちかげ》は不敵《ふてき》な笑いを浮かべており、対するニット帽《ぼう》の青年——門田《かどた》京平《きようへい》は、苦虫を噛《か》みつぶした顔で相手を睨《にら》みつけている。

「……てめえ」

突然メールの着信を伝えた門田の携帯。

その画面に表示されたものは——

いいいいいいいいいいい、池袋の各地でダラーズが襲撃されているという、緊急の警告メールだった。

「いや……手前《てめえ》ら、一体何しに来たんだよ」

「なに、売られた喧嘩《けんか》の代金を払《はら》いに来ただけさ」

鋭い眼光で睨まれた千景《ちかげ》は、笑いながら言葉を返す。

「釣《つ》りはいらねえから、存分に受け取ってくれや」

「こないだ……ここで俺《おれ》や静雄《しずお》にやられた連中の敵討《かたきう》ちってわけか？　だとしたらとんだ勘違《かんちが》いだぜ。あれはダラーズとしてやったんじゃねえ。俺《おれ》が個人的に頭に来て手を出しただけだ」

門田は相手を睨み付けたまま、周囲の音や相手の視線にも集中する。もしかしたら目の前の男は囮《おとり》であり、背後や左右に伏兵が潜《ひそ》んでいるかもしれないと考えたからだ。

だが、周囲を警戒《けいかい》した所で一般人の通行人達以外は見られない。

歩道の真ん中で立ち止まって話している二人に奇異の視線を向ける者もいたが、二人がチーマーか何かの類《たぐい》だと気付いた瞬間《しゆんかん》、関わり合いにならぬよう自分から距離を取る。

千景は歩道横の女子学園の壁に背をよりかからせながら、包帯《ほうたい》の間の眼《め》をニヤリと歪《ゆが》ませる。

「その件に関しちゃ、俺らに非があるからよ、それについちゃ恨《うら》んでねえさ。ま、やり過ぎだと思って、平和島静雄《へいわじま》って奴《やつ》にゃあ抗議しにいったけどな」

「……ああ、その面《つら》の怪我、もしかして静雄か？」

「ボロボロにやられたよ。なんだありゃ。大魔王《だいまおう》か？」

苦笑しながらため息を吐《つ》き、ストローハットの鍔《つば》を弄《いじ》りながら門田に問いかける。

「で、まあ、そっちの件は片がついたんだけどよ……。手前《てめえ》らダラーズが埼玉《さいたま》でやらかした事は知ってるか？」

「？」

「……ああ、知らねえって面だな」

眉《まゆ》を顰《ひそ》める門田に対し、千景は顔を僅《わず》かに引き締めながら、淡々と語り始める。

「全くおめでたい連中だぜ。自分のチームが何をやってるのかも知らねえときた」

「……」

「俺らのチームの奴らがやられただけならよ、こないだ池袋《いけぶくろ》で暴れた連中のツケが回ってきたって我慢《がまん》もできんだけどな……。たまたま居合わせた、うちのチームの奴の弟とかまでやられちゃ、黙《だま》ってるわけにもいかねーだろ」

千景は首をゴキリと鳴らし、壁から背を離しながら断言する。

「それにな、こっちはバイク燃やされて、チームのマークにまで泥塗《どろぬ》られてんだ。ひらがなで『だらーず』って、挑発《ちょうはつ》するにも程があるだろ、おい。あのタギングやんのにどんだけ時間かかると思ってんだよ。消されんのが嫌《いや》だから人気《ひとけ》のねえ所に書いてたのを、わざわざ探し出して消してくれやがって」

「俺《おれ》に言われても困る。そもそもタギング自体が世間に迷惑《めいわく》だろうが」

「……ああ、まあ、そうだな。悪ぃ悪ぃ」

門田《かどた》のツッコミに、思わず顔をほころばせる千景《ちかげ》。

「そんな道徳的な事をダラーズの連中に突っ込まれるとは思わなかったぜ。お前楽しいな」

「で、わざわざ俺になんの用だ？　手前《てめえ》、Ｔｏ羅丸《とらまる》の頭だろ」

新たに響《ひび》き続ける携帯のメール音。

門田は一切表情を緩《ゆる》める事無く、眼前の男を睨《にら》み付けた。

「わざわざ俺に会いに来たってのは、池袋《いけぶくろ》の意趣返しじゃなきゃなんだってんだ？」

「お前よ、ダラーズの顔役の一人だろ？」

「は？」

――おいおい、いつの間にそんなデタラメが回ってんだ？

呆気《あっけ》にとられる門田に、千景《ちかげ》は単刀直入に自分の聞きたい事を吐《は》き出した。

「ダラーズのボスってのは、どこのどいつよ」

「……」

——そう来たか。

門田は小さく息を吐き出し、自分の置かれている状況が——目の前の男の事だけではなく、ダラーズ全体で考えた時の立場も含めて——予想よりも遥《はる》かに面倒臭《めんどうくさ》い事になっているのだと気が付いた。

「そいつと話《ナシ》つけるから、とっとここに呼んでくれや」

「知るか」

「おいおい、そんなに冷たくする事ねえだろ」

「そういうわけじゃなくてだな……。俺は、ダラーズの頭が誰なのか知らねえっつってんだよ」

あっさりと答えた門田の言葉に、今度は千景が動きを止める。

——は？

——いや、手前のチームの頭を知らねえって、そりゃあり得ねえだろ。

——確かに、ネットで調べても良く解《わか》らなかったけどよ……。

「適当ぶっこいてんじゃねえよ。なわけねえだろ」

「お前よ、イナゴって知ってるか」

「馬鹿にしてんのか」

「いいから聞け。イナゴの群ってあるだろ。稲《いね》だの麦《むぎ》だのを食い荒らす、何万匹《びき》とか何十万匹とか、まあ多けりゃ数億《おく》、数十億匹《ひき》ってなるあのイナゴだ」

門田《かどた》は肩《かた》を回しながら、女学校の壁に手を付けながら語り始める。二人とも歩道の端《はし》に寄った事で、先刻よりも人がスムーズに行き交いするようになる。そうなればもはや二人は人混みの一部としかならないのか、人々は誰も彼らの会話を気にせぬまま通り過ぎるようになった。

「例えばだ、そのイナゴ連中は知ってると思うか？　自分達のリーダーが誰か、なんてよ。そもそも女王蜂《ばち》や女王蟻《あり》みてえなリーダーがいるのかどうかも俺《おれ》は知らないけどな。ダラーズには一応リーダーっぽいのは居るらしいが、俺は名前も知らねえし、何かを命令された事もねえ」

「……」

「つまり、ダラーズは蜂や蟻じゃねえ。イナゴとか、海の中を泳いでる魚の群さ。もっと解《わか》りやすく言や、……あー、これは言い過ぎな喩《たと》えだとは思うが、一個の国とか民族みてえなもんかもな。どっかの国の奴《やつ》が他の国の奴を殺したら、その殺人犯がいた国の人間がみんな敵《てき》に見えちまう。だから、空爆だのテロだので一般人も区別なくやっちまえ……っていうような感じじゃねえか？　お前らが今やってる事はよ」

皮肉を交えながら『ダラーズ』について説明した門田は、そこで口を閉ざして相手の反応を待つが——

「それはどうかと思うぜ、俺は」

千景《ちかげ》は、僅《わず》かに口元を緩《ゆる》め、反論の言葉を口にする。

「ダラーズってのは、自分でそこにいたくている奴が殆《ほとん》どなんだろ？　どっちかっつったらサークルとか部活が近いんじゃねえのか？」

「……かもな」

「運動部の奴が不祥事《ふしようじ》起こして、他の奴まで巻き添えで出場停止処分……なんてのは良くある話だぜ。それが理不尽《りふじん》かどうかはともかく、そんな目に遭《あ》う可能性も考えねえで『ダラーズ』なんてチームのメンバーを名乗ってんなら、そりゃただのマヌケだろ」

千景としては、皮肉に対して挑発《ちようはつ》を返したつもりだった。

だが、そんな彼の言葉を聞いて、門田はそこで初めて表情を綻《ほころ》ばせ、柔《やわ》らかい調子で呟《つぶや》いた。

「ああ、そうだな」

「あん？」

「そのチームの一員になって、そのチームの威《い》を借るからにゃ、こういう事になった時に『俺は知りませんよ。はいさよなら』ってわけにはいかねえよなあ、やっぱり。ま、少なくとも俺は、その事実は受け止める覚悟《かくご》はしてるつもりだがよ……それがまだ良く解ってない連中が好き勝手やられてるのを見て、自業自得《じごうじとく》だって笑う気にもなれねえんだよな」

どこか諦《あきら》めたようにため息を吐《つ》きながら、門田は独り言のように言葉を紡《つむ》ぐ。

そんな門田の雰囲気《ふんいき》が変わった事に気付いたのか、千景は体を相手に向き直らせつつ、真剣な表情で口を開いた。

「……何が言いてえんだよ、お前」

対する門田《かどた》は、僅《わず》かに笑みを浮かべ、力のある言葉を口にする。

「その喧嘩、乗ってやるって言ってるんだよ、、、、、、、、、、、、、、、、」

「……はっ！」

相手の言葉に対し、千景《ちかげ》の顔は喜色に染まり、思わず笑い声を噴《ふ》き出してしまう。

「いいな、お前。古風じゃねえか。チーマーって言うよりゃ番長って感じだぜ」

「ここじゃ目立つ。場所を変えようや」

門田の言葉に、千景は笑顔のまま首を振る。

「その必要はねぇよ」

「あぁ？」

「一瞬《いっしゅん》で終わる」

そう言った時には、既《すで》に千景は地を蹴《け》っていた。

平和島《へいわじま》静雄《しずお》に奇襲《きしゅう》した時と同じ、ガードレールを踏み台にした跳躍《ちょうやく》。

今回はドロップキックではなく、体を斜めに捻《ひね》りながらの足刀蹴《そくとうげ》りだ。

千景の右足の甲《こう》が、門田のコメカミに吸い込まれていく。

だが——必中のタイミングだと思われた蹴りが、次の瞬間《しゅんかん》には空しく宙を切る。

当たる直前に門田がスウェーで躱《かわ》し、一歩間合いを開けて相手の着地を待つ。

突然跳《と》び蹴りを始めた青年の姿に、周囲を歩いていた人々はギョっとして動きを止め、二人から慌《あわ》てて距離を取り始める。

「お前の一瞬ってのは、何時間あるんだ？」

門田はそう呟《つぶや》きながら、周囲のざわめきを耳にし、千景に再度提案する。

「場所を変えようや」

「……そうだな」

千景も、今し方《がた》の門田の動きで相手が喧嘩《けんか》慣れしていると判断したのだろう。大人《おとな》しく相手の提案に乗る事にしたようで、背を向けた門田の後に大人しくついていく。

——でも、この辺に喧嘩できそうな場所なんてあんのか？

——そこら辺に交番があるし……。神社とか公園も、昨日ハニー達《みんな》と回った限りじゃ、昼間は人が多そうだったが……。

どこかのビルの屋上かも知れぬと思いながら歩き始める千景。

だが——60階通りの入口。東急《とうきゅう》ハンズの前まで歩いた所で、門田は交差点入口に止まるタクシーに手を挙げた。

ドアが開き、門田《かどた》は躊躇《ためら》いもなくその中に乗り込んだ。

そして、呆然《ぼうぜん》としている千景《ちかげ》に対して不思議そうに尋ねかける。

「どうした？　乗れよ」

「タクシーで移動すんのかよ」

呆《あき》れた調子で呟《つぶや》く千景に、門田は苦笑と共に言葉を返した。

「一応こっちは社会人なんだ。タクシー代ぐらい俺《おれ》が払《はら》うから安心しろ」

♂♀

来良《らいら》学園第二グラウンド　用具倉庫裏

来良学園、ひいては池袋《いけぶくろ》の駅から少し離れた場所にある、芝生《しばふ》の敷き詰められた運動場。

本校舎にも校庭はあるが、野球部やサッカー部、ラクロス部などが同時に活動するにはやや狭い為《ため》に、部活動のいくつかはこちらのグラウンドにまで出向いて練習をする事になる。

現在はカバディ部と女子サッカー部が活動をしているようで、運動場の外れにある用具倉庫裏にまで『カバディカバディカバディ……』というかけ声と女子の歓声が混じった奇妙《きみょう》な生活音が響《ひび》いてくる。

そんなグラウンドの片隅《かたすみ》で、千景は感心したように声をあげる。

「……池袋の街中《まちなか》に、こんな場所があるたぁな」

倉庫の周りには木が多く植えられており、ちょっとした公園といった所だ。フェンスと倉庫の間にはそこそこに広いスペースが空《あ》けられているものの、倉庫の表からは裏の様子が見えないようになっている。

周囲を見回している千景に対し、門田が腕《うで》のストレッチを行いながら口を開く。

「もともとはここに二つ目の倉庫を建てる予定だったらしいんだけどな。いざ使ってみたら、倉庫一つで充分だったんだとよ」

「詳《くわ》しいじゃねえか」

「OBだからな」

自嘲《じちょう》気味に笑った後、門田は更《さら》に言葉を紡《つむ》ぐ。

「ここは、俺らが現役の時は喧嘩《けんか》スポットの一つだったからな。よく静雄《しずお》の奴《やつ》に殴《なぐ》られた他の高校の連中が転がってたもんだ。丁度《ちょうど》木で日陰になってるからな。ただ寝る分にゃ気持ちよさそうだった」

「なるほど、それで自分もここで寝っ転がりたくなったと」

「御免《ごめん》だね。来良《らいら》学園が落ち着いた今じゃ、夜にカップルが忍《しの》び込んでいちゃつく為《ため》のデートスポットみてえなもんだしな」

「そりゃいいことを聞いた。今度ハニー達を連れていちゃつきに来よう」

互いに顔を見合わせ笑い合う二人。

その笑い声が落ちついた所で——同時に顔を引き締める。

「じゃ、始めるか。その懐《ふところ》にある得物《えもの》は使わなくていいのか？　短くした木刀《ぼくとう》かなんかだろ？」

門田《かどた》の問いに、千景《ちかげ》は上着の裏側に仕込んだ『何か』を押さえつつ言葉を返す。

「ん？　ああ、気付いてたのか」

「さっき、手前《てめえ》が跳《と》び蹴《げ》りしたときにちょいとな。そっちは怪我《けが》してんだ。道具使うぐらいのハンデはつけてやるよ」

「そっちこそ、ハンデにこの武器を貸してやろうか？　オッサン」

「まだ俺《おれ》は25前だぞ。ガキ」

互いにシンプルな挑発《ちょうはつ》を交わし合った直後——

合図することもなく、二人は互いに向かって走り出していた。

互いの拳《こぶし》が絡《から》み合い、カバディ部や女子サッカー部の声に混じって肉を殴《なぐ》る鈍《にぶ》い音が響《ひび》き渡った。

ウバティ
ウバティ
ウバティ
ウバティ
ウバティ

だが、彼らは知らなかった。

ダラーズは、本当に池袋《いけぶくろ》のどこにでもいるのだという事に。

門田《かどた》に至っては、自分がダラーズの中で本当に顔役のように扱われている事すら。

そして、彼らは気付く事ができなかった。

この時点で、ダラーズの一員である女子サッカー部のマネージャーによって、一つのメールが回されていたという事に。


【今、ダラーズの門田さんが来良《らいら》の第二グラウンドの裏の方に歩いていきました！　なんだか恐そうな人と一緒だったけど、もしかしたら、今ダラーズを襲《おそ》ってる人達かも！　門田さんなら喧嘩《けんか》しても負けないと思うけど、ちょっと心配だよ～／(∨∧)＼】

と、御丁寧《ごていねい》に二人が並んで歩いている携帯カメラの写真まで添えられて。

♂♀

同時刻　都内某所《ぼうしょ》　廃工場

「……全く、とんだ邪魔《じゃま》が入ったもんだ」

帝人《みかど》とセルティが去った後の廃工場で、青葉《あおば》は大きなため息を吐《は》き出した。

現在は喧噪《けんそう》が完全に収まっており、少年の周囲には『ブルースクウェア』の仲間達が笑いながら立っており——その更《さら》に周囲には、特攻服《とっこうふく》や革《かわ》ジャンを纏《まと》った男達が倒れている。

Ｔｏ羅丸《とらまる》の男達は皆意識を失っており、彼らの周りには、血の付いた鉄パイプや折れた角材が無造作に転がっている。

不良少年達も無傷というわけではなく、体のあちこちに怪我《けが》を負っている状態だ。

青葉も顔面に擦《す》り傷を作り、口の端《は》から僅《わず》かに血が流れている。

それでも、青葉はダメージを感じさせる事無く、余裕《よゆう》を持った表情で周囲の仲間達に声をかける。

「ま、みんな無事で何よりだよ。ホント、無駄《むだ》に頑丈《がんじょう》だよな、お前ら」

帝人《みかど》に話しかける時とは全く違った口調。

周囲にいた少年達は、皮肉の混じった少年のねぎらいに笑いながら答えを返す。

「ヒヒっ。余裕だっての。こいつらが弱ぇっつーの」

「ネコ、お前それ、頭から血ぃ流しながら言う事じゃねえだろ」

「チゲーよ。トマトジュースだよコレ。ヒヒ」

「しかし、八房《やつふさ》いなくて良かったなマジで」

「ああ、来たら死んでたかもなアイツ」

「病弱だからな」

「モヤシッ子だからな」

「つーか、あの帝人先輩《みかどせんぱい》っつー人もだいぶモヤシじゃね？」

「そうだぞ青葉《あおば》。俺《おれ》、初めてみたけど、本当にあいつがダラーズ作った奴《やつ》なのか？」

「マジで俺らをからかってんじゃねえだろうな青葉」

「だとしたら殺す！」「彼女を貰《もら》う！」

「あれ、青葉に彼女なんていたっけか」

「ほら、例の双子《ふたご》の」

「……殺す！　今殺す！」

「落ち着け」

「青葉強がってるけど、だいぶ喰らってたからマジで死ぬぞ」

「それはそれでよし」「ヒヒっ」

「……クルリとマイルは、キスはされたけど別に彼女ってわけじゃ……」

「思い出した！　殺す！」

「つか、呼び捨て!?」「もうそんな仲なのかよてめえ！」「殺す！」「死ね！」

好き勝手な事を騒《さわ》ぐ仲間達を無視し、青葉は冷めた表情で周囲の仲間達を睨《にら》み付ける。

「そもそも、帝人先輩がモヤシだってんなら、俺だってモヤシだろ」

淡々と呟《つぶや》きながら、青葉は呻《うめ》きながら立ち上がろうとしている革《かわ》ジャンの男を眼《め》に止め、そそちらにゆっくりと近づいていく。

「それに多分、帝人先輩は殴《なぐ》り合いの喧嘩《けんか》とかした事ないんじゃないかな」

自分の言葉を続けながら、立ち上がりかけていた革ジャンの男の顔面に思い切り膝蹴《ひざげ》りを叩《たた》き込む青葉。

悲鳴をあげる間もなく気絶した男の背を踏みつけながら、青葉は淡々と語り続ける。

「だからこそ、先輩はダラーズなんていうものを作る事ができたのかもしれない」

「よくわかんねーよ」「青葉のそういうきめぇセンスについてけるの八房《やつふさ》だけだろ」

「でも、その双子の電波ちゃんはお似合いなんじゃね？」「殺す！」

「しつこいよヨシキリ。どんだけ天丼《てんどん》だよ」「お前が死ね」「あ、ゴキブリ居たぞ」「捕まえろ！」

「油で揚げろ！」「さっきの賭《か》け、まだ有効なのかよ」「どんだけ天丼だよ」「ゴキブリの天丼？」

「……」「……」「……オブエっ！」

想像してしまったのか、数人の不良達が吐《は》き気を覚え、工場の外まで走っていく。

脱線する仲間達を前に、青葉は心中《しんちゆう》で思案を続けている。

――こいつら……どうやってここが解《わか》ったんだ？

足元に踏みつけている暴走族のメンバーを冷たく見下ろしながら、青葉は静かに考える。

――脅《おど》しつけて話を聞くか……って言っても、このタイプは簡単には仲間の事とか喋《しやべ》らないだろうしな。

——……。

——折原臨也《おりはらいざや》が情報を流した……っていうのは流石《さすが》に考えすぎか？

——いや、奴《やつ》に関しては、考えすぎぐらいに思っておいた方がいい。

そんな事を考えていると、青葉《あおば》の携帯から再びメールの着信音が鳴り響《ひび》く。

周囲の仲間達の携帯からも同様に着信音が響き始めた事から、どうやらダラーズのメーリングリストのようだ。

内容には、門田《かどた》というダラーズでも有名な男が、怪しい男と来良《らいら》の第二グラウンドに向かっているというものだった。

——しかし、警察に調べられたらこのメーリングリストもヤバイよな。

——……このメーリングリストは帝人先輩《みかどせんぱい》が用意したのか？　過去を調べたら、メンバーの誰かが言い出して勝手にできあがったような気がするが、だとしたら帝人先輩にまでは捜査《そうさ》の手は届かないか。

そんな事を考えつつ、青葉《あおば》はメールに添付《てんぷ》されていた写真ファイルを開く。

——ん？　こいつ……。

門田の横に写っている男を見て、青葉はふむ、と思案する。

——Ｔｏ羅丸《とらまる》のリーダーか。

――話し合って和睦《わぼく》を……って雰囲気《ふんいき》でも無さそうだ。

「なあ、誰か一人、この第二グラウンドに行って隠《かく》れて様子見てきてくれないか？」

青葉がそう言うと、不良少年達の中から、髪《かみ》を茶色に染め上げた一人が声をあげる。

「んじゃ、俺がちょっと言ってくるわ」

「じゃあ頼むよ、ギン」

ギンと呼ばれた少年は、そう言いつつ工場の隅《すみ》へと向かう。

そこに置かれていたバイクに向かうと、慣れた調子でバイクの上に跨《また》がった。

「おいおい、盗《ぬす》む気かよ」

「だってよー、さっき気付いたんだけど……」

ギンと呼ばれた茶髪《ちゃぱつ》の少年は、笑いながらバイクを弄《いじ》り――

勢いよくエンジンを始動させながら、楽しげに言った。

「これ、キーがついたままだったぜ？」

放置されていたバイクのエンジンをふかす仲間を見ながら、周囲の者達はラッキーだったなと騒《さわ》いでいる。

「いや……ちょっと待て、降りろ、ギン」

誰もバイクを盗もうとする彼の行為を止めようとはしていなかったが、青葉だけは不審《ふしん》に思い、一旦《いったん》降りるように声をかけた。

「なんだよ青葉《あおば》。盗《ぬす》みは良くねぇとかいうキャラじゃねぇだろお前」

「工場の中に捨てられてたのを拾った事にしようってキャラだろ？　お前」

「それでも犯罪だけどな」「あ？　そうなの？」「そうだよ」「ゴミ捨て場にあるチャリに勝手に乗ってもポリさん《警察》に捕まるぞ。知らねぇのかよ」「マジで!?」「こぇー、チャリ恐ぇー」

統一性の無い会話を仲間達が繰り返す一方で、青葉はじっくりとバイクを観察し――

車両の後部に、黒い糸が絡《から》みついている事に気が付いた。

――？

――なんだこれ。

その糸は、今までに青葉が見たどのような繊維《せんい》とも違うものだった。

まるで、影が立体的に浮き上がったかのような深い黒色であり、ナイロンのように滑《なめ》らかな感触《かんしょく》なのだが、一切光を反射していない。

糸はバイクの後部から伸び、途切《とぎ》れる事無く工場の外まで続いている。

――これ、あの黒バイクのライダースーツと似た感じだな。

「……おい、ギン、お前はあれだ。このＴｏ羅丸《とらまる》の連中が乗ってきたバイクが工場の側《そば》にあると思うから、それを適当にかっぱらってけ」

「あん？　なんだよ。どうしたってんだ」

訝《いぶか》しむ仲間達を前に、青葉は先刻の黒バイクの事を思い出しながら、自分の次の行動を口にした。

「俺《おれ》はちょっと、糸を手繰ってみる。どこまで続いてるのか知らないけどな」

♂♀

池袋某所《いけぶくろぼうしょ》　サンシャインビル屋上　スカイデッキ

かつて、日本一の高さを誇《ほこ》ったサンシャイン60ビル。

新宿《しんじゅく》の都庁舎などにその座を明け渡した現在でも、六十階建てのビルは街を悠然《ゆうぜん》と見下ろすシンボルとして人々の心に刻まれており、池袋という街のランドマークとして立派にその役目を果たしている。

水族館や屋内テーマパークなど、様々な観光設備を備えるサンシャインシティの中でも人気スポットである展望台。

その展望台の更《さら》に上。土日や祝日、ＧＷなどに開放される屋上展望施設『スカイデッキ』の片隅《かたすみ》で、バーテン服の男が街を眺《なが》めながら悠然《ゆうぜん》と立っていた。

「……望遠鏡であのノミ蟲《むし》を……探せるわきゃねぇよな」

栗楠《あわくす》会の面々からの逃走を続けた静雄《しずお》は、一旦《いったん》相手を撒《ま》いた事を確認すると、そのままサンシャインビルへと向かい、この屋上展望台まで登ってきた。

なまじ人のいない所へ逃げるよりも、衆人環視《かんし》の中の方が彼らには手が出しにくいだろうと考えたからだ。更《さら》に、デパートなどと違って人の出入りが確認しやすい場所という事でこの展望台を選んだのだが、状況を考えれば、あまり長居もできないだろう。

──とりあえず、警察には連絡してねえっぽいな。

そんな事を考えながら、屋上に吹く風で火照《ほて》った体を冷やす静雄。

──さて、これからどうすっかな。

──もう、会社とかトムさんにも栗楠会の連中が行ってる頃かもな。

──幽《かすか》のマンションや、新羅《しんら》の所も怪しいもんだ。

──……クソ。

自分が臨也《いざや》にハメられたせいで、自分の職場や家族、友人にまで危険が迫っている。

その事を思うと、あんな単純な手にハメられた自分自身にも腹が立つ。

展望台からの広大な景色を眺《なが》めながら、静雄は下を見下ろし、思う。

──あー、セルティならバイクで壁走ってここまで登って来れんのかな。いざとなりゃ、運び屋のあいつに臨也をここまで運んで貰《もら》うか。

一瞬《いっしゅん》だけそんな事も考えたが、それはセルティもこのゴタゴタに巻き込むという事だと気付き、その案を即座に却下《きゃっか》する。

――それに、ここから臨也を殴《なぐ》り落としたりしたら、この展望台の人達にも迷惑《めいわく》がかかる。

駄目《だめ》だ駄目だ。

妙《みょう》に常識的な事を考えながら、常識の埒外《らちがい》にいる男は自分の今後について思案した。

粟楠会に追われている身ではあるが、一度でもこちらから殴り飛ばしたりした日には、自分の犯行を認めるようなものだろう。そうなれば、粟楠会の面子《めんつ》はどんな手を使ってでも自分を始末しにくるだろう。

自分一人ならば敵《てき》に回す覚悟《かくご》もあるのだが、そんな事態になれば、粟楠会は弟や友人を人質《ひとじち》に取るぐらいの事はするだろう。

――もしかしたら、一緒に居たってだけで、あのアカネって嬢《じょう》ちゃんにも手を出すかもしれないな。

彼女がその粟楠会のＶＩＰだと知らない静雄は、自分のことを殺そうとしたした少女の心配まで始めていた。

素直に捕まるにしても、なんとかして自分が犯人ではないという証拠《しょうこ》を手に入れなければならない。その証拠を握《にぎ》っているのは、恐らく折原《おりはら》臨也だろう。

――あいつがあの三人のオッサン達を殺した……ってのはねえな。

臨也《いざや》の腕力《わんりょく》では、あの三人をあのような状態にして殺す事は不可能だろう。第一、そこまで徹底的に粟楠会《あわくす》を敵《てき》に回す理由があるとは思えない。

——だとしたら、誰かが粟楠会の連中を殺すって情報を手に入れた上で、俺《おれ》をそこに行かせるように仕向けた……。

——手の込んだ真似《まね》しやがってあの野郎《やろう》。

再び怒りを溜《た》め込みながら、とりあえず新宿《しんじゅく》の臨也のアジトに向かう事を考える静雄《しずお》。

あの張り紙が偽物《にせもの》だとしたら、本人が中にいる可能性まではないとしても、何らかの情報は残っているかもしれない。

それを材料に粟楠会と交渉をすれば、一転して臨也が粟楠会に追われる事となるだろう。

——あいつはこの手で東京湾《とうきょうわん》に殴《なぐ》り沈めたかったが、まあ、自業自得《じごうじとく》だ。

——つーか、そうしねえと他の連中も危ねえしな。

静雄はそう決意して、屋上から移動しようとしたのだが——そこで再び、メールの着信音がなった事に気が付いた。

——そういや、逃げてる間にも散々ぱら鳴ってたな。

静雄はそこで初めてメールを開き、大量の情報を取得する。

——ダラーズが襲《おそ》われてるって……。

——おいおい、まさか俺関係で粟楠会の連中が襲ってるわけじゃないだろうな⁉

慌《あわ》ててメールの情報を整理していくが、どうやらそういうわけではないようだ。

埼玉《さいたま》から来た暴走族のチームが、手当たり次第にダラーズと名乗っていた池袋《いけぶくろ》のチンピラ達を襲っているらしい。

――……抗争か？

高校時代に嫌《いや》という程その手のいざこざを体験してきた静雄は、自分の状況に比べれば楽なものだろうと思い、とりあえずは自分の方に集中しようとしたのだが――

――タイミングが良すぎねぇか？

本当にただの偶然《ぐうぜん》かもしれないが、ここ2日間に自分に降りかかってきた状況を考え、あまりにも様々なトラブルが池袋の街、特に自分の周辺に渦巻《うずま》いている事に気が付いた。

最後から二通目のメールには、写真が添付されていた。

「こりゃ、来良《らいら》の第二グラウンドじゃねぇか」

自分が他校との喧嘩《けんか》に巻き込まれ、渋々《しぶしぶ》相手との決闘などを受けた時によく使われていた場所だ。そんな見覚えのある場所の中に、見覚えのある二人が写っている。

――門田《かどた》と……ああ、一昨日《おととい》来た奴《やつ》じゃねぇか。

――トムさんの話だと、Ｔｏ羅丸《とらまる》とかいうチームの頭らしいな。

――俺にやられた怪我《けが》も治ってねぇだろうに、本当にタフな奴だ。

つい先日の喧嘩《けんか》を思い出しつつ、静雄は頭の中で冷静に状況を考える。

——Ｔｏ羅丸《とらまる》って連中がダラーズを襲《おそ》ってるって事か？
——だとしたら、あの千景《ちかげ》とかいう奴《やつ》は、話が分からない奴《やつ》でもなかったっぽいしな。
——まあ、門田《かどた》に任せておけばなんとか収まるだろ。
そんな楽天的な事を考えつつ、静雄《しずお》はつい今し方に届いたメールを開き——

そこで、表情が固まった。

——……。
……胸くそ悪ぃ。
あからさまに、表情の色を変える静雄。
臨也《いざや》に対する怒りや、自分自身のマヌケさに対する怒りとは別種の怒りだ。

メールの差出人は【奈倉《なくら》】。
【重要情報！】というタイトルが記された、そのメールに書かれていた内容は————

♂♀

川越《かわごえ》街道沿い　某《ぼう》マンション　地下駐車場《ちゆうしや》

静かな駐車場の中に、巨大な影の塊《かたまり》が滑《すべ》り込む。

——よしよし、よく頑張《がんば》った！　ありがとうシューター！

首無し馬の背を撫《な》でながら、セルティは駐車場の隅《すみ》に馬車を停める。

GWという事で皆《みな》遠出しているのか、現在は殆《ほとん》ど駐車場内に車は見られない。

セルティは後部座席の影製シートベルトなどから帝人《みかど》と杏里《あんり》を解放し、自らの背中に括《くく》り付けていた粟楠茜《あわくすあかね》を地面に降ろす。

少女は呆《ほう》けた顔をしており、歩き出そうと一歩踏み出した所でふらりと体勢を崩《くず》してしまう。

——おっと。大丈夫《だいじょうぶ》？

セルティはそんな少女を助けようと手を伸ばしたのだが、当の茜は体をビクリと震《ふる》わせる。

——……そりゃそうか。

突然体から影を出す怪人が自分を背に括り付け、恐ろしいスピードで池袋《いけぶくろ》の街中《まちなか》を駆《か》け抜けたのだ。彼女は自分の状況が見えていなかったが、途中《とちゆう》で赤信号に二回引っかかった際、セルティは自分の前方に斜めに影を伸ばし、瞬間《しゆんかん》的なアーチを造って乗り越えるという荒技も使っていた。

——やればできるもんだな。

成功するかどうか不安だっただけに、セルティは自分でも自分を褒《ほ》めたい気分だった。その事態を目撃《もくげき》していた車が何台かブレーキをかけていたが、玉突き事故などにならなかった事にも安堵《あんど》を覚えていた。

最大の難関はこの地下駐車場《ちゅうしゃ》に入る直前だ。

流石《さすが》に連休中の真っ昼間《まびるま》から馬車が走っていれば嫌《いや》でも注目を集める事になる。

そんな注目の中で自分のマンションに入れば、警察やマスコミが大挙《たいきょ》して押し寄せてくるだろう。普段は人目に付かぬように気を遣《つか》っているが、流石に馬車付きでは無理がある。

セルティはそこで一計を案じ、ビルに向かう前に一度細い路地に入り込み、そこで人の目が一旦途切《いったんとぎ》れた事を確認すると――影で黒いワゴン車のボディを作り出し、それで馬車とシューターを隠《かく》すように包み込んだのだ。

流石に近くで見ると違和感があるが、遠目には妙《みょう》に大きい黒のワゴン車という状態になったセルティ達は、周囲の注目を集める前になんとか地下駐車場へと潜《もぐ》り込む事ができたのだ。

『だいじょうぶ、わたしは、あかねちゃんのみかただから、あんしんして』

茜《あかね》ぐらいの子供がどのぐらいの漢字を読めるのか解《わか》らず、セルティはとりあえずＰＤＡに全《すべ》ての文字をひらがなで打ち込み、それをゆっくりと茜に差し出した。

最初は恐る恐るセルティを見ていた茜だが、その画面を見ると、やや警戒《けいかい》の色を薄《うす》めながらセルティに呟《つぶや》いた。

「お兄さん、いい人なの……？」

『わたしは、おにいさんじゃなくて、おねえさんだよ』

そう書くと、茜はハッとしてペコペコと頭を下げ始めた。

「ご、ごめんなさい！　お姉ちゃん！」

『いいよ。きにしてないから』

セルティの返答にやや緊張《きんちょう》が和《やわ》らいだようで、茜はゆっくりと顔を上げたのだが——

視線の奥に映った首無し馬を見て、ヒ、と息を呑《の》んで杏里《あんり》の後ろに隠《かく》れてしまう。

——ああ、しまった。

セルティは背後にいる相棒《あいぼう》を見て、確かに首無し馬のインパクトは子供にはキツ過ぎるだろうと気が付いた。

そして——

——あれ？

茜の悲鳴を聞いて、シューターはおずおずと馬車の陰に移動し、少女の視線から首先を隠すように身を縮こまらせ始めた。

——あああ、シューター、落ち込んでる!?

普通の馬よりも知能が高いのか、シューターは茜に怖がられているという事が解《わか》っているようだ。必死に運んできた相手から怖がられたのでは、落ち込んでしまうのも仕方ないだろう。

実際、今のシューターは頭部の無い首筋《くびすじ》をうなだれ、『ションボリ』という表現がぴったりくる状態だ。

セルティは慌《あわ》ててシューターの背を撫《な》でつつ、もう片方の手でPDAに文章を打ち込み始めた。文章の入力が終わると同時に茜《あかね》の方に戻り、その画面を怯《おび》えている少女に見せる。

『だいじょうぶだよ、あかねちゃん。ほら、バイキンとたたかうアンパンのひとといっしょで、いまはあのお馬さんは、あたらしいかおをとりかえているとちゅうなの、だから、こわがらなくてもだいじょうぶだよ』

そしてセルティはシューターの方に戻り、影で馬の頭部を模した鎧《よろい》のようなものを作り出し、ユニコーンのような角までつけてシューターの首の断面に被《かぶ》せる事にした。

サイボーグ馬のようになったシューターを連れて、ゆっくりと茜の前に戻るセルティ。

少女は一瞬《いっしゅん》ビクリとしたものの、鎧とはいえ頭部のある馬に安心したのか、ゆっくりとその体を杏里《あんり》の陰から覗《のぞ》かせる。

『ほら、恐くないよ』

セルティの言葉に、茜は杏里の顔を覗き込む。

「大丈夫《だいじょうぶ》ですよ、そのお馬さんは、とっても優しいですから」

過去に何度か背中に乗った事のある杏里は、茜とシューターを安心させるように微笑《ほほえ》んだ。

シューターはその言葉に反応したのか、尾を左右にパタパタと振り始める。

一方の茜も、杏里の言葉に安心したのか、ゆっくりとシューターの体に視線を向け、その足にぺたぺたと触《さわ》ってみる。

相手の怯えの色が薄《うす》らいだ事を感じ取ったのか、首無し馬は嬉《うれ》しそうに体を震《ふる》わせ、茜が撫《な》でやすいように膝《ひざ》を折ってその場にしゃがみ込んだ。

――まったく、シューターは現金だなあ。

先刻の落ち込みが綺麗《きれい》に消えている事を察し、セルティは呆《あき》れつつも安堵《あんど》の気持ちにつつまれていた。


一方で――

その様子を見ていた帝人《みかど》は、馬を撫でる少女に少し違和感を感じていた。

――いくら頭に被せものをしたからって、こんなに急に順応するものなのかな。

帝人は、少女のやり取りが何か奇妙《きみょう》に思え、もしかしたらこの少女も自分と同じように、非日常を受け入れやすい性格なのだろうかと考える。

彼の推察は、間違ってはいるものの、あながち見当外《はず》れというわけでもなかった。

粟楠茜《あわくすあかね》という少女の心の一部が既《すで》に壊《こわ》れてしまっているという事実にまでは気付かぬまま少年は別の疑問を思い浮かべる。

――ていうか、この子は一体誰なんだろう。

――園原《そのはら》さんやセルティさんの知り合いみたいだけど……。

自分だけが蚊帳《かや》の外のような雰囲気《ふんいき》に、帝人《みかど》は少し不安になる。

そして、そんな不安を覚えている自分に気付き、今朝方《けさがた》臨也《いざや》に言われた言葉を思い出した。

――『……君が恐いのは、ダラーズが暴走する事じゃないだろ？』

――『変化していくダラーズに、君自身が置いて行かれてしまう事なんじゃないかな？』

即座に否定した言葉。

反射的に違うと叫んだが、ろくに考えずに、言葉から先に出た否定だった。

それ故に、自分でもそれが本当に違うのかどうかが解《わか》らなくなった。

帝人はそんな会話を思い出しつつも、今の状況にはなんの関係も無い事だと自分を諫《いさ》め、二人に少女の事を紹介《しょうかい》してもらおうと口を開く。

「えっと、その子は……」

だが、そのタイミングで、胸ポケットに入れていた携帯電話が振動を始める。

――ッ！

その音を聞いて、帝人は強制的に現実に引き戻される。

馬車による逃亡という衝撃《しょうげき》で頭の中から消え去っていた、ダラーズと自分に関わる危機についてはっきりと思い出してしまったのだ。

――僕は……。

――僕は、どうしたらいいんだ。

即座に、工場内で感じた混乱が戻ってくる。

このまま一人で抱《かか》えていたら、先刻の工場内での苦悩が繰り返されるだけだ。

その瞬間《しゅんかん》、帝人はセルティに目を向ける。

誰にも相談できない事かと思っていたが、自分がダラーズの創始者だと知っている人間が目の前にいるではないか。

彼はそう思って、相談しようとしたのだが――

「ええと、この子はアカネちゃんです。平和島《へいわじま》さんの知り合いらしいんですけど……」

先刻途中《とちゅう》まで呟《つぶや》いていた言葉に反応して、杏里《あんり》が横にいる少女の事を紹介し始めた。

「え？　あ、ああ」

それを聞いて、帝人はハッと我に返る。

ここで相談を始めたら、杏里にまで全《すべ》てばれてしまうではないか。それどころか、ここでこうして一緒《いっしょ》にいるだけで彼女を巻き込んでしまう事になりかねない。

――何をやってるんだ、僕は。

――そんな単純な事にすら気付かないなんて！

どうやら、自分で思っている以上に混乱しているらしい。

それに気付いた帝人《みかど》は、まず自分に必要なのは頭を休める事だと考えた。

——ダラーズを作ったのは、確かに僕だ。だから、その責任はとらなきゃいけない……。

少年の中にも、前々から感じていた覚悟《かくご》に近い想いはある。だが、だからと言って、今回の件は一人で抱《かか》え込むには重すぎるし、また、一人で抱えていいような事態でもない。

それは帝人にも解《わか》っていた。

だが、『ならば、誰に？』という疑問が湧《わ》き上がる。

自分の正体を知るセルティに話すのが一番てっとり早いのだが、先刻の強面《こわもて》の男達の会話といいこの少女の事といい、彼女は彼女で何か大きな揉《も》め事に関わっているような気がする。

他に自分がダラーズの創始者と知っているのは折原臨也《おりはらいざや》だが、今朝《けさ》も電話で話をしてもらったばかりだ。すぐにまた頼るのは迷惑《めいわく》ではないだろうか。

——でも、そんな事を言ってる場合でもないか……。

——……。

帝人は、自分の正体を知っていそうな人間に、もう一人心当たりがある。

——正臣《まさおみ》……。

結局、あの黄巾賊《こうきんぞく》とダラーズの揉め事の時に、どこまで自分の事を知ったのかは解らない。

だが、自分が創始者だという事は知られていると覚悟しておいた方がいいだろう。

思えば、昨日《きのう》チャットで受けた警告も、今の帝人がこうなる事を予想しての事だったのかもしれない。

——ありがとう、正臣。

——昨日のあの忠告がなかったら……僕は青葉《あおば》君達に気圧《けお》されて、いいように操られてたかもしれない。

その忠告者《バキュラ》が本人ではないという事に気付かぬまま、帝人は正臣に対して感謝の念を抱《いだ》いていた。

——でも、青葉君も……普通じゃない。

——このままじゃ、結局いいようにされて……。

——多分、ダラーズは乗っ取られる。

——駄目《だめ》だ、それじゃ駄目だ。

——ダラーズは、特定の誰かのものじゃ駄目なんだ。

帝人は心中《しんちゅう》でそう呟《つぶや》き、杏里《あんり》と適当に話を合わせながら心の奥で決意する。

——臨也さんに相談しよう。

——何から何まで頼るわけにはいかないけど、あの人と話せば、自分で進むべき方向は見えるかもしれない。

少年は知らなかった。

その道は、かつて親友である正臣《まさおみ》が通った道だという事に。

結果として、正臣が一度破滅を迎えたという事にも気付かぬまま——帝人《みかど》は、臨也《いざや》という存在にどこか安心感すら感じていた。

帝人がそんな事を考えているのを余所《よそ》に、セルティはPDAに少女について説明する文章を打ち込んでいた。

『えーと、この子は何て言ったらいいんだろう。仕事で、護《まも》ってあげてくれって頼まれてる子でね。詳《くわ》しくは新羅《しんら》の部屋に行ってから話すよ』

そう言った時、帝人の携帯電話から振動音が鳴り響《ひび》く。

馬車に括《くく》り付けられて移動している間にも何度か鳴っていたが、当然ながら、その時はメールを確認するどころではなかった。

先刻自分が逃げた事によって、青葉《あおば》達が何かやらかしたかもしれない。そもそも、あそこの廃工場の中が現在どうなっているのかが解《わか》らない。

何か新しい情報があるかもしれないと、帝人は携帯のメール欄《らん》を開き、一番上に表示されている最新メールから開封する事にした。

差出人の欄には『奈倉《なくら》』とある。

――ああ、たまにダラーズの掲示板とかに書き込んでる人だ。

帝人にとって、その名に対してはその程度の認識しかなかった。

だが、【重要情報！】と書かれたタイトルに、自然と帝人は興味を引かれる。

ただの冷やかしという可能性もあるが、奈倉というのはだいぶ初期の段階でダラーズのサイトに登録していた人間だ。

そこには、ある本文と一緒に、一枚の写真が添付されていた。

「……？」

内容を見た帝人は、一瞬呆《いっしゅんほう》けた顔をする。

まだ心が落ちついていなかった帝人にとって、この奈倉という人物が何を言っているのか解らなかったからだ。

あるいは――すぐに理解はしたが、納得したくなかったのかもしれない。

「……嘘《うそ》だ」

メールの内容を呑《の》み込んだ瞬間《しゅんかん》、帝人の喉《のど》から漏《も》れたのは、絶望の混じった否定の声。

「……帝人君？」

『どうした？』

杏里《あんり》が不安げな声をあげ、セルティがＰＤＡを差し出してくるが、帝人《みかど》の耳と目はその情報を捉《とら》えていない。

全《すべ》ての神経を携帯画面に集中させ、その内容が何かの間違いであると仮定しようとする。

しかし、何度見直してもメールの本文が変わるわけもなく、添付《てんぷ》された写真が消え去る事もない。

「駄目《だめ》だ……そんなの駄目だ……！」

再度否定の言葉を呟《つぶや》いた後、帝人は勢いよく顔を上げ、セルティと杏里に対して頭を下げた。

「すいません、セルティさん！　ぼ、僕、ちょっと行かなくちゃいけない所があるんで、これで失礼します！　園原《そのはら》さんも御免《ごめん》！　今日は一緒に行けないと思うから、家に帰った方がいいよ！　あと、青葉《あおば》君から何か連絡が来ても、絶対に出ちゃ駄目《だめ》だからね！」

「え……？　み、帝人君？」

『おい？』

突然変化した帝人の態度に、杏里とセルティは混乱し、茜《あかね》はビクリと体を震《ふる》わせた。

だが、混乱する女性三人を前に、帝人は再度ペコリと頭を下げ――

追い詰められた逃亡者のような勢いで、マンションの地下駐車場《ちゆうしや》を後にした。

♂♀

川越街道《かわごえかいどう》　某《ぼう》マンション周辺

多くの車が行き交う国道の脇道《わきみち》。

新羅《しんら》とセルティのマンションを望む位置に、二台のバイクが隠《かく》れるように停車していた。

細い路地《ろじ》への入口であり、運転手の一人が地図を広げている事から、通り過ぎる車から見れば脇道にバイクを入れて抜け道を探しているようにしか見えないだろう。

だが、その地図はカムフラージュであり、運転手達――ヴァローナとスローンの視線は、黒いワゴン車が入っていったマンションに向けられていた。

黒バイクが変形した馬車を尾行する最中、細い路地に入り込んだ。

そのまま追えば尾行に気付かれる為《ため》、彼女達は周辺の路地出口を先回りするように見張っていた。すると、その路地の出口から、妙《みょう》に黒いワゴン車が出てくるのを目撃《もくげき》した。遠目には解《わか》り辛《づら》いが、そのワゴン車は光沢《こうたく》が全くなく、まるで全《すべ》ての光を吸収しているかのように見えた。

逃げ込むように一つのマンションの地下に入るワゴン車を見て、他に出てくる車両もない事から、そのマンションにアタリをつけていたのだが――

『誰か出てきたぞ』

スローンの言葉に、ヴァローナも視線だけをそちらに向けた。

『……黒バイクが連れ回していた少年です。単独行動のようですが……』

『なんにせよ、これであのマンションが黒バイクのアジトと見ていいだろう』

『尚早《しょうそう》です。一時的にあの駐車場《ちゅうしゃ》に入って身を隠《かく》しただけかもしれません』

『そうか……あの小僧《こぞう》はどうする?』

スローンの言葉に、ヴァローナは迷った。

あの少年は、直接依頼とは関係ない。

だが、黒バイクと粟楠茜《あわくすあかね》、そして眼鏡《めがね》少女という三つのターゲットに囲まれている以上、ただの通りすがりとも考え辛《づら》い。もしかしたらターゲットの誰かを誘《おび》き出す為《ため》の餌《えき》にできる可能性もある。

また、少年のただならぬ様子も気になり、ヴァローナは静かに頷《うなず》いた。

『少年の正体は思案対象です。……私はあの少年を尾行します。スローンはここで黒バイクと眼鏡少女の追跡《ついせき》継続を要請《ようせい》します。了承《りょうしょう》してください』

『了承した。こっちは任せろ』

そして、ヴァローナはバイクを前進させて国道に入り、少年の背を追う形でゆっくりと走り始める。

この時、彼女が少年に向けた視線は——

闇雲《やみくも》に逃げる獲物を狙《ねら》う、冷酷《れいこく》な肉食獣《じゅう》そのものだった。

♂♀

地下駐車場《ちゅうしゃじょう》

「あ……み、帝人君《みかど》!?」

突然駆《か》け出した帝人を見て、慌《あわ》てて引き留める声をあげる杏里《あんり》。

しかし帝人の背は止まらず、そのまま地上へと続くスロープの向こうへと消えていった。

「どうしたんだろう……」

不安げに呟《つぶや》く杏里の後ろで、セルティもヘルメットを傾《かし》げながら思案する。

——一体どうしたんだ?

——ダラーズのメールを見てたみたいだったけど……。

知り合いである遊馬崎《ゆまさき》あたりがＴｏ羅丸《とらまる》に襲《おそ》われているという連絡《れんらく》でも入ったのだろうか。

セルティはそう考え、自分の携帯をチェックする事にした。

――どれどれ。

――一番新しいメールは……。


次の瞬間《しゅんかん》、セルティは動きを止める。

彼女はメールの本文と添付《てんぷ》写真を見ると同時に、帝人《みかど》が何故《なぜ》走り出したのかを理解した。

正直、セルティもすぐ後を追いたい気持ちになったが、横で不安げにこちらを見つめている茜《あかね》の顔が目に映り、すんでの所でその衝動《しょうどう》を抑《おさ》え込んだ。

「あ、あの、セルティさん。一体何があったんですか？」

杏里《あんり》の声を聞いて、セルティはそれを彼女に見せるべきかどうか迷った。

だが、相手の真剣な目を見て、諦《あきら》めたように肩《かた》を落とし――杏里に携帯を差し出した。

そして、その携帯電話を通して杏里の目に映ったものは――

♂♀

差出人【奈倉《なくら》】

タイトル【重要情報！】
本文【今、ダラーズを襲《おそ》ってる暴走族の連中はT○羅丸って奴《やつ》らなんだけど、その総長の彼女の一人が、今、池袋《いけぶくろ》でメシってるの見つけた！　俺《おれ》は攫《さら》う度胸とかないから、行けそうな人、頑張《がんば》って下さい！　写真の一番左側の子ね！】

♂♀

単純な文章だった。
そして、添付された写真には数人の少女が写っている。
携帯の写真だが、どこの店なのかは池袋《いけぶくろ》に詳《くわ》しい者なら即座に解《わか》る構図だ。
どうやら食事中の所を隠《かく》し撮《ど》りされたようで、誰もカメラの方に視線を向けていない。
一番左側に写っているのは、まだ幼さの残る天真爛漫《てんしんらんまん》な少女。
——あれ？
——この子……。
『額縁《がくぶち》の向こう側』に見える顔。
杏里はその顔が、ほんの少し前に見たばかりという事を思い出す。
何処《どこ》で見たのかを確認するよりも先に、写真の一番右側に写る少女に気が付いた。

——……あ……。

——神近《かみちか》さん……？

携帯電話の画面に写っている少女は、先刻出会ったばかりの少女——神近莉緒《りお》。

自分と帝人《みかど》にとってクラスメイトである少女の顔を見かけたが、杏里《あんり》はそれでも、冷静なまま考えた。

——ええと……。

——ダラーズの、この、奈倉《なくら》っていう人は……。

——この、神近さんの友達の子を攫《さら》えって言ってるんですね……。

額縁《がくぶち》を隔《へだ》てた世界の出来事。杏里にとっては、遠い世界の出来事も同じだった。

だが、帝人という存在が、額縁の内側にいる杏里の腕《うで》を掴《つか》み——『そちら側』へと引きずり出す。

帝人の本心は杏里を巻き込みたくなかったとしても、杏里にとっては関係の無い事だ。

「……セルティさん」

いつもより激しく湧《わ》き上がる『呪《のろ》いの言葉』を抑《おさ》えつけながら、杏里はセルティに強い眼差《まなざ》しを向けて口を開く。

「私も、行ってきます」

セルティは一瞬《いっしゅん》引き留める事も考えたが、恐らく杏里は何を言っても行くだろうと判断し、諦《あきら》めたようにPDAに文字を打つ。

『昨日《きのう》の奴《やつ》が襲《おそ》ってくるかもしれないから、人のいない所には絶対に行かない方がいい。流石《さすが》に杏里ちゃんでも、銃《じゅう》で撃たれたらまずいと思うからね。あと、夜までには戻った方がいい』

「はい……。あ、あの……ありがとうございます！　茜《あかね》ちゃんも、このお姉さんはいい人だから、安心して医者の先生と待ってて下さいね」

杏里は茜にそう言い含めると——

先刻の帝人と同じように、ペコリと頭を下げてから駆《か》け出した。

彼女の外見や普段の態度からは想像できない程に、速く、そして力強い足取りで。

♂♀

『ヴァローナ、聞こえるか』

『肯定です』

ヘルメットに仕込んだ無線機越しに、スローンがヴァローナへと問いかける。

まだヴァローナのバイクはギリギリ目視《もくし》できる距離だが、少年の姿は走行する車の陰になってよく見えない。

スローンがそちらに視線を向けたのは一瞬《いっしゅん》で、すぐに自分の目の前、車道を挟《はさ》んだ反対側の歩道を走る少女へと視線を移した。

『ターゲットの眼鏡《めがね》の嬢《じょう》ちゃんだ。あの小僧《こぞう》を追って、えらい勢いで駆《か》け出したぞ』

『少年を追ってる、間違いは皆無《かいむ》ですか？』

『……ああ、あの様子じゃそうだろ。黒バイクが出てくる様子はないがね』

『了承《りょうしょう》しました。私は少年と少女、双方《そうほう》追います。虻蜂両得《あぶはちりょうとく》です』

淡々と答えるヴァローナに、スローンが冗談《じょうだん》交じりで言葉を紡《つむ》ぐ。

『そんな言葉はないぞ。まあ、ヴァローナなら大丈夫《だいじょうぶ》だろうが、小僧の方もどんな小僧か解《わか》らん。嬢ちゃんの腹から日本刀《とう》が出てきたってのは信じがたいが、あの黒バイクのバケモノも見てるからな。あの小僧も右腕《うで》が拳銃《けんじゅう》になったりするかもしれんぞ』

『肯定です。相手にとって欠乏《けつぼう》は皆無です』

ヴァローナの声はどことなく上ずっており、無線機越しに、スローンは彼女がだいぶ興奮しているのだと理解した。

『……楽しそうだな、ヴァローナ』

呆《あき》れながら呟《つぶや》いたスローンに、ヴァローナは無表情のまま、声にだけ恍惚《こうこつ》の色を混ぜて、仕事を度外視した、自分だけの言葉を口にした。

『あの少年も異形《いぎょう》と仮定。それはそれで、私にとっては歓迎すべき状況です』

♂♀

関東某所《かんとうぼうしょ》

東京《とうきょう》から離れる形でひた走る特急列車の中、臨也《いざや》は旅行客でごった返した通路を歩き、車両と車両の間へと身を滑《すべ》らせる。

二階建てのグリーン車の連結部、丁度《ちょうど》一階と二階に分かれる階段がある場所で、臨也は静かに携帯電話のメールをチェックする。

ダラーズのメーリングリストとは違う、折原《おりはら》臨也独自の情報網。

その一部からの報告メールを確認しながら、臨也は楽しげに顔を歪《ゆが》ませる。

――さて、帝人君……君はどちらの道に転ぶのかな？

――どちらに転んだとしても、それはそれで見物《みもの》だ。

――ああ、楽しみだ。楽しみだ。

――これだから人間観察は止《や》められない。

楽しそうに楽しそうに笑いながら、ふと、ある人間の顔を思い出して表情を一転させる。

——……シズちゃんは、まだ頑張《がんば》って逃げてるみたいだねえ。

——さっさと反撃《はんげき》しちゃえばいいのに。

——変な所で冷静な所も忌々《いまいま》しい。

そんな事を考えていると——携帯電話の着信音が鳴り響《ひび》いた。

画面を見ると、『粟楠会《あわくす》　四木《しき》』という名前が表示されている。

臨也《いざや》は少し考え、携帯電話の電源をあっさりと切りながら呟《つぶや》いた。

「車内での通話は、おやめくださいい……と」

♂♀

川越《かわごえ》街道沿い　某《ぼう》マンション　新羅《しんら》とセルティの部屋

「……繋《つな》がらないな」

携帯を閉じながら、四木が独り言を呟いた。

「組の人に電話したんですか？」

「いや、先生のお仲間ですよ。静雄《しずお》じゃない方のね」

泰然《たいぜん》とした態度で呟く四木に、新羅は肩《かた》を竦《すく》めながら言葉を返す。

「まるで、私にあの二人以外に友達がいない、みたいな言い方ですね」

「いるんですか？」

「いません」

あっさり答える新羅《しんら》を余所《よそ》に、四木は一人、思案に耽《ふけ》る。

——臨也の奴《やつ》なら、何か情報を握《にぎ》っているかもと思ったが……。

——……。

——どうにもひっかかる。

——平和島《へいわじま》静雄じゃないとすれば……うちの連中を捻《ひね》ったのは誰だ？

実の所、四木自身も『平和島静雄が犯人である』という説には疑問を抱《いだ》き始めていた。

先刻の新羅の言葉もあるが、やはり静雄には動機がないのだ。

かといって、この道の者を相手に、素手《すで》でわざわざ殺す必要がどこにあるというのだ。

——……殺人鬼《き》『ハリウッド』……？

一時期、自分達が追っていた存在を思い出す。

──『ハリウッド』の正体は聖辺《ひじりべ》ルリだ。

──まだこの目で見ていないので信じられないが、組の連中の言葉を信じるなら、人間離れした膂力《りょりょく》を持っているらしい。

──そして、聖辺ルリは、今は平和島《へいわじま》静雄《しずお》の弟、羽島《はねじま》幽平《ゆうへい》と交際してる……か。

繋《つな》がりはしたが、どうにも不自然だな。

──第一、聖辺ルリが今更《いまさら》粟楠会《あわくす》の面々を、しかも自分を追っていたわけでもない相手を殺す理由があるか？　自分を追うなという警告だとしたら、誰かに自分の姿を目撃《もくげき》させるのではないか？

──……仮に今、うちの連中……いや、幹彌の兄貴《専務》の手足が殺《や》られたとして、得をするのは誰だ？

職業柄《がら》、確かに粟楠会の若頭《わかがしら》である幹彌《みきや》には敵《てき》が多い。

今回の件が、幹彌の部下という限定ではなく、粟楠会全体を敵視《てきし》しての行動だとすれば、容疑者の数は飛躍的に膨《ふく》れあがる。

だが、幹彌の敵として煮詰めていくと、何人か身内の人間も候補にあがっていく。

──考えたくはないがな。

実子である幹彌が跡目《あとめ》を継ごうとしている中、それを快く思っていない幹部が存在するのも確かだ。

――青崎《あおざき》はその筆頭だな。……赤林《あかばやし》は……一見すると跡目に興味は無さそうだが……。

幹部の青崎と赤林は、タイプは違うものの、昔から『粟楠の青鬼《おに》と赤鬼』と呼ばれる程の武《ぶ》闘派《とうは》であり、彼らの有無で粟楠会の勢力が大きく変わると言われている存在だ。

青崎はそんな自分の実力と比べ、本当に実子の幹彌に跡目の資格はあるのかと疑っている節《ふし》があり、組長である粟楠道元《どうげん》の手前、一応は幹彌の言《げん》に従っているものの、何かと突っかかる事が多い。

赤林は、そんな分かり易《やす》い性格の青崎とは対照的に、常に飄々《ひょうひょう》として何を考えているのか解《わか》らない男だ。派手《はで》な柄のスーツを着ているのも、奇抜《きばつ》な杖《つえ》を手にしているのも、全《すべ》ては自分を道化《どうけ》に見せて本心を隠《かく》すためのものに思える。

何を考えているのか解らないというだけで、警戒《けいかい》するには充分な相手だ。

彼の考えはともかく、実力だけは確かであり、腹を見せない事も彼の強さの一部なのだろう。

それからも暫《しば》し組の面々について考察を続けたが、どれも疑うに値する決定打にはならない。

逆に言えば、自分も含め、誰が疑われてもおかしくない状態ではある。

――……何故《なぜ》、この時期なんだ？

――目出井《めでいぐみ》組と明日機《あすき》組の手打ちって時期に……。

――……それが原因、って事もあるな。

現在、粟楠会の上部団体である目出井組は、長年抗争を続けていた明日機組との手打ち、統合に向けて動いている。

まだその統合に関しての調整が進んでいる最中であり、お互いに何か弱みを握《にぎ》られてはまずい時期でもある。

逆に言えば、相手の弱みを握ろうと躍起《やっき》になっている時期であるとも言える。当然ながら、やり過ぎればせっかくの手打ちが無に帰す結果となるため、あまり派手《はで》に動く事はできないが。

――……平和島静雄《へいわじましずお》という単なる一般人に三人も殺《や》られた……。そんな話が広まれば、粟楠《あわくす》会が、目出井組《めでいぐみ》ごと舐《な》められる結果になる。

四木《しき》が警察に通報せず、迅速《じんそく》に死体を『消去』した理由はそこにある。

もしも警察沙汰《ざた》になり、全国ニュースにでも流れようものならとんでもない騒《さわ》ぎになる。

しかも、銃弾《じゅうだん》や刃物《はもの》ではなく、素手《すで》で三人も殺したとなれば、マスコミはここぞとばかりに面白おかしく書き立てる事だろう。

そうなれば、もはや威厳《いげん》もなにもあったものではない。

――目出井組を陥《おとしい》れる為《ため》の、明日機《あすき》側の策略《さくりゃく》……。

――その可能性も、まだ捨《す》てない方がよさそうだな。

――明日機組ほどの力があれば、外部から素手専門の職人を雇《やと》う事もできるだろう。

――さしあたっての問題は、静雄だな。

青崎《あおざき》の部下の何人かは、子供時代の平和島静雄に苦汁《くじゅう》を舐《な》めさせられているらしい。彼らにとっては、なんとしても消し去りたい過去だろう。実際、青崎からは『静雄は俺《おれ》達に狩らせろ』という申し出もあった。

——……。仮に、青崎が裏で糸を引いていたとしたら、容疑者に仕立てた静雄は自分達の手でさっさと始末した方が都合がいい……。

——いや、そこまで先走って推測するのはまずいな。

更《さら》に思案を続けようと、目の前に置かれていた三杯目のコーヒーに手をつけようとした瞬間《しゅんかん》、新羅《しんら》の部屋の扉《とびら》が勢いよく開けられた。

「……」

警戒《けいかい》しつつ玄関《げんかん》の方に体を向けると、そこには、横に茜《あかね》を携《たずさ》えたセルティの姿があった。

「やあセルティ！　お帰り！　良かった、無事だったんだね！」

大袈裟《おおげさ》に喜ぶ新羅は、そのままセルティを軽く抱《だ》きしめ、続いて茜の頭を撫《な》でる。

「茜ちゃんも無事でよかった。大丈夫《だいじょうぶ》かい、どこか怪我《けが》とかしなかったかい？」

「……大丈夫。ありがとう、岸谷《きしたに》先生」

新羅の言葉に対し、柔《やわ》らかく微笑《ほほえ》む茜。

先刻までの怯《おび》えた表情とは一転し、心の底からの安堵《あんど》を浮かべた子供らしい表情だ。

そんな茜の笑顔を見たセルティが、心中《しんちゅう》で驚きの声を上げる。

――ええッ⁉　なんでこの子、新羅《しんら》にこんなに懐《なつ》いてるの⁉

「そっか、良かったよ、ああ、今、牛乳ココアを作ってあげるね」

普段と全く違う、イヤミの無い対応をする新羅を見て、セルティは少しギョッとする。

――ま、まさか新羅、ロリコンの気が……⁉

普段の行いが行いであるせいか、『子供に優しい』という印象ではなく、最初から変態的な意味で受け取られる新羅。

普段ならばここでセルティが『ウワアアアア！　新羅のロリコン！　首のない私が好きだって言ったのは、首がない分身長が低く見えるからだったのか⁉』と叫んで家出してもおかしくはないのだが――現在は、状況が状況であるため、セルティの心もそこまでは乱れなかった。

新羅がココアを作りにキッチンに向かうのと入れ替わりに、食堂から四木《しき》が姿を現した。

「茜《あかね》お嬢《じょう》さん、ご無事で何よりです」

「！」

四木の姿を見て、茜は露骨《ろこつ》に体を強《こわ》ばらせた。

立ち竦《すく》んだまま目を逸《そ》らす少女に、四木は特に怒る事もせず、ただ、少女の無事を喜んだ。

「家出した時は、どうなる事かと思いましたが……とにかく、怪我《けが》がないようで良かった。何も危《あぶ》ない目にはあいませんでしたか、茜お嬢さん」

口調こそ他人行儀《ぎょうぎ》ではあるものの、心底《しんそこ》相手を気遣《きづか》ってる様子の言葉だ。

――へえ……。

――四木さんは完全に冷酷《れいこく》なタイプだと思ってたけど、こんな面もあるんだ。

セルティが妙《みよう》に感心していると、茜が恐る恐る呟《つぶや》いた。

「……ごめんなさい」

消え入るような声で紡《つむ》がれた言葉に、四木は静かに首を振る。

「その言葉は、まず御両親に言って上げて下さい。今、連絡しますから」

「……おこらないの？」

「まず、茜お嬢さんを怒るのは御両親の役目です。私の小言はその後でたっぷりと言いますから、今はとりあえず無事を喜ばせて下さい」

携帯電話を取り出しながら、四木は少しだけ茜をからかうように笑い、意地の悪い一言を呟いた。

「頬《ほお》を平手打ちされるぐらいは、覚悟《かくご》しておいた方がいいですよ」

♂♀

同時刻　粟楠《あわくす》会本部　会議室

緊急会議《きんきゅうかいぎ》が終わった後の、喧噪《けんそう》が消え去った会議室。

その中では、派手《はで》な柄《がら》の入ったスーツを纏《まと》う男が、右手に杖《つえ》を持ち、左手で携帯電話を弄《いじ》りながら椅子《いす》にもたれていた。

メールをチェックしているようで、次々と映し出される『情報』を見ては、楽しげに口元を歪《ゆが》ませる。

「……なにしてんだ、赤林《あかばやし》」

開いたままになっている会議室のドアの外から、たまたま通りかかった青崎《あおざき》が声をかける。

「何って？　メールチェックだよ。メールチェック」

「手前《てめぇ》……今がどんな事態か解《わか》ってんのか？」

「もちろん解ってるさ。そして、俺《おれ》がじたばた動いても何もならねぇ、ってのも解ってる。だったら、せめて街が今どうなってんのかぐらいは知っとこうと思ってな」

「なんだ、女からのメールかと思ったぜ」

挑発的《ちょうはつ》な青崎の言葉にも、赤林はヘラリとした表情を崩《くず》さない。

「面白いぜぇ、俺みたいなオッサンでも、メーリングリストに登録するだけで『ダラーズ』っつー若い連中の情報がわんさか入ってくるんだからよぉ」

「……ダラーズ？」

「ま、ここ一年ぐらい、池袋《いけぶくろ》に溜《た》まってるカラーギャングみてえな連中さ。なんでもチームカラーは無色って話だから、それほど目立ってねえけどなあ」

不敵《ふてき》に笑い続ける赤林に、青崎はフン、と鼻を鳴らして吐《は》き捨てる。

「手前も忙《いそが》しいこったな。葛原《くずはら》とかいう白バイ野郎《やろう》が来てから、『邪《ジャ》ン蛇《ジャ》カ邪《ジャ》ン』の上がりが落ちたんだろ？　その代わりのチームをコンピューターでピコピコ探してるってわけか」

「……『コンピューターでピコピコ』って……青崎さん、あんたいつの時代の人間だよ」

相手の挑発を挑発で返し、赤林は軽い調子で語り続ける。

「ま、便利だよお、携帯ってのはさぁ。例えば……さっき、四木《しき》の所に手伝いにいかせてる奴《やつ》から連絡があったんだけどよ、茜《あかね》ちゃんにちょっかい出そうとした暴走族の連中が、うちの連中と殴《なぐ》り合いになったらしい」

「……なんだと？」

そこで、青崎の顔色が変わる。

「族のガキ連中に舐《な》められてるようじゃしょうがねえな……。そいつらは、澱切《よどぎり》の鉄砲玉《てっぽうだま》か？」

「いや、こっちが粟楠会だって知ると逃げ出したって話だからな。まあ、徒歩じゃバイクにゃ追いつけねえし、茜ちゃんが無事で何よりってわけよ」

赤林は楽しげに笑いながら、携帯を手の中で弄《もてあそ》び――

「その、埼玉《さいたま》の族連中が……今、ダラーズと揉《も》めてるんだとよ」

元から貼《は》り付いていた笑みを、更《さら》に深く歪《ゆが》めながら呟《つぶや》いた。

「池袋《いけぶくろ》の街がこんなに荒れてんのは、果たして偶然《ぐうぜん》かねぇ?」

「偶然じゃないとしたら……本気で池袋の街を荒らそうとしてる連中がいるんだとしたら……そろそろ俺《おれ》やあんたの出番って事さ、青崎《あおざき》の旦那《だんな》」

♂♀

都内某所《ぼうしよ》　正臣《まさおみ》のアパート内

「ねえ、正臣」

窓が開け放たれ、五月の風が爽《さわ》やかに吹き抜ける古いアパート。

その部屋の中に、春の陽気に相応《ふさわ》しい、ノンビリとした声が響《ひび》き渡る。

本を読みながら呟かれた三ヶ島沙樹《みかじまさき》の言葉に、窓際で外を眺《なが》めていた正臣が振り返る。

「ん?　どうした?」

「行かないの?」

「どこにだよ」

笑いながら尋ね返す正臣。

沙樹は朝の日差しのような柔《やわ》らかい微笑《ほほえ》みを浮かべたまま、正臣を揺さぶる言葉を呟いた。

「友達の所」

「……」

「さっきの臨也《いざや》さんとの電話、聞くつもりはなかったんだけど、凄《すご》い大きな声だったんだもん。聞きたくなくても聞こえちゃったの。ごめんね」

どこか浮世離れした調子で話す沙樹に、正臣は数秒口をぽかんと開いて動きを止める。

何か言おうとしたのだろうが、上手《うま》く言葉に出てこない。

正臣は一旦《いったん》窓の外に顔を向け、心を落ち着ける為《ため》に暫《しば》し外の景色を眺め続けた。

そして、何を言うべきかを考え、ゆっくりと振り返ると——

目の前に、沙樹の顔があった。

鼻先が触《ふ》れ合う程の距離。

あまりに近い位置で微笑んでいる沙樹の姿に、正臣は自分が言いたかったことを完全に忘れてしまう。

「あ……」

正臣はそれでも何かを言おうとしたのだが——

沙樹は突然後ろを向いたかと思うと、正臣の体にゆっくりともたれかかる。

「お、おい」

風にゆれた髪《かみ》は正臣《まさおみ》の口先を擽《くすぐ》り、シャンプーの柔《やわ》らかい香りが少年の顔と心を包み込む。

「まだ、恐いの？」

「……ああ」

突き放す事もできず、正臣はその体勢のまま会話を続ける事にした。

端《はた》から見れば幸せそうなカップルが惚気《のろけ》ているようにも見えるのだが、正臣の表情や動きはどことなくぎこちない。

「何が恐いのかな？」

「……」

「改めて嫌《きら》われるのが嫌《いや》なんでしょう？　その友達に」

「まあ、それだけじゃないけど……いや、最後には結局そこになるのかな」

天井《てんじょう》を見上げながら呟《つぶや》く正臣に、沙樹《さき》は目をつむりながら言葉を紡《つむ》ぐ。

「大丈夫《だいじょうぶ》だよ。きっと、その人達は正臣を嫌ったりしないよ」

「……なんでだよ。沙樹は帝人《みかど》や杏里《あんり》の事、知らないだろ？」

杏里という女性名が出てきたものの、沙樹は微塵《みじん》も気にせず、子供をあやすような口調で正臣に語りかけた。

「知らないけど、大丈夫だよ」

「楽観的だなあ」

「正臣《まさおみ》の友達の事は知らないけど、正臣の事は知ってるからね。その正臣が選んだ友達なら大《だい》丈夫《じょうぶ》だよ」

「沙樹《さき》は、将来詐欺《さぎ》とかに引っかかるタイプだなあ」

呆《あき》れる正臣に、沙樹はやはり笑顔を崩《くず》さない。

「それに、正臣が寂《さび》しそうな顔してるの、嫌《いや》だしね」

「……寂しくはないさ。沙樹がいるだろ」

本心からの言葉だった。

だが、沙樹はあっさりと彼の思いに疑問を投げかけた。

「どうかなあ」

「おいおい」

「だって、私は正臣の恋人だけど、正臣の友達にはなれないんだよ？」

「……」

沙樹の言葉に、正臣は沈黙《ちんもく》する。

その沈黙に追い打ちをかけるように、沙樹は肩《かた》に置かれていた正臣の手を握《にぎ》る。

「だけど、もしも、友達に嫌《きら》われちゃって、正臣が凄《すご》く凄く落ち込んだら……その時は、私が正臣を抱《だ》きしめてあげるよ。それは、恋人の役目だもん」

「沙樹……」

「正臣には、ここに帰る場所があるんだから、それを忘れないで。だけど、正臣の友達を助ける事は、私じゃなくって正臣にしかできないんだよ？」

そう呟《つぶや》いて、沙樹はクルリと体を反転させ、無邪気《むじゃき》な顔をしたまま正臣を軽く抱きしめる。

「……ああ、そうだな。ありがとう、沙樹」

正臣は、少女の微笑《ほほえ》みを見て思う。

彼女のこの無邪気さは、聖人たるものではなく、人として何処《どこ》かが壊《こわ》れてしまっているからこそのものであると。

そして、自分自身もまた、どこかが壊れているという事を実感する。

壊れた原因は自分にある。

高い所から落ちて砕《くだ》けた。それだけの事だ。

だが、落ちる直前——その背を押した人間なら、明確に存在する。

より正確には、高い場所へと登る最中に、上へ上へと背中を押し続け——足場が不安定になった場所で急にその手を放した、という方が近いだろう。

そして、その男が今、親友の背を押している。

正臣は一度目を伏せ、自分自身に一つの決意を促《うなが》した。

——帝人《みかど》の奴《やつ》を助ける。

ただそれだけの決心をするのに、沙樹《さき》の言葉と強い覚悟《かくご》が必要になるとは、やはり自分はもう壊《こわ》れてしまっているのだろう。

少年はそう考えながら、沙樹に優しく微笑《ほほえ》み返し——

最低限の準備を整え、アパートの部屋を後にする。

日常に背を向け、騒乱《そうらん》の中心へと逃亡を続けた少年。

彼が親友である帝人《みかど》を助ける為《ため》、彼はやはり騒乱の中心へと駆《か》け出した。

♂♀

池袋某所《いけぶくろぼうしょ》

正臣が自ら抗争へと足を踏み入れようとする一方——

駅前の大通りから逸《そ》れ、大幅に人通りの薄《うす》らぐ場所。

GWの真っ最中とはいえ、人の寄りつかぬ雰囲気《ふんいき》の路地《ろじ》とは、大抵どこの街にでもあるものだが——池袋のそうした路地の一つに、妙《みょう》な人口密度の塊《かたまり》ができていた。

通り過ぎる人々は、それぞれ一瞬《いっしゅん》だけ何事かとそちらに目を向けるが、集まっているのがチーマー風の男達だと気付くと、関わり合いになるのを避《さ》けるべく、足早でその場を後にする。

駅前や繁華街《はんかがい》、有名な施設の内部等ならば、即座に通報されるだろう。だが、ただでさえ目立たぬ場所で、ただ集まっているように見えるだけのチーマー達をいちいち通報するような事はせず、人々は最も簡単な手段――『近寄らない』という方法で自分の身を守り続けた。

もっとも、その人の壁の奥で何が行われているのかを知れば、自分の身を顧《かえり》みずに通報する者もいたかもしれないが――チーマー達は、そこまで計算ずくで路地の入口に意図的な『壁』を作り上げていたのである。

そして、その壁の奥の路地《ろじ》に、不安げな少女の声が響《ひび》き渡る。

「……あの、なんなんですか、貴方《あなた》達……」

神近莉緒《かみちかりお》の横には、同い年ぐらいの少女達が怯《おび》えながら固まっている。

先刻杏里《あんり》と別れた後、池袋の街を食事などしながら散策していた少女達だ。

彼女達はレストランから出た後、公園などの静かな場所で休もうと繁華街から離れて歩いていたのだが、その最中に、少女達の一人が携帯を見て立ち止まった。

「……何コレ」

「？　どうしたの？」

「ね、ねえ、今、ダラーズっていうののメーリングリストがたくさん回ってきてたんだけど

「……。最後のこれ……私達……だよね？」

少女が差し出した携帯電話の画面には、つい先刻まで食事をしていたレストランの内部と

——その中に写る自分達の姿があった。

「ねえ、ノンの事を探してるって言ってるけど……ノン、何か心当たりは……」

携帯の持ち主がそう呟《つぶや》いた所で、バイブ音が新しいメールの到着を知らせる。

恐る恐るそのメールを開くと——

【女を見つけた。今からみんなでパーティしちゃいます】

そんな本文が記されており、添付《てんぷ》されていた写真には、つい数分前まで自分達が歩いていた道と——自分達の後ろ姿が写っているではないか。

少女達は背筋《せすじ》を震《ふる》わせ、恐る恐る周囲を見渡した。

すると、視線の先には、こちらに向かって歩いてくる複数の男達が見える。

反対側を見ると、やはり同じような雰囲気《ふんいき》の男達が近づいてきており——

「に、逃げよう」

少女の一人が誰ともなく呟き、それを合図として莉緒《りお》達は近くの路地《ろじ》へと逃げ込んだのだが

——結果的に、更《さら》に人気《ひとけ》の無い路地の先で追い詰められてしまったのだ。

そんな少女達を取り囲みながら、チーマー達の一人が下卑《げび》た笑いと共に口を開く。

「いやいやいや、何って、ねえ？　んー、ほら、なに？　俺《おれ》らって怪しい人なんすっけどぉ？」

路地の前後を男達に囲まれており、逃げられる雰囲気ではない。

「こ、こんな所で騒《さわ》いでたら、すぐに警察が……」

少女の一人がそう呟くが、男達は気にせず笑う。

「今日はあっちこっちで起こってる喧嘩《けんか》の方に行ってるから、お巡《まわ》りさんもチョー忙《いそが》しいんじゃなぁい？　ま、つーか、つかつかつーかぁー、ノンちゃんだっけぇ」

男の一人はそこで突然口調を変え、顎《あご》を少女の一人に突き出しながら怒りの声を吐《は》き出した。

「手前《てめえ》の彼氏君がチョーシぶっこいてっから、そっちにポリ《警官》が行っちゃってんだろ？　あ？」

「……ろっちーが？」

少女は突然妙《みょう》な名前を呟いた。

だが、莉緒達はその名前の意味を知っている。ノンがよく話に出す彼氏の渾名《あだな》だ。

そんな事は知らないチーマー達だが、雰囲気からしてその『ろっちー』とやらが件《くだん》のＴｏ羅《とらま》丸《る》のボスだと気付いたのだろう。

男達は下卑た笑いを浮かべたまま、少女達を取り囲む輪を少しずつ狭《せば》めていく。

「ろっちーでもミッチーでもいいんだよこのビッチーちゃんよぉ」

「はいはいはい、いいからいいから、ね、ね、ね。ちょっとお兄さん達と来てくれるだけでいいから、ね、ね、ね」

軽い調子で挑発《ちょうはつ》する男達だが、彼らの目には危険な色が滲《にじ》んでいる。

このままではノンだけではなく、少女達全員が車か何かに押し込まれてしまうだろう。

ノンと呼ばれた少女は、悔《くや》しそうに男達を睨《にら》み付けたまま、ゆっくりと呟《つぶや》いた。

「……解《わか》ったよ。私は大人《おとな》しくついてくから、他のみんなは行ってもいいでしょ」

「の、ノン……、駄目《だめ》だよ、そんなの！」

莉緒《りお》はノンを止めようと声をあげたのだが、それを遮《さえぎ》る形で、男達の一人が空気の読まぬ言葉を口にした。

「いやいやいや、ないっしょ。ないわー。それはないわー。他の子逃がしたら警察にいかれちゃうじゃん。そしたら先にこっちにお巡《まわ》り来ちゃうじゃん。ないわー」

そして、別の男が女達の一人の口を塞《ふさ》いで押さえこむ。

「あっ……」

悲鳴をあげようとした女を押さえる形で、男は少女の首筋にナイフを当てた。

「はーいはいはい、騒《さわ》いだりしたら、この子の喉《のど》が切れちゃったりしちゃうんじゃないのお？」

銀色に輝く刃《やいば》が少女の白い喉元につきつけられたのを見て、莉緒達は一斉《いっせい》に黙《だま》り込んだ。

いつの間にか路地《ろじ》の入口には黒いバンが止められており、横の入口が広げられている。

「五人も積めるかぁ？」

戸惑《とまど》う少女達の腕《うで》や口を次々と押さえ込み、十人以上の男達が総掛かりで少女達を拉致《らち》するという異常な光景が路地裏《うら》の中に繰り広げられた。

「重ねりゃどうとでもなんべ」「俺《おれ》も重なりてぇー」

「猿《さる》かよお前」「女子高生達とのドキドキドライブ、美味《おい》しく頂《いただ》いちゃいます！」

「ぶっほ！　キめぇ！」

「つか、さっき門田《かどた》と一緒に居た奴《やつ》がＴｏ羅丸《とらまる》のボスだってマジなんだべな？」

「あー、間違いねぇ。見た事あるしよ。俺」

世間話。

彼らの会話は、本当に世間話と同じような雰囲気《ふんいき》で交わされている。

その淡々とした調子が、逆に少女達にどうしようもない現実感を突きつけ、どうしようもない絶望に落としかけたのだが――

「ま、待って下さい！」

そんな空間に、あまりにも場違いな、幼さの残る少年の声が響《ひび》き渡った。

路地にいた全員が振り向くと、チーマー達の後ろから、童顔の少年が肩《かた》を大きく上下させながら、こちらを睨《にら》み付けている。

「竜ケ峰《りゅうがみね》……君？」

莉緒《りお》の目に映った少年の顔は、紛《まぎ》れもなくクラスメイトの物だった。

大して親しくもなく、杏里《あんり》と同じ程度の距離を置いている男子生徒だ。

莉緒の疑問を余所《よそ》に、少年は、最大限の勇気を振り絞《しぼ》って叫び声をあげる。

「な……何をしてるんですか！」

チーマー達は一瞬《いっしゅん》顔を見合わせたが、眉《まゆ》を顰《ひそ》めながらシッシと人を追い払《はら》うジェスチャーを見せ、冷めた調子で呟《つぶや》いた。

「なんだぁ、ガキにゃ関係ねえだろ」

「か、関係ならあります」

「はぁ？」

「ぼ、僕もダラーズの一員です。メールを見て……ここまで来ました！」

帝人《みかど》にとってそれは、勇気を振り絞っての一言だった。

ただ、彼はやはり混乱していたのか、それとも、ダラーズから逮捕者を出すのが恐かったのか——帝人はこの件を、警察などには一切通報してきていない。

本当にただのダラーズの一員としてこの場に訪れたのだ。

「だ、だけど、こんな、女の人を人質《ひとじち》にするなんて……」

そこまで言った所で、チーマーの一人が笑いながら帝人に近づいてくる。

「あー、ハイハイ、小僧《こぞう》は黙《だま》ってろ」

言いながら、帝人の鳩尾《みぞおち》に前蹴《げ》りをつきこんだ。

男の放った前蹴りは、大して威力のない、本当にただの素人《しろうと》の前蹴りだった。

平和島静雄《へいわじましずお》ならば、蹴られた事にすら気付かず、腹についた足跡を見て激怒し、相手をビルの二階ほどの高さまで殴《なぐ》り飛ばす事だろう。

折原臨也《おりはらいざや》ならば、もう相手の足の裏にナイフを突き立てている事だろう。

紀田正臣《きだまさおみ》ならば、普通に躱《かわ》して相手に反撃《はんげき》している事だろう。

セルティならば、既《すで》に相手は影に縛《しば》られて動けなくなっている事だろう。

だが——帝人は、体力的には普通の、いや、平均以下の高校生だ。

悲しい程に、帝人は現在の状況において『ただの少年』に過ぎなかった。

「うぁっ……」

簡単に地面に転がされ、地面に蹲《うずくま》る帝人。

腹の奥に、重い鉄の塊《かたまり》が現れたような錯覚《さっかく》を覚える。

痛みよりも先に、苦しみが帝人の脳内を包み込み、全身が『動くな』と悲鳴をあげるが、神経はその苦しみに耐えきれず、『転げ回れ』と金切り声のような叫びをあげている。

「あっ……かはっ……」

「お前もダラーズなら知ってんだろうが。ダラーズのチームに、【女を人質《ひとじち》にとっちゃいけません】なんてルールはないんだぜ？」

世間知らずの少年に、男達は上から目線で『ダラーズ』という存在を押しつける。

彼らは当然ながら、帝人《みかど》がダラーズの創始者であるという事を知らない。

だが、仮にそうだと聞かされ、信じたとしたら態度は変わっていたのだろうか？

帝人はそう考えるが、苦しみに呻《うめ》きながらも、すぐに答えはNOだと導き出す。

彼らは自分が創始者として今の言葉を言ったとしても、全く変わらぬ反応を示すだろう。ダラーズとはそういう組織なのだ。

「それどころか、俺《おれ》達を縛《しば》る何のルールもねえんだ。当然、手前《てめえ》みたいなガキの言う事を聞くのもな」

男はそう言いながら、膝《ひざ》をついた帝人の肩《かた》を足で押す。

アスファルトの上に転がされながら、帝人はただ、考える。

——ああ、そうだ。

——この人の言う通りだ。

ルールなどは無い。

誰かが誰かに命令を強制する事もできない。

そういう風に作ったのは自分だ。

帝人がそう考え、僅《わず》かに歯を食いしばった所で、チーマー達が呆《あき》れたように会話を紡《つむ》ぐ。

「つーか本当にダラーズって色々いんのな。こんなガキまでいるんじゃや、メール見てビビッた奴《やつ》がもう通報とかしてんじゃね？」

「とっと来良《らいら》の第二グラウンドまで動こうぜ。こんなんでパクられても下らねえし、さっさとTo羅丸《とらまる》の連中ボコってこの女どもを誰かの家に連れ込んじゃえば終わりっしょ」

その声を聞きながら、帝人は歯ぎしりをやや強くする。

——違う。

——こんなのは……違う。

——こいつらは……違う。

——こんな……

——、、、こんな連中は、、、僕の望んだダラーズじゃ、、、ない。

目の前の現実を、ただただ否定したい一心だった。

帝人は猛烈《もうれつ》な吐《は》き気を抑えながら立ち上がり、自分を無視してバンに向かう男達に叫んだ。

「止《や》めろ……！」

「……あぁ？」

チンピラ達——この場の『ダラーズ』の集まりにおいて、中心人物と思しき男が、片眉《まゆ》をあげながら口を開く。

「んだぁ？　よく聞こえねんだけど？」

軽い調子だが、圧力のある声。

帝人《みかど》はそれでも怯《ひる》まず、腹の底からの声を浴びせかけた。

「ダラーズは、そんな……女の子を人質《ひとじち》にするような情けない真似《まね》は……しない！」

「……ウザっ」

明らかに自分達よりも格下だと思っていた少年に『情けない』などと言われ、相手の言葉を吟味《ぎんみ》する事すらなく、チーマーは帝人の顔面を殴《なぐ》り飛ばしていた。

「おい、通報されても厄介《やっかい》だからよ、三人ぐらい残ってこのガキ砂にしとけや」

「ちょ、待てよ。俺《おれ》らも女の子達コースがいいんだけど」

「取っといてやるから安心しろよ！　こんなガキ一人砂にするの、ちょっとで済むだろ！」

再び地面に倒された帝人は、口内に鉄の味が広がったのを感じ取る。

恐らく口の中を切ったのだろう。歯が折れているかもしれない。

だが、今の帝人にとっては、そんな事はどうでもよかった。

もう、自分を殴った男は、自分の事など欠片《かけら》も見てはいない。

殴られた痛みよりも、ただ、それが悔《くや》しかった。

もしかしたら、少女達を助けられなかった事よりも——。

帝人が痛みから起き上がる頃には、既《すで》にバンは発車しており、眼前には三人のチーマー達が残っているだけだった。

「おら、立てよ小僧《こぞう》」

「うぐ……」

帝人はなんとか一発殴《なぐ》り返そうとしたが、人を殴った事などない帝人は、肩《かた》から先の関節を動かすのがやっとだった。

下手《へた》すれば喧嘩《けんか》慣れした小学生よりも弱々しいパンチは空しく宙を切り、チーマー達の嘲笑《ちょうしょう》と共に、再び帝人は地面に転がされる。

もはや、どのように転がされたのかも解《わか》らない。

地面に伏せる形となった帝人の脇腹《わきばら》に、容赦《ようしゃ》ない蹴《け》りが叩《たた》き込まれる。

腕《うで》や足も次々と踏みつけられ、骨はなんとか折れなかったものの、筋肉の繊維《せんい》がずたずたに千切《ちぎ》れていくような感触《かんしょく》が伝わってくる。

「うあ……あぁあぁあぁっ！」

帝人は思わず悲鳴を上げた。

そんな少年に対し、虐待《ぎゃくたい》者の一人は笑いながら言葉を紡《つむ》ぐ。

「よう、ガキ、お前、俺《おれ》の事覚えてっかぁ？」

「……ぐ……う……え？」

痛みで揺れる視界の中、帝人《みかど》は頭上の男に視線を向けようとしたが、その頭が分厚い靴《くつ》によって踏みつけられた。

「もう一年以上前だけどよぉ……。手前《てめぇ》、俺の元カノの携帯壊《こわ》した野郎《やろう》の仲間だったよなぁ？高校生とは思えねぇガキみたいな面《つら》だったから、よーく覚えてる……ぜっと！」

靴の裏に体重をかけ、帝人の顔面を思い切りアスファルトに押しつける。

鼻が押し曲げられ、鼻腔《びこう》から鼻血が勢いよく流れ始めた。

「あの時は例の黒バイクに邪魔《じゃま》されたよなぁ……お前、もしかしてあの黒バイクともオトモダチなのか？　まさかな」

――この人……？

見覚えはあまりないが、帝人は痛みが響《ひび》く中で必死に思い出そうとする。

そして、次の男の言葉で少年は思い出す。彼にとっては、完全に忘れていてもおかしくない程の記憶《きおく》ではあったのだが。

「俺《おれ》も最近ダラーズに入って知ったんだけどよぉ。折原臨也《おりはらいざや》っつーんだって？　あの携帯壊した野郎。有名な奴《やつ》なんだってなぁ」

――あ。

帝人が池袋《いけぶくろ》に来て間もない頃——杏里《あんり》を初めていじめっ子から助けた時に、臨也がそのいじめっ子達の携帯電話を踏みつぶしていた。

その数日後、そのいじめっ子の一人である少女の彼氏と名乗る男が校門前に現れ——セルティに一撃《いちげき》でノされてしまった。

ビキリ、と、帝人の『中』に音が走った。

実際に何処《どこ》かを蹴《け》られたりしたわけではない。ただ、帝人の耳には確かに背骨が軋《きし》むような音を聞いた気がする。

「ったく、その有名人と知り合いだからって、自分も喧嘩《けんか》が強くなったと勘違《かんちが》いしちゃったか？　それとも、自分もダラーズの携帯に登録したから俺らとタメになったつもりか？　ああ？」

ガシガシと背中を蹴りつけてくるが、帝人は既《すで》にその痛みを感じてはいなかった。

全《すべ》ての痛みを凌駕《りょうが》する、自分でも感じたことのない感情を交えながら——

ただ、思い出した。

帝人は、目の前の男の事を完全に思い出したのだ。

「てめえみたいな奴《やつ》がダラーズの一員だと、迷惑《めいわく》なんだ……よっとぉ！」

男が帝人の頭を蹴りつけるのと——帝人が心中《しんちゅう》で『それ』を呟《つぶや》くのは、ほぼ同時の事だった。

普段の帝人ならば、決して思い浮かべぬ筈《はず》の一言を。

――ああ、なんだ……。

――あの……

――あ、あの……、、、、、くだらない奴か。

それは、竜ケ峰帝人《りゅうがみねみかど》という少年に訪れた、最初の明確な『変化』だったのだが――
所詮《しょせん》は心の中だけでの出来事なので、誰もその変化には気付かない。

帝人はその続きを考える事もできぬまま、頭に衝撃《しょうげき》を受けて完全に意識を失った。

♂♀

池袋某所《いけぶくろぼうしょ》

【女の子ゲッツ！　これでTo羅丸《とらまる》のボスをボコって池袋はダラーズ最強なり！】

そんな巫山戯《ふざけ》た調子のメールを見て、静かな怒りを溜《た》める男が一人。

バーテン服に身を包んだ男は、手近にあった道路標識を握《にぎ》りしめながら呟《つぶや》いた。


「……舐《な》めやがって」


ほんの数秒の沈黙《ちんもく》を挟《はさ》み、男はゆっくりと歩き出す。

ゆっくりとした足取りで、背後に手の形にポールがへコんだ標識を残しながら。

平和島静雄《へいわじましずお》は、確かな怒りと共に、ある場所へと向かって歩き始めたのだ。

♂♀

川越《かわごえ》街道沿い　某《ぼう》マンション前

「もうすぐ、下に幹彌《専務》さんが迎えに来るそうです。行きましょう」

セルティ達の前で、四木《しき》は茜《あかね》に出発を促《うなが》していた。

彼の周りには、既《すで》に彼の部下が三人ほど待機《たいき》しており、茜にプレッシャーをかけない距離で、しっかりと少女の事を護《まも》っている。

「……どうしても、帰らないと駄目《だめ》……？」

「お嬢《じょう》さん……」

「ううん、お父さんとお母さんにはちゃんと謝る、謝るけど……でも……」

「茜《あかね》お嬢さんが、私達の仕事の事を良く思っていないのは解《わか》ります。ですが、まずは御両親としっかり話をすべきでしょう。御両親は、決して貴女《あなた》を私達の世界に巻き込みたいなどとは思っていません。それは信じて下さい」

そんな会話を聞きながら、セルティは珍《めずら》しいものを見るように四木《しき》の顔を眺《なが》めていた。

——うーん。

——まるで別人だなあ。

喋《しゃべ》り方や声は一緒《いっしょ》なのに、雰囲気《ふんいき》が全然違う。

——普段からあのぐらい柔和《にゅうわ》な感じなら良かったのに。

そんな事を考える一方で、セルティは少女の安全を心底《しんそこ》喜んでいた。

——とりあえず、日が沈む前に彼女を親元に引き渡せて良かった。

セルティの脳裏に浮かぶのは、昨日《きのう》自分と杏里《あんり》を襲撃《しゅうげき》した謎《なぞ》の人物の事だった。

——タイミングを考えると、やっぱり茜ちゃんの護衛の件と連中が無関係とは思えない。

——粟楠《あわくす》会の本邸《てい》なら、仮にあの変な連中が茜ちゃんを狙《ねら》う奴《やつ》の一味だったとしても、そう簡単には手を出せないだろう。

もしも夜だったなら、移動途中《とちゅう》にあの強力な銃《じゅう》を使用して車ごと破壊するかもしれない。だが、昼間からそこまで無理はしないだろう。それこそ暴力団同士の抗争ならば白昼《はくちゅう》の銃撃《じゅうげき》事件もあるが、敵《てき》の目的はあくまで栗楠茜の誘拐《ゆうかい》である筈《はず》だ。下手《へた》に目立って警察まで動かしては、敵自身の立場が追い詰められていくだけだ。

――でも、油断はできないな。

――杏里ちゃんを狙った理由もよく解《わか》らないし……。

――車が出たら、私もこっそり後ろからついて行こう。

セルティが少女の安全を守ろうと力強く決意している前で、四木と茜の会話が続けられる。

「ともあれ、暫《しばら》くは家にいて下さい、茜お嬢さん」

「……なにか、あったんですか？」

礼儀正しく尋ねる茜に、四木は思わず言葉をつまらせる。

――やれやれ、本当に年の割に鋭いな、茜お嬢さんは。

「何かあったとしても、それにお嬢さんを巻き込ませないようにするのが仕事です。安心して下さい」

「……お父さんと、お爺《じい》ちゃんは、大丈夫《だいじょうぶ》なの？」

「？」

「平和島静雄のお兄ちゃんに、何かされてない？」

刹那《せつな》、部屋の中の時間が止まる。

平和島静雄《へいわじましずお》が彼女をここに連れて来た、というのは新羅《しんら》から聞かされている。

ただ、静雄が連れてくる前――静雄と出会った時の詳《くわ》しい経緯《けいい》については『自分も病み上がりの譫言《うわごと》しか聞いてないから、落ちついてから茜《あかね》ちゃん本人に聞いた方がいいだろう』との事で、四木《しき》もとりあえずそうする事にしたのだが――。

――何故《なぜ》？

――静雄と粟楠《あわくす》会の揉《も》め事については、お嬢《じよう》さんは知らない筈《はず》。

――それとも、静雄が何か茜に吹き込んでいたのか？

ほんの数秒とはいえ、顔を強《こわ》ばらせた四木を見て、茜が不安げに問いかける。

「……っ！　や、やっぱり、平和島静雄に何かされたんですか!?」

「いえ、大丈夫《だいじようぶ》ですよ。お嬢さんが心配するような事は……」

四木は微笑《ほほえ》みながら答えるが、茜はろくに聞いておらず、カタカタと震《ふる》えながら小さな声で呟《つぶや》いた。

「やっぱり……私が殺しておかなきゃいけなかったんだ……」

――……？

――今、お嬢……なんて言った？

聞き取りづらくはあったが、確かに茜は『殺しておかなきゃいけなかった』と言ったように思える。

その瞬間《しゅんかん》、四木は奇妙《きみょう》な違和感に因《とら》われる。

家出する前の茜と比べて、何かが変わったような気がする。

これまでも、年齢《ねんれい》の割にませていた所があった。家出する前も、両親や祖父《そふ》の仕事を知ってショックを受けていた事も知っている。

だが、今の茜は何か妙だ。

――……。

四木は僅《わず》かに考え、今の茜と似た感じの者達を思い出す。

――闇金《やみきん》に追いこみかけられて、壊《こわ》れる直前の女連中に雰囲気《ふんいき》が……。

そこまで考え、四木はその考えを一旦《いったん》打ち消した。そんな筈《はず》はないと思いたかった事もあるが、楽観的に見逃して良いことでもない。

「お嬢、今、なんて……」

ここは一つ確認しておくべきだろうと、真剣な調子で尋ねかけた瞬間《しゅんかん》――

タイミング悪く、部下の一人が近づいてきて口を開いた。

「若頭《専務》の車が着きました」

「解《わか》った。すぐに行く」

四木《しき》は一旦《いったん》疑問を胸の奥に押し込め、茜《あかね》を連れてマンションの一階へと足を向けた。


「お世話になりました。今後の事はすぐに連絡します。セルティさんから、昨夜《さくや》の詳《くわ》しいお話もお聞きしたい所ですからね」

深々と御辞儀《おじぎ》をする四木と、新羅《しんら》に笑顔で手を振る茜。

そんな二人が去るのを見送った後、セルティは一旦《いったん》ソファーに腰《こし》をかける。

『一体、何がどうなってるんだ？　静雄《しずお》がどうしたっていうんだ？』

「ん？　どうかしたの？」

部屋の奥にいた新羅が、コーヒーを飲みながらこちらにやってきてセルティのPDAを覗《のぞ》き込んだ。

『さっき、茜ちゃんが静雄をどうこう言って、四木さんが固まってたんだけど』

車の後を追う前に、最低限の情報は得ておこうとするセルティ。

真剣な雰囲気《ふんいき》の彼女に対し、新羅は困ったように両手を広げ、

「ああ……それはこっちが聞きたいぐらいなんだけどね。まあ、粟楠会《あわくすかい》の人達におっかけられ

てるみたいだよ」

と、顔に苦笑を浮かべて見せた。

だが、長年の付き合いであるセルティは、その苦笑が口元だけで、目があまり笑ってない事を見抜いていた。それだけで、何かただならぬ雰囲気であるという事が理解できる。

『なんか、変に大ごとになってるみたいだな』

まさか、杏里《あんり》や帝人《みかど》まで巻き込む事になるとは思わずにいたセルティは、今更《いまさら》ながらにこの仕事を受けた事を後悔する。

だが、茜という少女に出会ってしまった以上、見捨てるというわけにはいかない。

――それに、茜ちゃんが一晩とはいえここに居たって事は……。

――あの変な連中が、ここに狙《ねら》いを付けているかもしれない。

低い可能性ではあるが、相手の正体が分からない以上、警戒《けいかい》を怠《おこた》るわけにもいかない。

セルティが改めて部屋の中の防犯設備をチェックし始める最中、新羅はノンビリとした調子で語り始める。

「まあ、粟楠会に追われてるのは誤解だと思うからいいんだけど……。問題は、臨也《いざや》の奴《やつ》が、そう誤解させたのは何故《なぜ》かって事かな……」

『なんだ、臨也が関わってるのか？』

「らしいよ。茜ちゃんの言葉を信じるなら……あるいは、誰か別人が臨也を語ってない限りね」

今度は目も含めてきちんと苦笑している新羅《しんら》に、セルティも肩《かた》で笑い返しながら文字を綴《つづ》る。

『あいつを騙《かた》るなんて、それこそあいつ本人以外には無理だろう』

「それもそうだね」

クスリと笑いながら呟《つぶや》いた新羅。

——さて、行くか。

そろそろ車が出る頃だろうと、腰《こし》を上げたセルティだったが——

突然ビルの外に響《ひび》いた大音響が、セルティを中腰の姿勢のまま固まらせる。

——っ!?

——何!? 何!?

ガス爆発か何かかと思い、咄嗟《とっさ》に新羅の姿を探すセルティ。

だが同時に新羅はセルティの体に覆《おお》い被《かぶ》さるようにして抱《だ》きついていた。

——っ!

——な、何をしてるんだ新羅!

「危ないセルティ! 伏せて! きっとテロだ! 窓の外、下の方でなんか凄《すご》い光った!」

『落ち着け! 私は大丈夫《だいじょうぶ》だから、新羅こそテーブルの下に!』

爆発が起こった時の対処《たいしょ》はテーブルの下でよいのだろうか？

疑問に思ったが、そんな事を考えている余裕《よゆう》はない。

だが、この状況下で、セルティは更《さら》に余計な事を考えてしまう。

——新羅。

——もしかして私を護ろうと……？

血の流れていない自分の胸が熱くなるのを感じつつ、セルティは外の様子を窺《うかが》う事にしたのだが——。

窓からヘルメットを覗《のぞ》かせた、セルティ独自の『視界』の先にあったものは、目や耳を押さえながら蹲《うずくま》っている粟楠《あわくす》会の構成員達と、その場から走り去る一台のバイク。

そして、その大柄《おおがら》なバイクの乗り手に抱《かか》えられた茜《あかね》の姿を確認した時——

セルティは窓から身を乗り出し、そのままベランダから勢いよく飛び降りた。

♂♀

数分前　川越《かわごえ》街道近辺

「なー、青葉《あおば》よー。いつまで散歩してんだよ俺《おれ》ら」

「こんなとこをまた囲まれたら面倒臭《くせ》ぇぞ」

『黒い糸』を辿《たど》りながら細い路地《ろじ》を曲がる青葉に、背後に着いてきていた数人の少年達が愚痴を溢《こぼ》す。彼らからすれば、廃工場のバイクから伸びていた糸など何の関心もないのだろう。

そんな少年達の言葉に、青葉は薄《うす》く笑いながら答えを返す。

「まあそう言うなって。考えてもみろよ。こんなに長い糸が街中《まちなか》に伸びてるって時点でもう異常だろ？　それにこの糸、切ろうとしても全然切れない。つーか、ゴムみたいに伸びたと思ったら伸びっぱなしで、でも全然細くならないんだよ。まるで、煙を伸び縮みさせてるみたいな変な感触《かんしょく》だ」

「どうでもいいよ」

「……割と世紀の大発見っぽいんだけどな。まあいいか。それより、ギンの奴《やつ》からなんか連絡あったか？」

「メールが来たよ。運動場の隅《すみ》っこから覗《のぞ》いてるってよ。で、まだ喧嘩《けんか》の真っ最中だとよ、To《と》羅丸《らまる》のボス」

「長いこと喧嘩してんなぁ。まあ、相手の門田《かどた》ってのは、短期戦も持久戦もいけるオールラウンダータイプらしいからな……。その前に、例の連中が女を攫《さら》ってくのが先か……」

青葉がそんな分析を呟《つぶや》いていると、大通りの方から突然轟音《ごうおん》が聞こえてきた。

「!?」

周囲を歩いていた人々は一旦《いったん》足を止め、大通りを走る多くの車が急ブレーキをかけ、絹を裂《さ》くような悲鳴とブレーキ音が入り交じる。

「なんだ!?」

青葉は大通り——川越街道《かわごえ》と交差する角まで走りつつ、慎重《しんちょう》に身を乗り出して周囲の様子を見渡していた。

すると、少し先の道路脇《わき》に、一台の高級車が止まっている。

黒塗りの自家用車であるそれは、青葉の目にもはっきりと『暴力団関係の車』と推測させる代物《しろもの》であった。

「……ヤクザ?」

少年達が訝《いぶか》しげに覗き込むと、その車の周りで何人もの男達が蹲《うずくま》っている。

派手《はで》に動く者はいないと判断したのだが——そんな彼の耳に、派手《はで》なバイクのエンジン音が届いた。

そのバイクは、勢いよく黒塗りの車まで辿《たど》り着いたかと思うと——

混乱している現場から、一人の少女を『ヒョイ』と軽い調子で抱《かか》え上げた。

バイクの速度を殆《ほとん》ど緩《ゆる》める事なきまま、巨漢《きよかん》のバイク乗りはその場から離れ——

やがて、青葉《あおば》達がいるのとは別の細い路地《ろじ》へと抜けていってしまった。

「なんだったんだ……？」

青葉が気付くと、『黒い糸』は路地を出て件《くだん》の車がある方角に向かっている。

こちらの大通りで一体なにが起きたのか、見極めようと大通りの歩道に足を踏み出した瞬間《しゆんかん》、
少年達は見た。

丁度《ちょうど》黒塗りの車の真横にあるマンション。

その四～五階の位置に、妙《みょう》に黒い塊《かたまり》が見えたという事に。

「黒バイク……！」

ほんの一瞬《いっしゅん》の事だったが、青葉は確かに見た。

件のマンションのベランダを乗り越える形で、黒いライダースーツの人影が、地上に向けて落下したという光景を。

そして、その人影の腕《うで》からは黒い縄《なわ》のようなものが生《は》えており、反対側は今し方飛び降りたベランダにくっついている。

黒ライダーはそれをゴムのように伸ばし、ゆっくりと地上に降り立った。

異常としか思えない行動を目にした青葉は――

目を輝かせながら、「見つけた……」と一言呟《つぶや》いた。

ただし、その輝きは、初めてセルティを見つけた時の帝人《みかど》のものとは違い――

獲物に狙《ねら》いを定めた蛇《へび》のような、冷たく残忍な輝きだったのだが。

♂♀

一分前　川越《かわごえ》街道某所《ぼうしよ》　新羅《しんら》のマンション前

「……お父さん」

「茜《あかね》！」

マンションの入口の前で、実の親子が数日ぶりの対面を果たす。

四木《しき》の後ろからおずおずと顔を出した少女に、威圧感のある男が近づいてくる。

茜は思い切り叩《たた》かれる事を覚悟《かくご》したが、震《ふる》わせたその体が、父親のたくましい腕に包み込まれた。

粟楠幹彌《あわくすみきや》は膝《ひざ》をつき、自らの娘《むすめ》の震えを止めるように抱きしめる。

周囲の護衛達や四木《しき》の目の前ではあるが、あえて幹彌《みきや》は父親としての顔を娘《むすめ》に見せたのだ。

「お前が俺《おれ》や爺《じい》ちゃんの事を嫌《きら》うのはいい。だが、母さんにだけは心配をかけるな」

少女は最初戸惑《とまど》ってはいたのだが、やがて父親の裾《すそ》を摑《つか》みながら呟《つぶや》いた。

「……ごめんなさい……ごめんなさい……！　お父さんも大丈夫《だいじょうぶ》で良かった……！」

四木はその光景を見て、やはり先刻のは自分の聞き間違いだろうと考えた。

だが――

――……。

――家出したにしちゃ、やけにすんなり幹彌さんを受け入れたもんだが……。

――何か妙《みょう》な気がする。

――……『お父さんも大丈夫で良かった』……？

――何故《なぜ》、お嬢《じょう》さんが幹彌さんの心配をする必要がある？

四木の中に再び違和感が膨《ふく》れあがった、その瞬間《しゅんかん》。

何か小さな塊《かたまり》が、道路の方から飛んでくるのが見えた。

――？

——っっっ!?

『それ』の正体に気が付いた時、四木は咄嗟《とっさ》に腕《うで》で顔と心臓を覆《おお》い、地面を強く蹴《け》ろうとしたのだが——

時既《すで》に遅く、脳からの指令が足の神経まで伝わるよりも先に、『それ』は激しい閃光《せんこう》を放ち——周囲の空気を轟音《ごうおん》と光で押さえつけ、周囲にいた全《すべ》ての人間の視覚と聴覚を狂わせた。

爆発。

突然、世界が光という名の闇《やみ》に包まれた。

この時現場にいた粟楠《あわくす》会の組員達の中で、何が起こったのか気付いたのは、四木と幹彌の二人だけだった。

閃光手榴弾《しゆりゆうだん》。

強烈な音と光を放って周囲の人間の感覚を麻痺《まひ》させる特殊な手榴弾だ。人質《ひとじち》を取っての立てこもり事件などで警察が時折使用するのが有名だろう。

幹彌の聴覚は完全に麻痺していたが、視覚に関しては僅《わず》かながらに残っていた。閃光手榴弾の威力が弱めな種類だったという事と、娘を抱きしめ、丁度《ちようど》爆弾を背にする形になっていたのが功を奏したのだろうか。

そして、彼は襲撃《しゆうげき》だと思い、娘《むすめ》の体を庇《かば》いながら周囲を見渡したのだが――

麻痺《まひ》した聴覚は、バイクのエンジン音が接近する事に気付かなかった。

突然目の前に現れたバイクから、一人の男が降りる。

フルフェイスヘルメットの大柄《おおがら》な男。光が焼き付いた視界で判断できるのは、かろうじてそれだけだった。

自分よりも頭一つは大きいだろう男が、茜《あかね》の腕《うで》を掴《つか》み、自分から引き剝《は》がそうとする。

「テメエ！」

思わず立ち上がるが――ライダーはその幹彌《みきや》の襟首《えりくび》を掴み、片手だけで軽々と持ち上げた。

「……っ！」

そして、そのまま力任せで茜から引き剝がし、幹彌の乗ってきた黒塗りの車へと投げつける。

「がっ……」

背中から車の側部に叩《たた》きつけられた幹彌は、あまりの衝撃《しようげき》に肺が破裂《はれつ》したのかと錯覚《さつかく》した。

だが、それでも彼は立ち上がり、突如《とつじよ》現れた暴漢《ぼうかん》に顔を向けたのだが――

暴漢はすでに茜を抱《かか》えてバイクに跨《また》がっており、周囲の組員達の目が眩《くら》んでいる間に悠々《ゆうゆう》と走り去ってしまった。

その様子を間近で見ていた者が、幹彌の他にもう一人。

咄嗟《とっさ》に目を腕で覆《おお》い隠《かく》した四木《しき》だ。それでも、隙間《すきま》から入ってきた光でだいぶ視界が白く染まっているのだが。

爆発までのスピードが異常に速いフラッシュバンに対し、まさにその反応は運が良かったとしか言えない状態だった。

彼は耳に破裂《はれつ》音の残響《ざんきょう》が続いている状態で、目の前で上司《じょうし》が投げられる様を見ていた。

我に返ると同時に改めて地を蹴《け》ったが、バイクは既《すで》に走り始めている。

——あの怪力……。

彼の脳裏に浮かぶは、今朝方《けさがた》殺されていた部下達の惨状《さんじょう》だ。

——だが、静雄《しずお》じゃない。

——あの背丈《せたけ》は静雄じゃあない。

男の体格は、明らかに静雄のそれとは違っていた。

肉襦袢《じゅばん》やシークレットブーツを履《は》いているという可能性もあるが、既《すで》に四木の中では、犯人が静雄であるという可能性は薄《うす》くなっていた。

だが、現在はそんな事をいちいち考えている暇《ひま》などない。

ようやく耳の残響が取れた中、四木が最初にやった事は——

呆然《ぼうぜん》としている幹彌を、比較的安全な防弾《ぼうだん》車の中に押し込める事だった。

そして、彼は見た。

聴覚が回復しかけた耳に、僅《わず》かに声も聞こえてきた。

逃げるバイクに対し、幹彌《みきや》が何事かを叫ぶのを。


彼が聞いた、その叫びの内容とは——

♂♀

池袋某所《いけぶくろぼうしょ》

「……くん」


「……くん！　帝人《みかど》くん！」

朦朧《もうろう》とした意識の中に、馴染《なじ》みのある声が響《ひび》き渡る。

——誰だろう。

——えっと……。　園原《そのはら》さんだ。

虚《うつ》ろな意識の中で、なんとか帝人の『意識』はそう判断する事ができた。

「帝人くん！　大丈夫《だいじょうぶ》ですか！　しっかりして下さい！」

徐々《じょじょ》に覚醒《かくせい》していく意識の中で、帝人はその声の中に覚えた違和感に気付く。

――ああ、珍《めずら》しいなあ。

――園原さんが、こんなに焦《あせ》った声を出すなんて。

――何があったんだろう。

頭の中が徐々《じょじょ》に覚醒していくにつれ、今度は自分自身への違和感が湧《わ》き起こった。

――あれ。

――なんか体が痛い。

――何でだろう。

――あれ、僕、今何してたんだっけ。

――……ああ、そうだ。

――殴《なぐ》られたんだ。

――それで……それで……それで……。

――園原さん……え、なんで？

帝人はようやく頭の中がスッキリしてきたのか、現在の状況が気になって両目を見開いた。

だが、視界がぼやけて目の前がよく見えない。

どうやら自分は仰向《あおむ》けに寝かされているようで、目の前に杏里《あんり》の顔がぼんやりと見える。

「やあ……園原《そのはら》さん……」

「帝人《みかど》くん！　良かった……！」

表情はぼやけて見えないが、心底安堵《しんそこあんど》する杏里《あんり》の声を聞き、帝人は申し訳なさとありがたさ
――そして、先刻の自分自身を思い出し、情けなさで胸が一杯になった。

――ああ、そうか。

――ボコボコにされたんだ。

――園原さんのこんな声を聞いたの、そういえば正臣《まさおみ》があの廃工場で倒れてた時以来かな。

――よかった。

――少なくとも、正臣と同じぐらいには僕の事を心配してくれたんだ。

まだ頭もぼんやりとしているようで、何から順番に考えてよいのか混乱する帝人。

――そういえば、あいつらは……。

――もう、どこかに行っちゃったのかな……。

まだ近くにいるんだとすれば、杏里が危ない。

帝人は痛む体をなんとか起き上がらせようとした。

だが、その瞬間《しゅんかん》、帝人の不明瞭《ふめいりよう》な視界の中で、一つの影が蠢《うごめ》き迫る。

「こ、この……化け物……っ！」

――え？

その声は、先刻のチーマー達の一人のものだ。

腕《うで》を振りかぶって、銀色っぽい何かを杏里に振り下ろそうとしている。

——危ない！

帝人は咄嗟《とっさ》に杏里を横に突き飛ばそうとしたのだが——

その寸前に、キン、と鋭い金属音が路地《ろじ》の中に響《ひび》き渡る。

杏里の上半身が半分ほど捻《ひね》られ、腕の先から、やはり銀色の何かが伸びている。

——鉄パイプ……？

——いや、日本刀……？

次の瞬間——銀色の棒状《ぼうじょう》が男の頭の横に当たったようで、大柄《おおがら》な体は、糸の切れた人形のように地面へと崩《くず》れ落ちた。

帝人の脳裏に、数ヶ月前の光景が思い出される。

黄巾賊《こうきんぞく》に囲まれた正臣を助けに行った時、日本刀を持って工場の中にいた杏里。

——……僕の知らない、園原さんがいる。

銀色の棒状が杏里の腕の中に吸い込まれるように消えていくのと同時に、ようやく帝人の視界が鮮明になってくる。

「あの……大丈夫《だいじょうぶ》ですか……？」

「う、うん」

ゆっくりと体を起き上がらせると――そこには、今し方の男も含めて、地面に倒れて昏倒《こんとう》している三人の男達の姿があった。

「これは……」

「……」

杏里《あんり》は黙《だま》ったまま俯《うつむ》いている。

明らかにここで『何か』があった。

だが、具体的にそれがなんなのかは解《わか》らない。

男達は誰も血を流しておらず、ただ、体のあちこちに細い鉄の棒《ぼう》で叩《たた》かれたような痣《あざ》ができている。

そして、『解らない』というわけではなく、ただ沈黙《ちんもく》を続けている杏里。

――それに、さっきの……。

自分が見たのは、恐らく幻《まぼろし》などではない。

何もかもが気になったが、杏里の不安げな顔を見て、帝人《みかど》は慌《あわ》てて首を振った。

「ああ、いいんだ。何も聞かないよ」

顔を腫《は》らしながらも優しく微笑《ほほえ》む帝人。

「あ……ありがとう、帝人君……」

そんな彼を見て安心したのか、杏里も僅《わず》かに微笑みながら、帝人の肩《かた》にそっと触《ふ》れる。

「あの、大丈夫《だいじょうぶ》ですか、救急車とか……」

「あ、いや、大丈夫。なんとか立てるよ」

言いながら、帝人は杏里を心配させまいと大急ぎで立ち上がった。

——そうだ、お互いの秘密を話す時は、正臣《まさおみ》も一緒にって決めたじゃないか。

本来ならば、それで単純に割り切れる話ではないだろう。

何しろ、女子高生が日本刀らしきものを持っていて、それが今や影も形もない。

その時点で常軌《じょうき》を逸《いっ》した状況なのだが——帝人は、さしてそれを気にする事はなかった。

何故《なぜ》なら、彼は——杏里への疑問よりも遙《はる》かに強い感情に支配されていたのだから。


——何も……。

——何も、できなかった。

——僕は、こいつらに何もできなくて……園原さんに助けられて……。

——僕が弱いせいで……もしかしたら園原さんまで危険な目に遭《あ》わせてた……。


やる方《かた》無い思いに囚《とら》われた少年だが、だからといって何をすることもできず、杏里に対して弱々しげに口を開く。

「うん……僕は大丈夫だから」

「じゃあ、早く病院か岸谷《きしたに》先生の所に……」

杏里《あんり》の提案に、帝人《みかど》はゆっくりと首を振る。

「骨とかは折れてないみたいだから、大丈夫《だいじょうぶ》だよ……。それより、早く……門田《かどた》さんの所……来良《らいら》の第二グラウンドまで行かないと……」

「え……」

突然の帝人の言葉に、杏里は戸惑《とまど》った。

疑念と不安が浮かぶ杏里の顔を前に、帝人は地面に目を向けながら言葉を漏《も》らす。

「ごめん……でも、どうしても行かなきゃいけないんだ……。あの女の子達を助けないと……あいつら、あの女の子を喧嘩《けんか》の人質《ひとじち》に使う気なんだ……。あの様子じゃ、喧嘩の後に素直に解放されるとは思えない」

「帝人君……あとは警察に任せた方が……」

「……。いや、今下手《へた》に警察に連絡したら、あいつら逆上して女の子達をどうするか解《わか》らない。それに、警察沙汰《ざた》にしたら門田さん達にまで迷惑《めいわく》がかかる」

「……」

帝人の言葉は、半分は本当で、半分は嘘《うそ》だろう。杏里は何となくそう感じた。

杏里も、帝人の事を何も知らないわけではない。

ダラーズと彼が、何かただならぬ関係であるという事は知っている。

今の帝人は、警察沙汰になって、ダラーズが追い込まれる事を恐れているように思えた。

「……」

ほんの一瞬《いっしゅん》だけ沈黙《ちんもく》した後、杏里は小さく息を吸い込んでから呟《つぶや》いた。

「じゃあ、私も行きます」

「それは……」

「……警察に連絡する気もないんですよね……？　だったら、私も行きます。神近《かみちか》さん達を助けたいのは私も一緒です」

そして、少しだけ迷った後に、一言だけ付け加えた。

「……少しは……帝人君の役に立てると思います」

何らかの覚悟《かくご》を籠《こ》めての言葉だった。

帝人は即座にその意図に気付く。

日本刀を持った少女のイメージが、帝人の脳内を埋《う》め尽くす。

つまり彼女は——自分の秘密を暴露《ばくろ》してでも、帝人を手助けすると言っているのだ。

その秘密がなんなのかは解《わか》らない。だが、杏里にとってとても重要なものだという事は解る。

少年は顔を俯《うつむ》かせ、強い迷いの色を表情に浮かべていた。

だが、杏里は恐らく何を言っても着いてくるだろうと思った帝人は、自分の我が儘《まま》を通すように、彼女の覚悟《かくご》も受け止める事にした。

「……解《わか》った、一緒に行こう」

力強く頷《うなず》いた少年に引き連れられ、杏里《あんり》が路地《ろじ》の外へと走っていく。

その直後——路地の影からライダースーツの女が現れる。

二人の会話を聞いていたのか、彼女は『ライラの第二グラウンドですか』と呟《つぶや》き、近くに止めてある自分のバイクへと戻っていく。

「少年少女、愚《おろ》かです。正解は即座に警察組織に通報。それ以外は彼らのエゴと身勝手な推理、あるいは希望にしか過ぎません」

彼女——ヴァローナは、杏里が日本刀で大柄《おおがら》な青年達を峰打ちで伸《の》していく様をしっかりと目に焼き付けていた。

「それに、これで私は、警察機構が動く前に眼鏡《めがね》少女を始末できます」

そう呟いた瞬間《しゅんかん》、ヘルメット内の無線機からスローンの声が聞こえてきた。

『ヴァローナ、聞こえるか』

「肯定《こうてい》です」

『今、ターゲットの粟楠茜《あわくすあかね》を無傷で囚《とら》えた。ショック状態かもしれんが、とりあえずアジトのトラックまで連れてきた。尾行はされていない』

「絶異《ぜつい》秀逸《しゅういつ》です。ライラの第二グラウンドの場所を分析した後、私に伝達を願います。そして、その地点の近辺までトラックを移動させて下さい」

スローンの報告に対し、淡々と指示を返すヴァローナ。

だが——その口元には、穏《おだ》やかな笑みが浮かんでいた。

「これは狂喜乱舞《きょうきらんぶ》です。私達、今日、まとめて仕事が片付きます」

「仕事が終われば、心ゆくまで黒バイク討伐《とうばつ》に専念できる。僥倖《ぎょうこう》です」

♂♀

池袋《いけぶくろ》　来良《らいら》学園第二グラウンド　裏手

駅の周辺と比べ、同じ池袋とは思えない程に寂《さび》しい空間。

木々に囲まれた、本来なら爽《さわ》やかであると言える筈《はず》の場所に、血の臭《にお》いが漂《ただよ》っている。

「つっーかよお……どんだけ頑丈《がんじょう》なんだよ。お前」

そう呟いたのは、口の端《は》から血を流し、右目の周りを大きく腫《は》らしている門田《かどた》だ。

通常の地面と芝生《しばふ》の合間にある縁石《えんせき》の上に腰《こし》をかけ、呆《あき》れたように呟いた。

「お前が万全だったら、そこに転がってるのは俺《おれ》の方だったな」

彼の数メートル前には、六条千景《ろくじょうちかげ》が大の字で地面に転がっている。

顔に巻かれた包帯《ほうたい》には新たな血が滲《にじ》んでおり、息をするのもやっとといった状態だ。

門田《かどた》の言葉を聞いて、千景はゆっくりと口を開く。

「いやあ……。あんたもタフだからわからねえよ。つーか、怪我《けが》がハンデになるぐらいだったら、最初から喧嘩《けんか》なんか売らねえよ。……まさかアンタ、俺《おれ》が怪我人だからって手加減なんかしてねえだろうな？」

「今、お前にとどめを刺《さ》さないのが手加減っつーならそうなんだろうが、生憎俺《あいにくおれ》は刑務所《けいむしょ》暮らしは御免《ごめん》なんでな」

苦笑混じりに呟《つぶや》く門田。

千景はクックと笑いながら、左腕《うで》をゆっくりと持ち上げ、腕時計に目を向ける。

「あー、……俺、今、もしかして少し気絶してたか？」

「少しな。俺も倒れそうなんだが」

「そうか……。くそ、二回連続で喧嘩に負けるのはコレが初めてだよ、畜生《ちくしょう》」

悔《くや》しそうに言うが、その表情には何故《なぜ》か笑みが浮かんでいる。

「静雄《しずお》に負けたっつーのはカウントする必要ないと思うぞ」

門田は静かに立ち上がり、千景の方に歩み寄る。

見下ろしてはいるが、決して見下《みくだ》してはいない。

そんな視線を向けながら、門田は千景に提案した。

「なあ、喧嘩に勝ったから言うこと聞けっつーわけじゃねえが、今日の所はTo羅丸《とらまる》の連中を引かせてくれねえか？」

「……」

「俺も仲間のってで、その埼玉《さいたま》の方で暴れた連中を探《さが》してなんとか詫《わ》び入れさせるようにするからよ。それまで待っちゃくれねえか」

「……ダラーズは、仲間を売るってのか？」

門田の提案を鼻で笑う千景。

だが、門田は特に不機嫌《ふきげん》にもならず、悪戯小僧《いたずらこぞう》のような笑みを浮かべて言葉を返す。

「ダラーズにルールはねえんだよ。気に入らねえ仲間を売っちゃいけねえっつールールもな。……それで、俺はダラーズとしてじゃねえ、門田京平《きょうへい》っつう個人が、その連中を気にくわねえから手を貸すってだけの話だ。何か問題あるか？」

「悪党だな、あんた」

倒れたままクツクツと笑う千景。

門田もそれを聞いて自然と笑い返す。

「ダラーズは悪党の集まりだからな。当然だろ？」

やがて二人は声をあげて笑いだし、なんともいえない和《なご》やかな空気が広がったのだが――

「臭《くせ》ぇ友情ごっこやってんじゃあねーぞぉ、かぁーどぉーたぁあああ！」

野卑《やひ》極まりない大声が、その空気をぶちこわしにする。

「？」

「なんだ？」

門田《かどた》達が声のした方を向くと——チーマー風の青年達が二十人程、こちらに向かって歩いてくるのが目に入った。

その男達の中心人物らしき青年が、ツバを地面に吐《は》き捨《す》てつつ叫ぶ。

「喧嘩《けんか》したらオトモダチってかぁ？　んな漫画の中みてえな事やってるんじゃやねえよ。遊馬崎《ゆまさき》みてえなオタク野郎《やろう》と一緒にいて、手前《てめえ》まで脳味噌《のうみそ》腐《くさ》っちまったかぁ？」

一方の門田は、大《おお》人数の乱入者達を前にしても、余裕《よゆう》を崩《くず》さずに口を開く。

「漫画の中以外でも結構あると思うがな。つーか、いちいち突っ込む所か？　そこはよ」

そして、相手を哀《あわ》れむような目で見ながら、一言。

「ああ、そうか、お前友達いないんだな」

「なっ……！」

目を見開くチーマーに追い打ちを掛ける形で、千景《ちかげ》が体を起こしながら門田に言った。

「可哀相《かわいそう》な事を言うなよ。あの面《つら》じゃ彼女もいねえだろうし、寂《さび》しい奴《やつ》を虐《いじ》めてやるなよ」

「……っけんなぁ！　らぁっ！」

鼻の頭を赤くしながら叫ぶチーマーに、門田は既《すで》に視線すら向けていない。

「日本語で喋《しゃべ》れ、ここは日本だ」

全く自分達を眼中に入れてない態度にチーマーは激昂《げっこう》しかけたが、自分達が圧倒的に優位である事を思い出し、なんとか冷静さを取り戻す。

そして、満身創痍《まんしんそうい》の門田へと向かって嘲《あざけ》り混じりの叫びをあげる。

「随分吹いてくれんじゃねえかよ、あ？　そんな様で俺《おれ》らの相手になると思ってんのか？」

「……なんで俺がお前らの相手しなきゃなんねえんだよ」

「うるせぇ！　大体よぉー、門田、手前は前から気にくわなかったんだよ！　大した真似《まね》してねえ癖《くせ》に、ダラーズの顔役を気取りやがってよぉ！」

「はぁ？」

門田にとっては、全く身に覚えの無い言い掛かりだった。

だが、千景も最初、門田にそのように言って接触《せっしょく》してきた。

どうやら自分でも気付かぬうちに面倒臭《くさ》い事になっていたらしい。門田はそう自覚するも、具体的に何故《なぜ》自分がそのような立ち位置になっているのか理解できない。

「そもそも、上も下もねえのがダラーズなのに、幹部面《づら》してるのが気にくわねぇ！」

「幹部面《づら》した覚えなんざねえんだがなあ……」

頭を掻《か》きながら溜息《ためいき》を吐《つ》き、門田《かどた》は一歩男達の方に歩み寄る。

チーマー達も思わず動きを止め、警戒《けいかい》するように半歩だけ後退《あとずさ》った。

門田がかなりの喧嘩巧者《けんかこうしゃ》であるという事は有名だ。この人数で負けるとは微塵《みじん》も思っていないが、最初に殴《なぐ》られる数人の内の一人にはなりたくないという考えなのだろう。

そんな緊張《きんちょう》した空気の中――門田は何の躊躇《ためら》いもなく、自分の素直な感情を口にした。


「つーか、誰だ？　お前ら」


「「「……っ」」」

心の底から呟《つぶや》かれたその一言は、チーマー達を激昂《げっこう》させるには充分だった。

自分は相手を恐れ、あるいは意識し、いまこそその地位を奪うチャンスだというのに――今までの自分は、ただチャンスがなかっただけだと言うべくここに来たのに――肝心《かんじん》の相手は、自分自身を認識すらしていなかった。

これは、ダラーズの名を使って池袋《いけぶくろ》の街で暴れていた彼らにとって、これでもかという程にストレートな屈辱《くつじょく》だった。

「……本当に今日はついてるぜ。Ｔｏ羅丸《とらまる》をぶっ潰《つぶ》した上に、門田をシメれんだからなぁ！」

屈辱を紛《まぎ》らわす為《ため》の言葉。

コメカミをひくつかせつつ、チーマーの一人が懐《ふところ》から伸縮式の警棒《けいぼう》を取り出した。

「To羅丸を潰したっつえば、俺《おれ》らの名前もちょっとは上がるだろうしよぉ。ま、埼玉《さいたま》の田舎《いなか》チーム程度じゃ、本当にちょっとだけだろうけどな！」

ゲラゲラと笑いながら、チーマーはその警棒を振り上げ、挑発《ちょうはつ》の意味も込めて千景《ちかげ》の横顔を殴《なぐ》りつける。

だが――

ガギャ、と鋭い金属音が響《ひび》き渡り、千景の顔面の手前で特殊警棒が止められた。

「あ……？」

見ると、千景の手にはいつの間にか棒状《ぼうじょう》の物体が握《にぎ》られている。

赤と黒を基調とした、斑模様《まだらもよう》の柄《つか》と鞘《さや》――

脇差《わきざ》しのようにも見えたが、鍔《つば》らしきものは見あたらない。

「なんだ……そりゃ？」

奇妙《きみょう》な棒状に警棒を止められ、呆《ほう》けているチーマーを余所《よそ》に、千景はその黒朱鞘を左手で握り、右手で柄を握って思い切り引き抜いた。

僅《わず》かな金属音と共に、鞘の中からは銀色の棒状が現れる。

遠目には、やはり脇差《わきざし》かドスのように見え、チーマー達の表情が一変する。

だが、よくよく見ると、それは特異な形状をした武具だった。

一見すると刀剣のように見えるのだが、刃《やいば》はついておらず、分厚《ぶあつ》い鋼《はがね》色の鈍器《どんき》といった面持ちだ。反《そ》った棒状《ぼうじょう》の根本には鍵《かぎ》状の突起がつけられており、十手《じって》と刀が融合《ゆうごう》したような武具、というのが初見《しょけん》の者達の印象だった。

門田《かどた》だけはその得物《えもの》について知識があったようで、好機の目で千景《ちかげ》と『それ』を眺《なが》めながら呟《つぶや》いた。

「兜割《かぶとわり》かよ。渋《しぶ》いもん使うな」

「なに、前に鎌倉《かまくら》旅行した時に土産《みやげ》物屋で買った」

「お、あそこか？　大仏の目の前の店だろ？」

「知ってるのかよ。あそこは面白い店だよな。他にも色んなモン買ったけど、こいつが俺《おれ》には相性よくてな。近場に教えてくれるとこなんてねえから、殆《ほとん》ど我流なんだけどよ」

世間話の調子で話すが、二人の置かれた状況は相変わらず変わらない。

相手にされていないと感じて激昂《げっこう》したのは、警棒《けいぼう》を構えたままのチーマーだ。

今度は容赦《ようしゃ》なく千景の脳天を叩《たた》き割ろうと、手を高く振り上げ――

そのタイミングで、千景が素早く動き出した。

相手が腕《うで》を振り上げるのとほぼ同時に体を捻《ひね》り、『鈍器』である兜割を、素早く相手の鼻っ柱《ばしら》に叩《たた》き込んだ。

鈍い音がして、チーマーの焦点《しょうてん》がグルリと上にずれる。

一瞬《いっしゅん》の間を置いて、男がドサリと膝《ひざ》をつき、それを合図として大量の鼻血が噴出《ふんしゅつ》した。

「……」

数メートル先の光景を見て、他のチーマー達は冷や汗《あせ》をかきつつ息を呑《の》む。

自分達が有利な筈《はず》だ。

その幻想が、目の前に流れる大量の血で掻《か》き消されそうになる。

「で、なんだって？」

膝立《ひざだ》ちとなった男の背を蹴《け》り倒し、頭を踏みつけながら千景が笑う。彼の笑顔には、先刻門田と笑い合っていたような笑顔は微塵《みじん》もない。

「……お前こそ、さっき俺とやった時に手加減してたんじゃねえか？」

眉《まゆ》を顰《ひそ》めながら尋ねる門田に、千景は首を横に振りながら答えを返す。

「いいや、俺は得物《どうぐ》は相手が使わない限り使わない主義でよ。さっきは手加減してねえし、今は容赦《ようしゃ》をしてねえ。それだけの話だ」

言いながら、千景は兜割で自分の肩《かた》をリズミカルに叩き、残忍《ざんにん》な笑みをチーマー達に向けて宣言した。

「確かに、お前ら全員はキツイかもしれねえが……最初の五人ぐらいは、確実に目を抉るか、鎖骨を叩き折るぜ、、、、、、」

「……っ！」

チーマー達が、息を呑《の》みながら互いに周囲を見回した。

確かにこの大人数《おおにんずう》ならば負ける事はないだろう。だが、誰もその『最初の五人』にはなりたくない。勝てそうだからこそ、できるだけ自分は怪我《けが》をせずに勝ちたいと思う者ばかりである。

そんな彼らに追い打ちをかけるように、門田《かどた》が一歩踏み出した。

「俺《おれ》も一緒にやるつもりなら、もう五人は耳を引き千切られても文句はいうな、、、、、、、、、、」

「……なめやがって」

ダラーズを名乗る者達の一人がそう呟《つぶや》くが、その言葉には既《すで》に力が感じられない。

役者が違う。

チーマー達も、目の前の二人が自分より遙《はる》かに格上であると認めざるをえなかった。

満身創痍《そうい》の筈《はず》の二人に、二十人が気圧《けお》されているのだ。

だが、彼らもここで引くわけにはいかない。

苦虫を噛《か》みつぶした顔をしているリーダー格の男が、倉庫の陰——門田達からは死角になっている部分に向けて合図を送る。

──ある程度痛めつけてから見せつけてやろうと思ってたが……。

あるいは、先刻妙《みょう》な少年から『情けない』と言われた事を気にしていたからだろうか──チーマー達は、最初は隠《かく》しておくつもりでいた『切り札』を、手早く二人に見せつける事にした。

そして、倉庫の陰から、体を押さえられた数人の少女達が現れた瞬間《しゅんかん》──

「……ノン……っ!?」

千景《ちかげ》は驚きに目を見開き、事態を理解して思い切り奥歯を食いしばる。

一方の少女は、そんな千景の顔を見て、心底《しんそこ》申し訳なさそうな目で呟いた。

「……ごめんね、ろっちー。……捕まっちゃった」

♂♀

来良《らいら》学園第二グラウンド　裏手に向かう道
帝人《みかど》と杏里《あんり》は、男達から少し遅れて運動場に辿《たど》り着いた。
彼らは倉庫や木の陰に隠れながら移動し、誰にも見つからないように門田達がいるであろう裏手の空き地へと近づいていく。

グラウンドの方角からは相変わらずカバディ部の声などが響《ひび》いており、この先で喧嘩《けんか》が行われているなどとは思えない雰囲気《ふんいき》だ。

実際、部活動をしている生徒達が倉庫の方まで来る事は滅多《めった》に無いため、全く別の場所と考えた方が良いかもしれない。自分達が使う道具は本校舎から運んでくる為《ため》、そもそも倉庫の必要性すら薄い状態なのだ。

帝人《みかど》はそんな第二グラウンドの特徴を思い出し、ここから先は喧嘩などをしても滅多に目撃、通報される事がない区画だと認識する。

ダラーズの普段のメールでも、昼夜問わずにここで屯《たむろ》しているメンバーの話はちょくちょく見受けられた。

帝人はダラーズのメールで『女の子を人質《ひとじち》に取るなんて駄目《だめ》だ。みんなで止めよう』というメールを回そうとしたのだが、警察に通報されて必要以上の騒《さわ》ぎになる危険性があるため、送信する寸前でメールを消去した。

——……やっぱり、駄目だ。

無関係の少女達が攫《さら》われているのに『必要以上』もへったくれもないのだが、今の帝人は、そうした判断をする冷静さを完全に欠いていた。

——それに、本当に犯罪絡《がら》みになったんじゃ、普通の人達は関わろうとすらしない……かな。

最初にダラーズを集めた時は、本当にサークル同士の集会や、興味本位で集まった者達が多かったようだ。

だが、思えばあれをきっかけにして、少しずつダラーズが変化していったような気がする。『ダラーズは実在する』という事実を確認した者達が、徐々《じょじょ》に実際の『力』としてダラーズの名前を行使するようになり始めた。

帝人としては、それを止める事も非難する事もしなかった。自分には、そんな権利などないと理解していたからだ。

だが、その結果が今日の事態を引き起こした。

青葉《あおば》達が何を企《たくら》んでいるのかは解《わか》らないが、少なくとも、こうなる可能性は常にあったのだ。

——僕のせいだ。

——今まで、僕が何もしてこなかったから……。

——……？

自分が今しがた考えた事に、僅《わず》かな違和感を覚える帝人。

だが、その違和感の正体が分からぬまま、とりあえず足を進める。

倉庫の陰からそっと覗《のぞ》き込むと、その先には先刻のチーマーの集団が、二人の男と対峙《たいじ》している姿が見えた。

男達は少女達を人質に取っているようで、門田の横に立っている男がＴｏ羅丸《とらまる》のリーダーだと思われる。

「……なんとか後ろから回り込んで、人質《ひとじち》の人達を助けないと……」

とはいえ、具体的な策も準備も無いままやってきた帝人《みかど》にとってできる事など限られている。

警察を呼んだフリをして相手を混乱させるか、あるいは倉庫に置いてある消火器を使って煙幕の代わりにするか——

そんな事を考えつつ、帝人は背後の杏里《あんり》に対し、振り向かぬまま声をかける。

「僕がなんとか突っ込むから、それでも駄目《だめ》だったら、その時は園原《そのはら》さんが警察に……」

ガキリ

奇妙《きみよう》な金属音がすぐ背後から響《ひび》き、帝人の言葉は強制的に中断させられた。

「え……？」

振り返ると——

そこでは、奇妙な光景が繰り広げられていた。

杏里がいつの間にか日本刀を手にしており——いつの間にか背後に立っていた、フルフェイスヘルメットの人物のナイフをその刀で受け止めている。

——⁉

一瞬《いっしゅん》セルティかと思ったが、ライダースーツの色が全く違う。

ボディラインの凹凸《おうとつ》はセルティのそれよりも大きく、恐らくは女性であるかと思われた。

——だ、誰……。

混乱する帝人を余所《よそ》に、フルフェイスヘルメットの女は、杏里に対して二撃、三撃とナイフによる刺突《しとつ》を繰り返す。

杏里はそれを、手にした日本刀で捌《さば》きながら、相手の足を狙《ねら》って斬《き》り返す。

だが、襲撃者《しゅうげきしゃ》の女はそれを紙一重《かみひとえ》で躱《かわ》し、数歩下がった後に再びナイフを繰り出した。

「そ、園原さん！」

帝人は思わず声を上げるが、頭の中では現在の状況が全く理解できていない。

「……逃げて下さい」

杏里は帝人に短くそう呟《つぶや》くと、剣を構えて一歩大きく踏み込んだ。

だが、相手は必要以上に大きく後ろに下がり——

腰《こし》のポーチから何かを取り出し、ピンを引き抜きながら杏里の方に投げ放つ。

——え？

それは、ある意味では帝人の望むもの——『非日常』の一部だった。

——なにあれ。

だが、それは帝人の想像しうる非日常とは遠くかけ離れたものであり——心の準備すらする暇《ひま》がなく、容赦《ようしゃ》なく杏里《あんり》達の前に飛んでくる。

——ばくだ……

数メートル先に浮かぶ『それ』を見て、帝人《みかど》の混乱は更《さら》に深まったのだが——

眩《まばゆ》い光が帝人の視界を覆《おお》い隠《かく》し、少年の混乱は一瞬《いっしゅん》にして吹き飛ばされた。

♂♀

六条千景《ろくじょうちかげ》の恋人を人質《ひとじち》にとり、絶対的優位に立っていたダラーズのチーマー達。

だが、そんな彼らの視界の隅《すみ》に、眩い光が輝いた。

彼らから見て倉庫の反対側の陰の辺りで、得体の知れない閃光《せんこう》が膨《ふく》らんだのだ。

音は殆《ほとん》ど響《ひび》かず、それは一瞬で消えたのだが——唐突《とうとつ》な光の膨張《ぼうちょう》が余《あま》りに不気味だった為《ため》に、男達は皆呆気《あっけ》にとられている。

「な、なんだぁ？」

「あぁ……？」

それは、背中越しに光を感じた門田《かどた》と千景も同じ事で、二人とも首だけ振り返って目を丸くしている。

ほんの数秒。

男達の意識が光の残滓《ざんし》に奪われたのは、10秒にも満たない時間だった。

喧嘩《けんか》慣れした者ならば、あるいはその光の正体を知っていたのならば、もっと早く我に返る事ができただろう。

しかし、チーマー達はそれほど場数を踏んでいるわけでも、件《くだん》の閃光に関する知識があるわけでもなかった。

結果として——男達の僅《わず》かな心の空白をきっかけとして、事態は激しく流転《るてん》する。

ビチャリ、と、チーマーの一人は、自分の腕《うで》に何かがかけられるのを感じとった。

「……あ？」

彼はノンと呼ばれる人質の少女にナイフを突きつけていた男で、そのナイフを持った腕に何かの液体がかけられたのだと気が付いた。

一体何事かと、腕の方に顔を向けると——

「チャオっす」

細い眼《め》をした、白人とのハーフらしき青年が立っていた。

「ゆっ……遊馬崎《ゆまさき》！」

驚いて叫んだ瞬間《しゅんかん》、チーマーの男は気が付いた。

自分の濡《ぬ》れた腕から漂《ただよ》う独特の揮発臭《きはっしゅう》と——遊馬崎の左手に握られているライターオイルの

缶《かん》。そして、右手に握《にぎ》られたジッポーライター。

「うおぁあっ!? まっ……ちょっ、まっ、てめぇっ!」

悲鳴を上げて遊馬崎《ゆまさき》から離れるチーマー。

その隙《すき》をついて、遊馬崎はノンの手を取りチーマーの一団から抜け出した。

「あっ……て、手前《てめえ》!」

「なんだこらぁ!」

「いつの間に来てやがった!? このオタク野郎《やろう》!」

チーマー達が口々に叫びながら、遊馬崎に飛びかかろうとするが——

その前に割り込む形で、数人の男達が立ち塞《ふさ》がる。

ほんの五人ほどだったが、それは明らかに周囲のチーマーとは雰囲気《ふんいき》の違う面々だった。

「いやー、連休中でみんな遠出しちゃってるっぽくて、集まりはこれが限界っすよ。少数精鋭《せいえい》で無双《むそう》パワー全開でいきたいっすねー。乱舞乱舞レボリューションっすよ」

「……っ! 手前らぁ! 門田《かどた》の腰巾着《こしぎんちゃく》が……っ!」

リーダー格の男が声を上げた時には既《すで》に遅く、奇襲《きしゅう》となる形で乱入者達が少女達を押さえつけている面々に殴《なぐ》りかかった。

「ま、待て……うぐぁっ!」

少女を押さえつけるか、手を放して殴りかかるか。

その一瞬《いっしゅん》の判断をする暇《ひま》すら与えられず、次々と殴りつけられるチーマー達。

解放された少女達は、皆促《うなが》されて遊馬崎の方に集まるが、当然それを見たチーマー達は遊馬崎を袋だたきにすべく走り出す。

だが——そんな彼らの目の前に現れたのは、橙色《だいだいいろ》に輝く炎《ほのお》だった。

「そーれ、科学的に言えばパイロキネシス《発火能力》を喰らえっすー。小萌《こもえ》先生の授業を受けたいっすよヒーハーっと」

「うぉあっ!?」

熱風を肌《はだ》に感じ、思わず立ち止まる男達。

遊馬崎の手には、いつの間にかオイル缶《かん》の代わりに、何らかのスプレーが握《にぎ》られていた。

「良い子も悪い子もマネしちゃ駄目《だめ》っすよーっと」

爽《さわ》やかな笑顔を浮かべながら、遊馬崎はすぐにスプレーから指を放す。

ある種の可燃性スプレーとライターを利用した、簡易性の火炎放射器《かえんほうしゃき》。

一歩間違えばスプレー缶が破裂《はれつ》して大惨事《さんじ》になる所行《しょぎょう》である。テレビのニュースなどでも時折この手口における傷害《しょうがい》事件や、それに伴う火災《かさい》等が報じられる危険極まりない行動だ。

遊馬崎はそれを知りながら、チーマー達を脅《おど》す形でスプレーとライターを構え続ける。

スプレーから伸びた炎は消えているものの、まだ左手に握られたオイルライターの火は消えていない。その結果として、男達は迂闊《うかつ》に遊馬崎の方に近寄れぬ結果となった。

門田《かどた》は突然乱入してきた顔ぶれを見て、驚いた声をあげる。

「お前ら……」

すると、どこから現れたのか、門田の後ろから黒い服に身を包んだ女——狩沢《かりさわ》が声をかけてきた。

「いやー、本当はね、ドタチンの喧嘩《けんか》を陰からこっそり見学してるつもりだったんだけどさ、隠《かく》れてた変な連中が来たから、更《さら》に隠れて様子見てたの」

「……つーか、何でここが解《わか》った？」

「ダラーズのメール。どんなのかは後で確認すれば解るよ。ところで今、なんでみんなボケーっとしちゃってたの？　おかげでゆまっちが助けに行けたけど」

「ん、ああ、あっちの方で変な光が……」

改めて閃光《せんこう》が瞬《またた》いた方向を確認しようと、門田が振り返ろうとした瞬間《しゅんかん》——

光とは反対側の方角から、無数のエンジン音が聞こえてきた。

見ると、グラウンドのフェンスの外に数台のバイクが通り、木々の間から、革《かわ》ジャンを着た乗り手達の姿が見えた。

向こうもこちらの様子が見えたようで、周囲に入口が無い事を確認すると、バイクを路上に停めてフェンスを乗り越えて来るではないか。

彼らは別の場所で別のダラーズの面子《めんつ》を囲んでいたグループだ。

一度シメたダラーズのメンバーに仲間を呼び出させていた所、途中《とちゅう》からメンバーの表情などが変わり始めた。

不審《ふしん》に感じたメンバーが、男達の携帯の一つを奪ってメールをチェックした所——公園のような場所に入っていく総長の姿が映っており、その次のメールには、その総長の彼女の写真が添付《てんぷ》されているではないか。

出遅れた形となった彼らは、直接総長の下に向かおうと、無事なメンバーを集めてこの現場に集まったのだ。

突然現れた仲間達の姿を見て、千景《ちかげ》が呟《つぶや》く。

「あいつら、どうしてここに……？」

目を丸くして口を開きつつ——既に千景は、チーマー達のど真ん中にいた。

「あ……？」「うぉっ!?」「て、テメェ!?」

遊馬崎《ゆまさき》達に気を取られていたチーマー達は、急接近していた千景にどよめき、慌《あわ》てて摑《つか》みかかろうと手を延ばし——

最初の一人目は、前蹴《げ》りを股間《こかん》に叩《たた》き込まれて悶絶《もんぜつ》する。

角材を振り上げた二人目は、兜割《かぶとわり》の先端《せんたん》で前歯を二本叩き折られた。

三人目はナイフを抜き、横薙《な》ぎに千景《ちかげ》の腕《うで》を切りつけようとする。

だが、その一撃目を兜割《かぶとわり》の鉤《かぎ》の部分で受け止め、そのまま勢いよく腕を動かして相手の刃《やいば》を捻《ひね》り折る。

「なっ……ブグォっ！」

バランスを崩《くず》した男の顔面に鋭い一撃《いちげき》を叩《たた》き込み、瞬時《しゅんじ》にして三人を昏倒《こんとう》させる千景。

「手前《てめえ》ら……人の女に手ぇ出したって事は、当然死ぬ覚悟《かくご》してきた、って事だよな？」

そんな彼に対し、フェンスを乗り越えてきたＴｏ羅丸《とらまる》のメンバー達が叫ぶ。

「総長！　大丈夫《だいじょうぶ》ですか！」

「おーう」

軽く答える千景に対し、Ｔｏ羅丸の面子《めんつ》は目を血走らせながら言う。

「こいつらみんなやっちまっていいのか、総長」

「あー、いや」

少し見回して、千景は後ろに迫っていた男の鎖骨《さこつ》に兜割を叩き込みながら大声を張り上げる。

「結構入り乱れているからよ、俺《おれ》を狙《ねら》ってる奴《やつ》と、お前らに殴《なぐ》りかかった奴にだけ反撃《はんげき》しとけ。トドメは俺が刺《さ》すから、適当に寝かしとくぐらいでな」

その声は暢気《のんき》とも取れる口調だったが——奥底に、仁王《におう》の如《ごと》き怒りが見え隠《かく》れしている。

素早くそれを感じ取ったチーマー達の一人が、その場から逃げだそうと千景達に背を向ける。

が、その喉《のど》に一本の腕が絡《から》みつく。

「何、逃げようとしてんだよ」

「か、門田《かどた》……」

「もうちょっと遊んでけ」

ラリアットの形で思い切り地面に叩きつけられたチーマーが呻《うめ》き声を上げる中、門田は苦笑しながらある言葉を呟《つぶや》いた。

「……こんな連中が湧《わ》くようじゃ、ダラーズもそろそろ潮時《しおどき》かもな」

♂♀

一分前 倉庫横

激しい閃光《せんこう》が起こった瞬間《しゅんかん》、ヴァローナはその一瞬《いっしゅん》だけ目を瞑《つむ》っていた。

今しがた彼女が投げたものは、威力を抑えた特殊なフラッシュ・バン。スローンが新羅《しんら》のマンションの前で使用した物と比べると破裂《はれつ》音は殆《ほとん》ど無く、強烈《きょうれつ》な閃光だけを発するタイプだ。

特殊な遮光《しゃこう》フードのついたヘルメットを被《かぶ》っているヴァローナはともかく、顔面の前で炸裂《さくれつ》した光をまともに浴びた二人は、目を瞑《つむ》っていたとしても殆《ほとん》ど目が見えなくなっている筈《はず》だ。

視界が奪われる時間は決して短くはないが、長いとも言い切れない。

僅《わず》かな隙《すき》を逃さず、ヴァローナは『園原杏里《そのはらあんり》に、暫《しばら》く動けない程度の傷を負わせる』という仕事を果たすべく、少女の脇腹《わきばら》に向けて勢いよくナイフを突き込んだ。

だが——

日本刀を持った少女の腕が素早く動き、ナイフの刃《やいば》を直前に払《はら》いのけた。

金属音が響《ひび》き、そのまま少女は刃を滑《すべ》らせ、ヴァローナの足を切り裂《さ》かんとする。

素早く地を蹴《け》り、その一撃《いちげき》を躱《かわ》すヴァローナ。彼女の刃がかするだけでも危険であると推測している彼女は、一旦《いったん》必要以上に間を開けた。

——見えているのか？

その正確な動きに、ヴァローナは少女の顔を見て——息を呑《の》む。

杏里の目は夕べと同じように、いや、あの時以上に赤《あか》く朱《あか》く紅く輝やいている。

目が発光する。

ただそれだけの事で、少女の姿が人間から遠く離れた異形《いぎょう》のように感じられる。

ヴァローナはそんな杏里の姿を見て——静かに笑う。

自分の知識に無い存在がこの世にある。

果たして彼女は人間なのか、それともそれ以外の存在なのか——

人間の強さと脆《もろ》さを確かめる為《ため》に生き続けてきた彼女にとって、人間の姿をした異形である少女や黒バイクは、実に興味深い存在だった。

目を押さえて蹲《うずくま》っている帝人《みかど》を見て、ヴァローナはフットワークを使いながら口を開く。

「あの少年は、ただの人間の模様。残念です」

「……彼に手を出したら、許しません」

目を細めながら呟《つぶや》く杏里に、ヴァローナは微笑《ほほえ》みながら言葉を続けた。

「一つ、質問です。返答を了承《りようしよう》して下さい」

「……？」

ヴァローナの問いかけに、杏里は一旦動きを止める。

「貴女《あなた》は、人間、化け物、どちらですか」

「……」

問いかけながらも、ヴァローナは再びこちらに近づいて、斬撃《ざんげき》の合間からナイフの一撃を繰り出してくる。

杏里はそれを受け捌《さば》きながらも、自分なりの答えを返す。

「……私は、人間でも化け物でもありません」

その答えを聞いているのかいないのか、ヴァローナは素早く横に飛びながら、ナイフの柄《え》にあるスイッチを押し込んだ。

刹那《せつな》、ナイフの刃《やいば》がグリップから飛び出し、弾丸《だんがん》の如《ご》き勢いで杏里《あんり》の腹部に直進する。

だが、体の回転と共にそれをあっさりと弾《はじ》き落とし——杏里は、『額縁《がくぶち》の内側』から答えの続きを吐《は》き出した。

「私は……ただの寄生虫です」


この時点で、杏里の視界は回復などしていなかった。

閃光弾《せんこうだん》の爆発は杏里の目を焼き、彼女自身の視界は殆《ほとん》ど白く包まれていたのだが——彼女の中に宿る罪歌《さいか》は、確かに感じていた。

愛すべき『人間』の、鼓動《こどう》を、呼吸を、足音を、筋肉の蠢《うごめ》く音さえも。

敵《てき》のナイフが風を切る、ほんの僅《わず》かな音さえも——。

人間の巻き起こした全《すべ》てを、罪歌は感じ取っていた。

全ては、彼女の歪《ゆが》んだ愛ゆえに。

ヴァローナは『罪歌』の存在を知らないが、杏里の持っている日本刀が特殊なものであるという事は気付いている。折るなどという事は考えない方がいいだろうし、銃器《じゆうき》を使用すれば『死なない程度に済ませる』という依頼を果たせなくなる可能性がある。

そもそも、日本は銃弾《じゆうだん》による傷害《しようがい》は物凄《すご》く大きく取り沙汰《ざた》されるようだ。

彼女が日本刀をどこかにしまい込んだとすれば、後に残るのは『普通の女子高生が、突然暴徒に銃撃《じゅうげき》された』という事実。

事件は大きく取り上げられ、今後、池袋《いけぶくろ》という街で仕事がやりにくくなるのは確かだ。仕事以前に、池袋に残れるかどうかも怪しくなる。

——そうですね……。

ヴァローナは思案し、一つ、杏里という少女を試してみる事にした。

彼女は身を翻《ひるがえ》すと、腰《こし》から新しいナイフを取り出し——目を押さえて蹲《うずくま》っている帝人《みかど》へと足を向けた。

「……っ！」

杏里がそれを慌《あわ》てて追うが——ヴァローナは帝人にはあえて手を出さず、杏里を誘うように振り返りながら駆《か》けていく。

視界の利かぬ杏里は、罪歌の感覚だけを頼りに、相手を追い続ける。

先刻の不思議な飛び道具や閃光弾を見るに、離れて闘うのは得策ではない。

罪歌の経験がそう告げる為《ため》、杏里はそれに従ってヴァローナの後を追った。

彼女の本心の一部には、帝人を巻き込まないようにするというものもあったのだが——

結果として、彼女は自分から更《さら》なる騒乱《そうらん》の中に飛び込む結果となった。

ヴァローナが駆《か》け出した先は——

今まさに不良少年の集団が派手《はで》な喧嘩《けんか》を始めた、その喧噪《けんそう》のど真ん中だったのだから。

♂♀

池袋某所《いけぶくろぼうしょ》

『おー、青葉《あおば》か？　こっちは今、面白い事になってるぜ』

「面白い事？」

門田《かどた》達の方を見張っている仲間からの報告を携帯で聞いている青葉だが、彼は特に表情を変えずに淡々と耳を傾けている。

『えーとな、すっげー喧嘩が終わって、友情パワーに目覚めて、そしたら変な連中が来て人質《ひとじち》とか使ってたらピカーってどっかが光って火がすげえんだよ』

「……ギンに偵察《ていさつ》なんてやらせた俺《おれ》が馬鹿だったよ」

大きなため息を吐《つ》きながら、青葉はギンと呼んだ仲間に指示を出す。

「いいから、今、目の前で起こってる事だけとりあえず話してくれ」

『あー。あれだ。なんかライダースーツ着た奴《やつ》……さっき廃工場にいた真っ黒いのとは別のライダースーツの奴が、ナイフ持ったまま入ってきて……』

「……？」

――どういう状況なんだ？

自分達も現場に向かった方がよさそうだと考えていると――

携帯の向こうの仲間は、更《さら》に青葉を混乱させる事を口にした。

『あ、なんかそのライダースーツと……日本刀持った女がやりあってる。なんだあの女。えーと……なんか赤いサングラスでもかけてんのかな、あれ……。胸が超でけー、俺らとタメぐらいの女の子だぜ！　すっげー！　なんだあの動き！』

「……？」

相変わらずよく解《わか》らない説明だったが、何かひっかかるものを感じた青葉は、とりあえず携帯で写真かムービーを撮《と》って送れという指示を出した。

数十秒後、送られてきたメールに添付《てんぷ》されていた写真を見て――青葉は思わず息を呑《の》む。

群衆の中に写っていた、日本刀を持つ女。

少しぶれてはいるが、そこに写っていたのは、確かに青葉の知っている人間だった。

「……杏里先輩《あんりせんぱい》？」

♂♀

数分前　来良《らいら》学園第二グラウンド側　路上

——困った。

とあるビルの屋上に身を隠《かく》しながら、セルティはゆっくりと下を見下ろした。

そこに見えるのは、一台のトラック。

間違い無く、昨夜《さくや》自分を襲《おそ》った襲撃者《しゅうげきしゃ》の女をバイクごと積んでいたトラックである。

映画やゲーム、海外の戦争を報じるニュースやドキュメントの中でしか見た事のないような銃《じゅう》を積んでおり、襲撃者の女にその銃で撃《う》たれてからまだ一日も経《た》っていない。

——あの中にいるのは確かなんだけどな……。

セルティは、茜《あかね》がマンションから帰る時、ただのうのうと見送っていたわけではなかった。

護衛という依頼を受けた以上、万全には万全を期して、少女の服に一本の『影』を括《くく》り付けておいたのだ。体に絡《から》まって首が絞《し》まったり指が切断されたりという事のないように、液体や煙に近い特性を持たせ、力を加えれば加えただけどこまでも伸びていく黒い『影』。

物理的にあり得ない尾行用《びこう》の糸を取り付けたセルティだったが、まさか付けてから数分で役に立つ事になるとは思っていなかった。

自らの『影』の気配を辿《たど》り、己の体に回収しながら後を追ったのだが——

その先で、例のトラックを見つける結果となったのだ。

念には念を入れて、バイクの形態に戻したシューターと共に、ビルの屋上などを走りながら探していた為《ため》、恐らく尾行には気付かれていない。

途中《とちゅう》、屋上でサボっていた会社員などに驚かれたりはしたが、ペコリとヘルメットをさげてすぐに退散した為、そこまで大きな騒《さわ》ぎにはならないだろう。

——とはいえ、どうしたものか。

——人質《ひとじち》が取られてる、なんて状況は滅多にないし……何より、あのトラックの中が今どうなってるのかさっぱり解《わか》らない。

もしかしたら、茜はナイフをつきつけられているかもしれないし、爆弾《ばくだん》と糸で繋《つな》がれていて、逃げだそうとすればドカン、という事になるかもしれない。

流石《さすが》にそこまではと思いたかったが、何しろ街中《まちなか》であのようなライフルを撃ち放つような相手だ。どんな事をしてもおかしくはない。

——それにしても、なんでこんな所に。

——ここって……確か……。

視線を僅《わず》かにずらすと、そこには来良《らいら》学園の第二グラウンドが見え、そこで女子サッカー部やカバディ部が活動している姿が見えた。

——カバディか。楽しそうだけどなあ。

——私はカバディカバディって喋《しゃべ》れないから、絶対に参加できないんだよね……。

そんな事を考えつつ、視線を更《さら》にずらしていく。

グラウンドの奥には木々に囲まれた倉庫の屋根が見え、あの裏側には今、門田《かどた》が謎《なぞ》の人物と一緒にいる筈《はず》だった。

——大丈夫《だいじょうぶ》かな……。

——あの京平《きょうへい》って人は喧嘩《けんか》強いらしいから大丈夫だろうけど、問題は、帝人《みかど》君達だ。

——今、どこにいるかな……。

そんな事を心配しつつ、トラックを含めた周囲を観察していたセルティだが——。

人間に近い視野を持つセルティの視界の端《はし》で、何か眩《まばゆ》い光が広がった。

——!?

明らかに不自然な光だった。

照明というよりは、全方向に広がる小さな爆発《ばくはつ》といった印象だ。

場所は、倉庫の屋根があるすぐ横だ。

グラウンドからは倉庫横の塀《へい》などが邪魔《じゃま》になって見えないかもしれないが、屋上にいるセルティからはそれをハッキリと確認する事ができた。

時間差で爆発音が響《ひび》くかとも思ったが、何秒待ってもそれらしきものは聞こえてこない。

——なんだ……?

妙《みょう》な予感を覚えたものの、この隙《すき》に何か動きがあっては大変だとばかりに、グラウンドの入口近くに止まったトラックに意識を向けたのだが——

——え?

そこにあるものを見て、セルティは思わず屋上から身を乗り出しかけた。

——何で……何でここに?

——まさか、門田を助けにか?

彼女の視線の先、グラウンドの入口から堂々と中に入っていくのは——

黒と白のコントラストが特徴的な、バーテン服を纏《まと》った一人の男の姿だった。

♂♀

倉庫横

唐突《とうとつ》に静かになった倉庫の陰。

裏手からの喧噪《けんそう》と、グラウンドからの生活音に挟《はさ》まれた場所に、一人の少年の呻《うめ》きが響《ひび》く。

「うう……」

閃光《せんこう》によって一時的に視覚を奪われた帝人《みかど》。

それでも、襲撃《しゅうげき》者と杏里《あんり》の会話はしっかり耳に入ってきていた。

――「あの少年は、ただの人間の模様。残念です」

妙《みょう》な日本語ではあったが、自分が蔑《さげす》まれていたという事は良く解《わか》る。

ただの人間という、それだけの理由で。

帝人がショックを受けたのは、その理不尽《りふじん》さに対してではない。

――ただの、人間。

自分自身が『ただの人間である』と断ぜられた事が、帝人にはショックだった。

より正確には、自分がただの人間であると言われた事にショックを受けているという、その事実そのものにも衝撃《しょうげき》を受けていた。

――僕は……。なんだ?

――僕は、非日常に憧《あこが》れてるだけだ。

――僕自身が非日常な存在である必要なんて……。

戸惑《とまど》う帝人の脳裏に、杏里の言葉が蘇《よみがえ》る。

――「……彼に手を出したら、許しません」

――……。

――護《まも》られた。

――僕が園原《そのはら》さんを護るつもりだったのに、逆に……。

――……解《わか》ってた事じゃないか。

――園原さんは、あの不良達を三人もあっという間に……。

――……。

――違う、僕は何を考えてるんだ。

――そういう事が言いたいんじゃない。

――あれ、

――おかしいな、

――じゃあ、何を思おうと……思おうと……したんだっけ……。

帝人は、自分がまだ先刻の光のショックで混乱してるのだと考えた。

自らにそう言い聞かせている間にも、杏里の言葉が脳内に再生される。

――「私は……ただの寄生虫です」

――……何を言っているんだろう。

――確かに会ったばっかりの頃、そんなことを言ってたけど……。

――もう……張間《はりま》さんとかにも依存なんかしてないし……。

そこまで考えて、帝人《みかど》の中に再び黒い衝動《しょうどう》が湧《わ》き起こる。

先刻は、自分を蹴《け》りつけていた男に対する蔑《さげす》み。

だが、今は――自分自身に対する怒り。

――寧《むし》ろ……寄生虫は僕の方じゃないか。

ダラーズという組織を作った、ただそれだけの事で、何もできない癖《くせ》に特別になったような気がしていた。自分で自分を特別扱いしていたつもりはなかったが、今ハッキリと気が付いたのだ。

謎《なぞ》の襲撃者《しゅうげき》に、『ただの人間』呼ばわりされ、相手にすらされなかったという事実。それが、悔《くや》しくて悔しくて堪《たま》らないという事に。

――僕は……。なんて嫌《いや》な奴《やつ》だ……。

自分で自分が情けなくなる。

それでも、少年はまだ自分に何かできるのではないかと立ち上がる。

だんだんと目に焼き付いた光が薄《うす》くなってきた。

徐々《じょじょ》に見えるようになった視界の先に――

バーテン服を着た男が、肩《かた》にバイクを担《かつ》いで立っていた。

「……っ!?　し、静雄《しずお》さん!?」

「あー……、やっぱそうか。えーと、あれだよな。セルティの知り合いの……竜ケ崎《りゅうがさき》つったけか？　こないだ新羅《しんら》の所で鍋《なべ》やった時にも会ったよな」

「はい、あ、あの、竜ケ峰《りゅうがみね》です」

「ん、おー、そうだそうだ。悪ぃな」

　突然目の前に現れた『池袋《いけぶくろ》最強の男』を前に、帝人は再び腰《こし》を抜かしかけた。肩にバイクを担いでいるが、ラジカセを担いで踊《おど》るダンサーと同じぐらい涼しげな顔をしている。

　眼前の『伝説』を前に、帝人の頭はますます混沌《こんとん》の糸に絡《から》め取られていくのだが――そんな帝人の熱を冷ますかのように、静雄が冷めた声を吐《は》き出した。

「あー、そうだ。お前も確か、ダラーズの一員だったよな？」

「え？　あ、は、ハイ！」

「そうか……誰にも言わないってのもあれだからよ。とりあえず来良《らいら》の後輩《こうはい》にあたるお前に言っておく事にするけどな……」

　力強く頷《うなず》く帝人に、静雄はやや申し訳なさそうに目を逸《そ》らし――

「俺、ダラーズ抜けるから、よろしくな」

　――え？

「……え？」

心中《しんちゆう》の戸惑《とまど》いが、そのまま声になって吐《は》き出される。

「ど……どうしてですか!」

「お前も、メール見たろ。喧嘩《けんか》でいちいち女攫《さら》うような連中と同じ空気を吸いたくねえ。それだけの話だ」

淡々と呟《つぶや》いて、悠然《ゆうぜん》と歩み始める静雄《しずお》。

「んじゃ、今お前に言った時点で、俺《おれ》はもうダラーズでもなんでもねえって事にするからよ」

帝人《みかど》はそれを止める事もできず、ただ、視界が完全に回復するのを待つ事しかできなかった。

願わくば、今のやりとりが……いや、今日の全《すべ》てが夢であるという事を願いながら。

♂♀

用具倉庫裏手
「あれ?　杏里《あんり》ちゃんじゃないっすか」
突然現れたライダースーツの女と、日本刀を持った少女。
乱戦の中で突然現れた二人に気付いた者は少ないが、何人かはその存在に気が付いた。人質《ひとじち》にされていた少女達を裏口の方へ逃がしてから戻ってきた遊馬崎《ゆまさき》は、知り合いである少女の姿に戸惑いの声をあげた。

杏里にとって幸いだったのは、クラスメイトの神近莉緒《かみちかりお》が他の少女達を連れて逃げた後だったという事だろうか。


「あれ、杏里ちゃんじゃん」

喧嘩に戻っていった門田《かどた》を見送っていた狩沢《かりさわ》も、そんな杏里の姿を注視していた。

眼《め》を赤く光らせ、日本刀を持って闘う少女。

偶然《ぐうぜん》か、あるいは魂《たましい》の共鳴か、互いの声が聞こえぬ位置にいる遊馬崎と狩沢は、そんな杏里を見て全く同時に「灼眼《しゃくがん》のシャナ?」と呟《つぶや》いた。


「これは何という運命の展開すか。杏里ちゃんがフレイムヘイズだったなんて……」

そんな見当違いな事を呟いた遊馬崎の横で、一人の少女が声をあげる。

「あれー、あの子、莉緒の友達の子だ。剣道部か何かだったのかなあ?」

「あれ、何で逃げてないんすか?」

「だって、ろっちーがここにいるもん」

千景《ちかげ》の恋人（の一人）であるノンは、そんな杏里の様子を不思議そうに見ながら、その奥に見えたあるものを見て、目を丸くして呟いた。

「わあ、なんか凄《すご》いの来た」

彼女の声につられて、遊馬崎《ゆまさき》が視線を喧噪《けんそう》の向こう側に向けると――

「……あ」

こちら側に向かってゆっくりと歩いてくる、バイクを担《かつ》いだ大魔神《だいまじん》の姿が見えた。

♂♀

園原杏里《そのはらあんり》としての視界が回復し始め、人間として周囲の状況が確認できるようになった時、杏里は焦《あせ》りを覚えて全身の動きを鈍《にぶ》らせた。

目に光が焼き付いた中、罪歌《さいか》の感覚を頼りに闘っていたら、いつの間にかダラーズの喧噪《けんそう》のど真ん中へと引きずり出されていたのだから。

――……。

自分の事を見られたら騒《さわ》ぎになる。

そんな不安や焦燥《しょうそう》すら、『額縁《がくぶち》の外側の事』として捉《とら》えようとしたのだが――

ただ一点、『帝人《みかど》や正臣《まさおみ》、美香《みか》が離れていくかも知れない』という思いが額縁の内側にまで届き――それが、彼女の反応を一瞬《いっしゅん》だけ遅らせたのだ。

ヴァローナの足払《ばら》いが綺麗《きれい》に入り、杏里の体が大きくぐらついた。

絶好の機を逃さず、ヴァローナはナイフの一撃《いちげき》を鋭く突きこもうとしたのだが——

金属の絡《から》み合う音が響《ひび》き、彼女のナイフが、十手《じって》と脇差《わきざ》しを融合《ゆうごう》させたような武具に止められる。

「……カブトワリ……」

その武器についての知識も有していたヴァローナは、そう呟《つぶや》きながら邪魔《じゃま》をした男を睨《にら》み付ける。

「邪魔、よくありません。私、不機嫌《ふきげん》になります」

剣呑《けんのん》な空気を含んだ声に、邪魔をした男——千景《ちかげ》は笑いながら首を振る。

「女同士のキャットファイトもそれはそれで好きだけどよ……。刃物《はもの》はよくねえや、お互いに綺麗な顔や体を傷つけちゃ勿体《もったい》ねえだろ、なあ？　やるなら泥《どろ》レスリングにしようぜ」

ヘルメット越しのヴァローナの顔は見えない筈《はず》なのだが、千景は相手が女だと確認した段階ですでに態度を決めている。

彼は一方の手で杏里の腕《うで》も押さえており、今の一瞬《いっしゅん》で、二人の女が互いに刃《やいば》を振るえないようにしていたのだ。

「……」

──なに、この男。

──……強そうだけど、素人《しろうと》っぽい……。

自分の『敵《てき》』として相応《ふさわ》しいかどうかを見極めようと、ゆっくりと顔を上げたヴァローナ。

だが──

「……？　……。……!?」

彼女の目は千景《ちかげ》の顔ではなく、彼の後方、肩越《かたご》しに見えた光景に釘付《くぎづ》けとなった。

バーテンダーの制服を纏《まと》った男が、自分の乗ってきたバイクを肩《かた》に担《かつ》いで近づいてくるという、己の目と正気を疑う光景に。

♂♀

流石《さすが》にその静雄《しずお》の姿は目立ち過ぎたのか、自分の殴《なぐ》り合いに夢中で杏里《あんり》達の乱入に気付かなかった面々も、バイクを担いだバーテンダーを見て一様に動きを止めている。

静雄の事を知らないＴｏ羅丸《とらまる》の面々は、揃《そろ》って『……は？』と疑問の声を呟《つぶや》き、静雄の事を知っているダラーズの面々は『し、静雄だ！』と顔に恐怖を浮かべてざわめき始める。

永遠に止まる事がないのではないかという不良達の喧噪《けんそう》を、静雄はただその場に現れただけで、ピタリと止めてしまったのだ。

「あれ、アンタ……」

「静雄じゃねぇか」

千景と門田《かどた》がそれぞれ呟き、それを聞いた静雄はゆっくりと周囲を見渡した。

「……女が人質《ひとじち》に取られてるって聞いたけどよ、どうなったんだ?」

淡々とした調子で尋ねる静雄。

その口調は実に穏《おだ》やかで、何も知らない者が聞けば気の良い青年という印象を受けるだろう。

杏里は自分の内に湧《わ》き上がる罪歌《さいか》の『呪《のろ》いの言葉』が膨《ふく》れあがるのを聞きながら、千景にナイフを押さえられたままの『襲撃者《しゅうげきき》』の様子を窺《うかが》った。


その襲撃者――ヴァローナは、動けずにいた。

周囲の不良青年達に『静雄』と呼ばれている眼前の男。

何故《なぜ》ヴァローナのバイクを肩に担いでいるのか。

そもそも、何故100kgを軽く超えるバイクをああも軽々と担いでいるのか。

スローンやサーミヤならば持ち上げられるだろうが、流石《さすが》に片手では解《わか》らない。そもそも、スローン達と目の前の男では体格が違いすぎる。

それ以前に、彼女は静雄を見た瞬間《しゅんかん》から湧《わ》き起こる、体の中の奇妙《きみよう》な震えが気になって仕方なかった。

――……。

――なに、これ。

彼女が初めて感じているその感覚は、杏里《あんり》の中の『罪歌《さいか》』が、静雄《しずお》を見て歓喜の声をあげるものに近いのかもしれない。

本能か、あるいは経験の積み重ねによって研ぎ澄《す》まされた『魂《たましい》』とでもいうべきものか――静雄を見た瞬間《しゅんかん》から、ヴァローナは気付いていた。

目の前にいる男が、何か自分の常識を越えた、とんでもない、い、い、い、い存在であると。

脳細胞の全《すべ》てが目の前の男と戦いたいという衝動《しょうどう》を唄《うた》い、体中の筋肉が、『逃げろ』と叫ぶ。

普通の人間は、静雄の危険性をすぐに認識する事ができない。

彼を怒らせ、自動販売機や車、あるいは自分自身の体が宙を舞う『結果』を見て、初めてその危険性を認識する。

だが、ある種の野生動物が危険を察知する能力に長《た》けているように――ヴァローナが長い時をかけて培《つちか》った全《すべ》ての物が、静雄の危険性を彼女に前もって教えたのだ。

戦車の砲塔《ほうとう》を目の前に突きつけられたような恐怖感。あるいはそれを通り越して、大陸弾道《だんどう》ミサイルの先端《せんたん》がこちらを向いているかのような現実感の無さ。

今までに味わった事の無い感覚に包まれながら――ヴァローナは、あまりの興奮に自らの頬《ほお》を紅潮させていた。

「ああ、遊馬崎《ゆまさき》達のおかげでな、人質《ひとじち》は助かった」

「そうか、そりゃ良かった。あ、ところで、このバイクって誰のだ？」

淡々と尋ねる静雄に、フルフェイスヘルメットのライダーがおずおずと手を挙げる。

「私の、バイク」

「ん……？　ああ、そうか。悪いな。人質とったクズ連中のかと思ってよ……そいつらに投げつけようと思って持ってきたんだが、違うなら壊《こわ》しちゃまずいな」

恐ろしい事をさらりと言ってのけながら、静雄は軽々とそのバイクを地面に降ろす。

「ところで、誰だあんた。セルティみたいな格好してるけど知り合いか？　……ていうか、何やってんだ、そりゃ」

刃物《はもの》を持った女二人に挟《はさ》まれてる千景《ちかげ》を見て、静雄は首を傾《かし》げながら呟《つぶや》いた。

「なるほど、修羅場《しゅらば》って奴《やつ》か」

「いや、違《ちげ》ぇし」

千景のツッコミを聞き流しながら、静雄はやはり淡々と尋ねかける。

「で……女を人質にとった糞野郎《くそやろう》ってのは、一体どこのどいつだ？」

落ち着いた表情で放たれた言葉。

だが、静雄《しずお》を知っている者はその顔の裏に何が押し込められているかを知っている。

彼らの視線は自然とチーマー達のリーダーへと集まり、容疑者を簡単に特定させた。

「ひっ……て、てめえら……」

喉《のど》が急速に焼き付くのを感じながら、男は半ばヤケになり——

「……ったら……だったらどうしたってんだよ！　あぁ⁉」

尻《しり》のポケットからバタフライナイフを取り出し、静雄に向かって駆《か》け出した。

「死ねやぁ！」

ナイフの扱いに慣れていないのだろう。刃物を持った腕《うで》をがむしゃらに振り回す男だったが
——静雄は、そんな男の手を横合いから軽く殴《なぐ》りつけた。

ボクリ、という鈍《にぶ》い音がする。

だが、ナイフは地面に落ちてはいない。

男は訳が分からぬまま、静雄の腹を直接刺《さ》そうとしたのだが、いつの間にか刃《やいば》が消えている
事に気付く。

「あ……？」

そして、男は見た。

自分の手首の関節が外れ、カクンと真下に向かって折れている事に。

「あ……あぁぁぁぁぁあ⁉」

ようやく痛みに気付いた男は、自分の手を見て叫びをあげるが——

「……うるっせぇんだよ、このゴミ野郎《やろう》があっ！」

静雄はその男の襟首《えりくび》を掴《つか》み——体を大きく捻《ひね》り、ただただ力任せにぶん、、、、投げた。

「————」

悲鳴すら肺の奥に押し込められ、男の身体《からだ》が地面と水平に宙を舞う。

サーカスの人間大砲《たいほう》以上の勢いで、大柄《おおがら》な青年の体が風を斬《き》り——10メートル以上先にあるフェンスに勢いよくめ、、、り込んだ。

手足を歪《いびつ》な方向に曲げて意識を失う青年。

それを見た静雄は、周囲に残っていたチーマー達を睨《にら》み付ける。

「ひっ……」「や、やべぇ」

リーダーがやられた事をきっかけとして、門田《かどた》の仲間達以外のダラーズは蜘蛛《くも》の子を散らすように逃げだした。

「……本当に、最後まで腹立たしい連中だな、オイ」

己の中に燻《くすぶ》る苛立《いらだ》ちの炎《ほのお》を完全に消し切れていないのか、僅《わず》かに歯ぎしりをしながら逃げる男達の背を見送る静雄。

——さて、俺《おれ》も逃げながらノミ蟲《むし》を探しに戻るとするか。

——残った苛立《いらだ》ちは、全部あの野郎《やろう》の手足を潰《つぶ》す事にぶつけてやる……。

そんな事を考えながら、あっさりと立ち去ろうとした静雄《しずお》だったが——

顔を上げると、数メートル先にフルフェイスヘルメットの女が立ち塞《ふさ》がっているのが見えた。

「？　何か用……」

尋ねかけたその瞬間《しゅんかん》、何かが静雄の胸に突き立った。

「あ……？」

それは、銀色に輝くナイフの先端《せんたん》。

彼は知らない事だったが、それは先刻杏里《あんり》に使われたのと同じスペツナズナイフによる殺意に満ちた攻撃《こうげき》だった。

「……」

次の瞬間《しゅんかん》——

5ミリほどしか刺さっていなかったナイフが、ポロリと静雄の胸から零《こぼ》れ落ちる。

、、、、、、、、、、、、、
その光景を見た、周囲の者達の時間が止まる。

静雄を知る誰もが、ライダースーツの女が宙を舞う姿を予測した。

明らかに静雄の命を狙《ねら》った攻撃に、何故《なぜ》女がそんな事をしたのかと考えるよりも先に——女の結果だけが脳裏に浮かんで、その恐怖に各々の時間を止めたのだ。

一方、女だけは凍《こお》りついた時間の中で動きを見せる。

クルリと静雄に背を向けると、グラウンドの正面口の方に向かって駆《か》け出したのだ。

「……」

静雄はそれに一瞬《いっしゅん》遅れて、自分が何をされたのかを理解する。

服が破れ、血が僅《わず》かに滲《にじ》んでいるのを確認すると――静雄はゆっくりと呟《つぶや》いた。

「……俺《おれ》は、女を殴《なぐ》る趣味なんかねえし、殴るつもりもねえが……」

ナイフで刺《さ》されるという行為に、普段彼がノミ蟲《むし》と呼ぶ男の顔を思い出し、静雄は歯を軋《きし》ませながら勢いよく地を蹴《け》った。

「その高そうなヘルメットぐらいは……握《にぎ》りつぶされる覚悟《かくご》はできてんだろうなこらぁあっ！」

♂♀

背後から聞こえてくる怒声《どせい》を耳にしつつ、ヴァローナはヘルメットの無線のスイッチを入れてスローンに呼びかけた。

「30秒ほどでそちらに戻ります。銃器《じゅうき》の用意を要求します。早急に、早急にです」

『はあ？　おい待て、何事だ？　あの黒バイクでも出たのか!?』

「否定します。現れたのは、恐らくは人間です。いえ、人間だと思いたい生物です。信じられませんが、私は今興奮しています。悦楽《えつらく》と恐怖の中間地点に存在しています」

『何を言ってる……？　とにかく、何か危険が迫ってるんだな、トレーラの後部を開けてエンジンをかけておくから、すぐに来い！』

「了解しました」

頷《うなず》いた瞬間《しゅんかん》、自分の横を何かが物凄《ものすご》い勢いで通り過ぎていくのが見えた。

——……。

——私の、バイク。

先刻フェンスに投げ飛ばされた男と同じ勢いで、自分のバイクが真横を通り過ぎていった。

そのままバイクは木に激突して大破する。ヴァローナは何が起きたのかを理解しながら、後ろを振り返らず駆《か》け続けた。

——恐らく、私に当てるつもりはなかったのだろう。

——甘《あま》い男だ。

——だが……所詮《しょせん》は素人《しろうと》かと笑い飛ばせる相手などでは……断じてない！

戦闘機の機銃掃射《きじゅうそうしゃ》が背後に迫っているかと思う程のプレッシャー。

背中に流れる冷や汗《あせ》が一瞬《いっしゅん》で乾《かわ》いていく。

——あの黒バイクとは違う。あの眼鏡《めがね》の女とも違う。

——あの連中のような、不気味《ぶきみ》な違和感はない。

——この男は、紛《まぎ》れもなく……人間だ！

一人の『人間』から感じる恐怖の中に、一筋の喜びを感じながら——女はただ駆け続ける。

トラックの中にある装備を用い、自分の持てる全《すべ》ての力で静雄という『人間』の『脆さ《頑丈さ》』を確かめる為《ため》に。

ただ、彼女は今までに感じたことのない興奮の中に居た為、判断を鈍《にぶ》らせていたのは確かだ。

彼女は一つの可能性を考えなかった。

トラックの周囲に、別の『敵《てき》』がいるという、極めて重要な可能性を。

♂♀

来良《らいら》学園第二グラウンド周辺　ビル屋上

・

——なんだなんだ？

セルティは、にわかに周囲の空気がざわめくのを感じ取った。

静雄《しずお》の怒声《どせい》のようなものが聞こえたような気がしたと思ったら、眼下のトラックの後部扉《とびら》が開き始め、続いて何かが壁に激突して破壊される音が響《ひび》いてきた。

──なっ……何がどうしたんだ⁉

慌《あわ》てて眼下の様子に集中するセルティだが──そんな彼女の視界に、ライダースーツを纏《まと》った女がグラウンドの入口から逃げてくるのが見えた。

──昨日《きのう》の奴《やつ》だ！

そして、その後ろから現れたのは──

──は？

──静雄⁉

♂♀

静雄が女の後を追いかけると、グラウンド前に止めてあるトラックの後部扉が動き始めるのが目に入った。

特に関係はないだろうと思ったのだが、なんと、開かれた後部扉にライダースーツの女が飛び乗ったではないか。

同時にトラックが走り出し、このままでは逃げられてしまう。

「逃がすかっ！」

自らもそのトラックに飛び乗ろうと、静雄は屋根付きトラックの後ろに回り込んだ。

次の瞬間《しゅんかん》、静雄の目に異常な光景が飛び込んでくる。

ヘルメットを被《かぶ》った女の手の先にあるのは、映画などで見かけるようなライフルだ。

それを手に取って構えようとしている、まさにその瞬間が目に入ったのだ。

だが、それ以上に静雄が気になったのは、その女の背後、荷台の前方付近に——手足を縛《しば》られ、猿《さる》ぐつわをされた幼い少女の姿があった事だ。

——……あ？

その少女の顔と服装には、嫌《いや》と言うほど見覚えがある。

『死んじゃえ』という言葉に、バチリ、という電気の衝撃《しょうげき》。それがきっかけとなって出会った少女。

——アカネ!?

——なんでこんな所に……。

疑問に一瞬硬直《こうちょく》する間に、相手が銃《じゅう》を構え終わる。

——やべ。

——鉛《なまり》中毒になる！

突然現れた銃に対し、常人とは全く違う心配をしながら、静雄はグラウンドの反対側にある無人有料駐車場《ちゅうしゃじょう》にその体を踊《おど》らせた。

直前まで自分が立っていた所に、風斬音《かざきりおん》と共に数発の鉛《なまり》が通過する。

サプレッサーと亜音速弾《あおんそくだん》を使用しているのか、銃声《じゅうせい》は極限まで抑えられていた。

「ち……」

――なんなんだ、あいつら！

怒りと疑問を半々心に満たしつつ、静雄《しずお》は静雄なりに頭の中を整理した。

――アカネがなんで……。

――どうしてアカネを攫《さら》う奴《やつ》らが、俺《おれ》を襲《おそ》う？

――アカネと俺の共通点なんて……。

そこまで考えた所で、今朝《けさ》のアカネの言葉を思い出す。

『……イザヤお兄ちゃん』

――……っ！

――そうか……そういう事かよ。

――あのノミ蟲《むし》……アカネを使って俺を殺そうとして……失敗したら他の奴《やつ》を雇《やと》って、アカネの口封じまでやろうって魂胆《こんたん》か……。

結果として、それは半分は勘違《かんちが》いだったのだが――

――舐《な》めやがって……。

──舐　め　や　が　っ　て　あ　の　ノ　ミ　蟲《むし》野《や》郎《ろう》！

仇敵《きゅうてき》の顔を思い浮かべた事により、平和島《へいわじま》静雄の怒りのメーターはあっさりと振り切れた。

そして、周囲に何かないかと見渡すと──

狭い駐車場《ちゅうしゃ》の片隅《すみ》に、フロントガラスに張り紙のある、錆《さび》の浮いた車を見つけた。

【こちらに駐車したまま半年が経過しております、放置車両として処分せざるを得ませんので、申し立てのある場合、持ち主は以下の連絡先に──】

そんな張り紙のある車を見つけて、静雄は怒りに満ちた笑みを浮かべつつ、その車へと近づいていった。

♂♀

「一旦《いったん》車を停める事を希望します、スローン。初弾《しょだん》は躱《かわ》されました。想像以上の瞬発力《しゅんぱつりょく》です」

『解《わか》った』

トラックの荷台からは、ヴァローナが銃《じゅう》を構えたまま後方を警戒《けいかい》している。

駐車場から塀《へい》などを越えて回り込んでくる事も考えられるが、どの道トラックの扉《とびら》が開いているのはこちらだけだ。

ヴァローナは背後から聞こえる僅《わず》かな息づかいを聞き、スローンに対して愚痴《ぐち》を言う。

「せめて、麻袋《あさぶくろ》やシートで隠《かく》すぐらいの事は不可能でしたか？」

——今の一瞬《いっしゅん》で、見られたかもしれない。

——逃げられて、警察にでも通報されたら厄介《やっかい》です。

——……今、彼を始末する理由ができました。

——……嬉《うれ》しい……。

考え込むヴァローナに対し、ようやく粟楠茜《あわくすあかね》の事について言っているのだと気付いたスローンが、勘弁《かんべん》してくれという調子で弁解を始めた。

『無茶言うな。こんな都会の真ん中でヤクザ連中から逃げ回りながらだぞ。それに、お前がここまで来いというからだな……』

「静かに。沈黙《ちんもく》してください」

『？』

ヴァローナは、スローンの声に混じって妙《みょう》な音を聞いたような気がした。

——……。

——気のせい……？

と、その次の瞬間《しゅんかん》——

派手《はで》な金属音と共に、駐車《ちゅうしゃ》場の陰から巨大な『何か』が道路に転がってきた。

「……Что《えっ》?」

その正体を理解した瞬間《しゅんかん》、ヴァローナの口からロシア語がこぼれ落ちた。

杏里《あんり》の体から日本刀が生《は》えた時と同じ声。

つまりは、それと同じか――それ以上に奇妙《きみょう》で、現実味の無い光景だった。

『おい……ヴァローナ、なんだアレは!?』

「……車の発車を要望します。早急にです！」

『わ、解《わか》った』

焦燥《しょうそう》に満ちたスローンの声。

恐らく彼も、バックミラーから『それ』が見えたのだろう。

西部劇のOPなどで転がっている回転草《タンブル・ウィード》。

それを巨大化させたような調子で転がる――一台の乗用車の姿を。

その光景を遠目に見た通行人や近所の住民は、後《のち》に語る。

『金髪《きんぱつ》のバーテンダーが、廃車をサッカーボールのように蹴《け》り転がしていた』と。

もっとも、それを信じたのは、池袋《いけぶくろ》に住んでいて、平和島静雄《へいわじましずお》の伝説を生《なま》で見たことがある者達だけだったのだが。

ヴァローナは、これまでに数々の経験を積んできた。

だが、流石《さすが》にこのような状況は経験にない。

あるいは——あるいは父親のドラコンやリンギーリン、あるいは歴戦の傭兵《ようへい》や軍人、冒険家《ぼうけんか》達ならば、過去の経験を更《さら》に組み合わせて対処できるのかもしれないが——ヴァローナがそれを行うには、あまりにも若すぎる。

自分の若さを経験の密度と本で読んだ知識で補ってきた彼女だが、流石に、

【Q、突然車が転がり飛んできたらどうしますか?】

……などという問いと答えが載《の》っている教本など見た事がない。

何かのビデオゲームの攻略本《こうりゃくぼん》などにならば載っていたかもしれないが、生憎《あいにく》ヴァローナは、ビデオゲームなどプレイした事すらなかった。

一瞬《いっしゅん》、転がった車と駐車場《ちゅうしゃ》の間に影が走った気がした。

慌《あわ》てて引き金を絞《しぼ》るが——

その前に、車がこちらに飛んできた。

——っっっ!

慌《あわ》てて後ろに下がるが、ギリギリの所でその車は地面に落ちる。

派手《はで》な音を響《ひび》かせて、ガラゴロと巨大な質量がトラックの後ろに転がった。

——危なかった……。

——……奴《やつ》は……？

車の後ろにいると思われたバーテンダーの姿が、いつの間にか消えている。

——っ！

——車は……目眩《めくら》ましか！

相手の意図に気付いたヴァローナは、相手が再び何処《どこ》かに隠《かく》れたのだろうと判断し、バーテン服の姿を探したのだが——

彼女は気付いていなかった。

力任せのパルクール。

静雄《しずお》は車を蹴《け》ると同時に走り出し、塀《へい》と電柱を利用して駐車場横のマンションの二階まで上り、そのベランダの縁を走りながらトラックの横まで併走していたという事に。

そして、ヴァローナが体を僅《わず》かに後部扉《とびら》に寄せたと同時に——静雄は宙に舞っていた。

文字通り、斜め上の方向からトラック内に飛び込む静雄。

ヴァローナから見れば、相手が瞬間《しゅんかん》移動をしてきたように見えたかもしれない。

全く無駄《むだ》の無い動作で銃《じゅう》を向けるが、静雄《しずお》の瞬発力《しゅんぱつりょく》が僅《わず》かに勝《まさ》る。

静雄はライフルの銃身《じゅうしん》を素早く摑《つか》むと、ただただ強く握《にぎ》り込んだ。

すると、銃身はまるでストローのようにグニャリと拉《ひしゃ》げ、ヴァローナは、そのまま発砲《はっぽう》したら暴発の危険があるだろうと判断し——素早くその銃を手放した。

彼女は素早く身をかがめ、相手を荷台から蹴《け》り落とそうと素早く足を払《はら》うのだが——

静雄は片手でトラックの荷台の壁を押さえ、そのまま相手の足を受け止めた。

——っ……!

まるで、トラックの壁を直接蹴ったか、あるいは、トラックの壁に一部を溶接《ようせつ》された鉄の像を蹴りつけた感覚がヴァローナの足に広がった。

——格闘では……無理。

彼女は痺《しび》れる足で荷台を蹴り、静雄との距離を一歩空ける。

同時に、足元からは予備の拳銃《けんじゅう》を引き抜いて、静雄に狙《ねら》いを合わせようとするのだが——

——何処《どこ》を狙う……!?

現在手にしている銃は、かなり小口径のもので、内部の弾丸《だんがん》も貫通力《かんつうりょく》には優れないものだ。

通常ならばその方が人間を殺傷しやすいのだが、目の前の男に関しては、そもそも筋肉の壁を破れるのかどうかが疑わしい。

先刻のスペツナズナイフの一撃《いちげき》も、本当に皮膚《ひふ》の表面近くで止められたようだ。

――眼球までは……鍛《きた》えられない。

ヴァローナは即座に銃弾《じゅうだん》を顔面に合わせる。

――本当は、もっとちゃんと戦いたかった。

――……ごめん。

心中《しんちゅう》で呟《つぶや》いた謝罪の言葉は、相手か、もしくは欲求を果たせなかった自分自身へのものか。

だが、今は躊躇《ためら》っている場合ではない。

ヴァローナは静雄が反応するよりも先に、引き金を絞《しぼ》り――

絞り――

絞り――

絞りきる事ができなかった。

――っ!?

引き金が、ある程度以上動かないのだ。

見ると、自分が今し方構《がま》えた銃に――黒い『影』が絡《から》みついているではないか。

――馬鹿なっ！

――黒バイク……っ！

慌《あわ》てて背後を見ると――そこには、黒いライダーの乗るバイクが、すぐ後ろにまで迫っているではないか。

エンジン音が無いバイク。

これほどまでに隠密《おんみつ》製に優れた乗り物があるとは、ヴァローナにも想定外だった。

その時、ヘルメットの無線機から声が聞こえてきた。

『近くの物に摑《つか》まれ！』


相手の銃《じゅう》が動かなくなった事を確認し、セルティは安堵《あんど》に胸をなで下ろす。

如何《いか》に静雄《しずお》とはいえ、あの至近《しきん》距離で顔面を撃《う》たれればどうなっていたか解《わか》らない。

——ていうか、普通は死ぬ筈《はず》……なんだけどね。

——それにしても……よしよし、よく啼《な》かないで我慢《がまん》したな、シューター！

——このまま、あの変な女を影で押さえ込めば……！

そう考えながら、セルティは右手を挙げ、新たな『影』を伸ばそうとした。

だが、その直前——

ある程度スピードを上げていたトラックが、急ブレーキをかけた。

——しまっ……！

眼前にトラックの後部が迫り、セルティは瞬時《しゅんじ》に車体を横に滑《すべ》らせる。

だが、一瞬《いっしゅん》遅く——シューターがトラックの一部に接触《せっしょく》し、車体が勢いよく横倒しになる。

セルティは慌《あわ》てて『影』を道路に向けて放出し、一時的な補助輪へと変化させ、倒れそうになった車体を無理矢理元の体勢にまで引き上げた。

――なんて無茶を！

――静雄《しずお》は……!?

慌《あわ》ててトラックの後ろにつきなおし、その内部を覗《のぞ》き込む。

すると、その中では――

トラックに急ブレーキがかけられた時、静雄は咄嗟《とっさ》に荷台の横壁を殴り抜いた。

そこを持ち手として、なんとか事無きを得たのだが――

静雄はそこで、荷台の前方にいた少女に目を移した。

――やっぱりアカネだ、間違いねぇ。

刹那《せつな》――静雄の視界に、トラックの荷物の一部が、今の急ブレーキの衝撃《しょうげき》で崩《くず》れかけているのが目に映る。

その荷物が落ちた先――テーブルの上には、剝《む》き身となった何本かのナイフなどが置かれており――その一部が跳《は》ね上がったかと思うと、そのままアカネの上に降りかかるように落下していくではないか。

――っ！

気付けば、静雄《しずお》は腕《うで》を壁から引き抜き、勢いよく床《ゆか》を蹴《け》っていた。

余《あま》りの衝撃《しょうげき》に、荷台の床《ゆか》の一部が粉々《こなごな》に破壊される。

それと引き替えに宙を飛んだ静雄の体は、それこそ弾丸《だんがん》の如《ごと》き速さでアカネの体に覆《おお》い被《かぶ》さり——上から降り注《そそ》ぐ数本の刃《やいば》をその背中に受け止めた。

静雄は背中に僅《わず》かな痛みを感じていたが、そんな事は欠片《かけら》も気にせず、トラックの後部に目を向ける。

するとそこには、体勢を立て直して再びトラックの後ろに車体を寄せるセルティの姿が。

静雄は縛《しば》られたアカネを抱《かか》えて勢いよく立ち上がり、トラックの荷台で獣《けもの》のような跳躍《ちょうやく》を見せた。


——っ！

ヴァローナは、その勢いで自分が攻撃《こうげき》されるものと思い、身構えたが——

そんな彼女など眼中に無いとでもいうかのように、静雄は勢いよくトラックの荷台から外に、、、、、、、、飛び出した。

それは——数年前の静雄ならば、考えられない行動だったかもしれない。

自分の中に湧《わ》き上がった最大限の怒りよりも、他者の、しかも出会って間もない少女の身の安全を優先して行動するなどと、誰も予想できなかった事だろう。

だが、罪歌《さいか》とのトラブルを経ることによって、力の使い方を覚えた静雄は、敢《あ》えて今、アカネの安全を優先する事にして飛び出したのだ。

一見すると、走行中のトラックから飛び降りるなど、余計に少女を危険に晒《さら》しているようにしか見えない行動だったが――

静雄が飛び出してきたのを見たセルティが、咄嗟《とっさ》に影のネットを作り出し、静雄とアカネの体を空中で受け止めた。

静雄はアカネの体を護《まも》るようにしっかりと抱《だ》きかかえており、仮にセルティが『影』で受け止めていなかったとしても、アカネが無事だった公算は大きいだろう。

もっとも、セルティとしては、

――……後続にダンプとか来てて撥《は》ねられてたら、静雄はともかく、流石《さすが》に茜《あかね》ちゃんは死んでたぞ……。

と、友人の無鉄砲《むてっぽう》さに心中《しんちゅう》で冷や汗《あせ》をかいていたのだが。

一方――セルティが静雄達を降ろしている間に、トラックは明治通りへと合流してしまう。

昨日《きのう》と同じ理由で、セルティは一旦《いったん》深追いを諦《あきら》める事にした。

――……まあ、茜ちゃんが無事で良かった。

そんな事を考えながら、とりあえずセルティは静雄《しずお》達の方に目を向けた。

すると、猿《さる》ぐつわを外《はず》された茜《あかね》が、肩《かた》と目を震《ふる》わせながら静雄にひっしとしがみついた。

――いやあ、良かった良かった。

セルティは無事な二人を見て再び安堵《あんど》する。

だが、その時、茜が妙《みょう》な事を呟《つぶや》いた。

「どうして……？」

茜の声を聞いた静雄が、首を傾《かし》げて茜の顔を見つめ返す。

「どうして……私……静雄お兄ちゃんの事を殺そうとしてるのに、助けてくれたの……？」

「……現在進行形かよ」

――は？

苦笑する静雄と、本気で静雄に疑問の目を向けている茜。

「だって……だって……」

「まあ、それはどうでもいいけどよ……。怪我《けが》はねえか？」

「うん」

「そりゃ良かった」

茜が頷《うなず》いた事を確認して、静雄は今朝方《けさがた》見せた作り笑いではなく、静雄らしい力強い笑いを浮かべ、少女の頭をポン、と撫《な》でる。

「どっか怪我《けが》しちまってたんじゃ、俺《おれ》を殺すどころの騒《さわ》ぎじゃねえからな」

静雄《しずお》の笑顔を見て、茜《あかね》は暫《しばら》く戸《と》惑《まど》っていたが——やがて、かすかに微笑《ほほえ》みながら、「……うん」と小さく頷《うなず》いた。


——……。

——何この二人。

——え、あれ、え、……どういう事？

——そういえば、さっきも四木《しき》さんと茜ちゃんでなんかそんな会話……。

セルティは二人の事情を詳《くわ》しく知らない為《ため》、その会話になんとも言えない違和感を感じていたが——

とりあえずは二人とも笑っている事に満足し、四木の携帯へとメールを送る事にした。

♂♀

来良《らいら》学園　第二グラウンド

「結局何だったんすか？　今日の騒ぎって」

遊馬崎《ゆまさき》の問いに、門田《かどた》はどこから説明したものかと迷い、溜息《ためいき》と共に声を出す。

「……まあ、メシでも喰いながら説明するわ」

チーマー達が逃げ出し、Ｔｏ羅丸《とらまる》の面子《めんつ》も千景《ちかげ》の号令で解散した今——先刻まで四十人前後の人数が騒いでいた場所には、門田の仲間達数人が残るだけだった。安全な場所に退避《たいひ》させていた少女達も、自分達の身が安全になった事を確認して去っていった。自分達を攫《さら》った男達については警察に相談すると言っていたので、フェンスの側で気絶している男はそのうち連行される事だろう。

「つか、早く移動しないと俺らまで警察の厄介《やっかい》になりそうだしな……。んじゃ、サイモンの所にでも行くか」

「あ、今日は露西亜寿司《ロシアずし》、夕方から臨時《りんじ》休業らしいっすよ」

「なに、マジか」

僅《わず》かに肩《かた》を落とす門田に、狩沢《かりさわ》が告げた。

「じゃあ、露西亜寿司の側《そば》にある台湾《たいわん》料理屋にでもいく？　あの、ゲーセンの上にある」

「ああ、ボウリング場んとこか……そうだな。ああ、千景《ちかげ》の奴《やつ》も誘《さそ》えば良かったかな」

門田がそう呟《つぶや》き、話がまとまりかけた所で——狩沢が余計な一言を切り出した。

「そういえば、喧嘩《けんか》した後のドタチンと、その千景って人？　なんか友情が芽生えてたね」

「むずがゆい事を言うのはよせよ」

「ぶっちゃけ、私からすればあれだね！　ＢＬ妄想《もうそう》できたから御馳走様《ごちそうさま》ですって感じ！」

「……お前は一度死なないと解《わか》らないらしいな。色々と」

怒りを押し殺した声を発する門田《かどた》に続いて、遊馬崎《ゆまさき》が大声を上げて狩沢《かりさわ》を批判する。

「狩沢さん……っ！　そうやって男同士のバトルや友情をすぐＢＬ化する狩沢さんみたいな人がいるからっ！　男キャラが多いだけで『どうせＢＬ受け狙《腐女子ねら》いだろ』とか言い出すアンチまで一緒になって出てくるんすよ！　猛省《もうせい》を！　猛省を要求するっす！」

「えー、だって、やろうと思えば物と物でＢＬ妄想《もうそう》できるよー。こないだだって、ＣＤ×ＤＶＤとＤＶＤ×ＣＤはどっちが王道かって大激論が……」

「いいからその口を閉じろ。つーか会話が嚙《か》み合ってねえ！」

既《すで》に日常が戻ってきたとでもいうような門田達。

門田の腫《は》れた目や口元に流れた血の痕《あと》が痛々しいが、その顔に慚愧《ざんき》の念は感じられない。

他の仲間達も集まり、さて門田の奢《おご》りか割り勘《かん》かという話で盛り上がっていた時——遊馬崎が、近くをうろうろしている杏里《あんり》の姿を見つけて声をかけた。

「あ、杏里ちゃんも行くッスか、御飯」

遊馬崎が尋《たず》ねると同時に、いつの間にか後ろに回り込んでいた狩沢が、杏里の体を後ろから抱《だ》きしめる。

「きゃっ!?」

「そうそう！　私、今日の杏里《あんり》ちゃんに聞きたい事が色々あるよー？」

杏里の体の色々な所をまさぐりながら、狩沢《かりさわ》はニヤニヤと笑っている。

「あの日本刀は何処《どこ》に隠《かく》したのかなー？　杏里ちゃんの正体はフレイムヘイズ？　それともただのコスプレ好きな眼鏡《めがね》美女か、はたまた妖刀村正《ようとうむらまさ》の擬人化《ぎじんか》巨乳ちゃんなのかなー？」

「おい、やめろそこのセクハラオヤジ女」

門田《かどた》に引き剝《は》がされた狩沢は、困った顔をしてる杏里を見て、カラリと笑いながら告げる。

「ま、言いたくないなら言わなくてもいいよ。女の子には誰だって秘密があるもんだしね」

「そうっすよ。俺《おれ》らは例え杏里ちゃんが世界征服《せいふく》を企《たくら》む魔王《まおう》だったとしても今まで通りに付き合える自信があるっすよ！　寧《むし》ろ眼鏡っ娘《こ》の魔王だなんて今まで以上にお近づきにムギュぅ」

他の仲間に口を手で押さえられた遊馬崎《ゆまさき》を尻目《しりめ》に、門田が杏里に向かって問いかける。

「どうした、なんか捜《さが》し物か？」

「あ……すいません……」

ぺこりと頭を下げながら、杏里が周囲を見つつ呟《つぶや》いた。

「帝人《みかど》君が……見あたらないんです……」

♂♀

第二グラウンド側　路上

「ねえ、ろっちー、怪我大丈夫《けがだいじょうぶ》？」

「あー、超《ちよう》平気。ノンが撫《な》でてくれたからマジでもう治った」

「嘘《うそ》だあ。もう、ろっちーなんて、キョプーとかに明日《あした》また怒られちゃえばいいもん」

頬《ほお》を膨《ふく》らませるノンに、千景《ちかげ》は笑いながら言葉を返す。

「キスすれば許してくれるかな、ノンもキョプー達も」

「ろっちーは一回死んじゃえばいいと思う」

惚気《のろけ》た会話を続けながら、駅の方に向かう細い路地《ろじ》を歩いていく男女。

千景はＴｏ羅丸《とらまる》の面子《めんつ》は先に帰らせている。廃工場で何人かが返り討《う》ちにあったそうだが、無事な面子が彼らも回収し、今日の所は一旦《いったん》引くという形で門田と話をつけたのだ。

とても先刻まで剣呑《けんのん》とした空気の中にいたとは思えぬ男女だったが――


その背に、幼さの残る声が掛けられる。

「ま、待って下さい！」

「ん……？」

千景《ちかげ》達が振り返ると——路地《ろじ》の真ん中に、体のあちこちに傷を作り、息を切らせた少年が立っていた。

「なんだ、どうした坊主《ぼうず》。喧嘩《けんか》の帰りか？」

顔つきからは、相手が中学生か高校生かも解《わか》らない。相手の目的などが解らなかった千景は、とりあえず足を止めて少年の方に体を向ける。

一方の少年は、顔を半分青ざめさせつつも、明確な決意を持った眼差《まなざ》しで千景の事を見つめ、おもむろにその口を開いた。


「……僕が……責任を取ります」


「は？　なんの？」

訝《いぶか》しむＴｏ羅丸《とらまる》の総長に対し、帝人《みかど》は言葉を続けようとしたのだが——

「あ、ろっちー！　さっき話したの、この子だよ？　ダラーズなのに私を助けようとしてくれたの！」

「……っ！」

ノンと呼ばれていた少女の言葉に、帝人は思わず口を閉ざす。

「そうか……なんだ、ノンを守れなかった責任をとるってのか？　んなこと関係ねぇよ。寧《むし》ろ感謝してえぐらいだ」

「い、いえ……違う……違うんです！」

腹の奥底に力を入れ——再度覚悟《かくご》を決めた上で口を開く帝人。

「僕が……僕が、ダラーズの……、、、、、、創始者です、」

「……あぁ？」

「ダラーズのメンバーが……貴方《あなた》達に何をしたのかは知りました……。だから、この抗争の原因は全部僕にあるんです！　だから……僕はここでどうされても構いません。だから……これ以上池袋《いけぶくろ》には手を出さないでください！　お願いします……！」

帝人としては、自分が殺されても仕方ないと思っていた。

それほどの覚悟を持って、帝人は道ばたに土下座《どげざ》すらしようとしたのだが——

屈《かが》みかけた帝人の手を、千景の手が掴《つか》み上げた。

「やめとけ、そう簡単に男が土下座するもんじゃねえ。俺の彼女とはいえ、女の前じゃ尚更《なおさら》だ」

「……で、でも」

「つーか、女連れてる時に道ばたでガキに土下座させるなんて、俺がダサいだけだろ、なあ？……そもそも、一人称が『僕』なんて奴《やつ》がダラーズのリーダー、っつわれて誰が信じるんだよ」

「……」

相手の言葉はいちいちもっともであり、帝人《みかど》の心を容赦《ようしゃ》なく抉《えぐ》り抜く。

前を見たまま沈黙《ちんもく》する帝人に、千景《ちかげ》は僅《わず》かに笑いながら呟《つぶや》いた。

「だが、嘘《うそ》をついてるようにも思えねえ」

「じゃ、じゃあ」

「だがな。敢《あ》えてそれを信じてやるわけにもいかねえな」

「えっ……」

「俺《おれ》の思ってるダラーズを作った野郎《やろう》ってのは、自分が危ない所に行かねえで、チームが勝手にでかくなったり互いに食い合ったりする……そんなのをゲーム感覚で楽しむゲス野郎《やろう》だ」

相手の言葉の意味が解《わか》らず、再び帝人は沈黙した。だが、ゲーム感覚で楽しんでいるゲス、と言われれば、確かに自分の中にはそうした本質があるのかもしれないとショックを受ける。

千景は帝人の肩《かた》に手を置きながらゆっくりと……何かを言い聞かせるように言葉を綴《つづ》った。

「そんなに真《ま》っ直《す》ぐな目ぇした奴《やつ》が、このダラーズの頭なわけねえだろ」

「……っ！」

「もしも、もしも本当にお前がダラーズを作った『始まり』だってんなら……忠告しておくぜ。すぐにダラーズを手放せ。お前みたいな純真すぎる奴《やつ》にゃ、荷が重い」

「なっ……」

「お前は、日常が似合ってるよ。まっとうに生きられるなんて、俺らからすりゃそっちの方がよっぽど立派なもんだ……。お前みたいな奴が、わざわざこっち側に来る事なんかねえさ」

千景は気付いていないのか、それとも気付きつつ敢えてそれを口にしたのだろうか。

それは帝人にとっては、自らの全《すべ》てを否定する言葉だったという事に。

沈黙する少年に、千景は一つだけ伝えて去っていった。

「それでも納得がいかなきゃ、埼玉《さいたま》にまで来いよ。タイマンでよけりゃいつでも……あー、女連れてる時じゃなきゃ、いつでも受けてやるからよ。どのみち、無抵抗な奴を殴《なぐ》るってのはあんま好きじゃねえんだ」

帝人は最後までその背を見送ったが——結局、最後の言葉には何も答えなかった。

答えられなかったからだ。

自分自身の内に湧《わ》き上がる感情が解《わか》らなかったからだ。

それが『悔《くや》しさ』だと理解しかけていたが、その事実を納得するのが恐くて、彼は何も言わず——ただ、無言のまま空を仰ぎ続けた。

客観的に見れば、帝人が沈黙したのは一分にも満たない時間だった。

だが——それは、帝人にとっては数時間、いや、数日、数ヶ月を圧縮したような時間だった。

認めてしまえば、人生が変わる。

それが解《わか》っていただけに――彼の数秒は、その覚悟《かくご》を決めるだけの密度を必要としたのだ。

――違う……僕は、ダラーズの変化に置いて行かれるのが恐かったんじゃない。

――この街に置いて行かれるのが恐かったんだ。

帝人《みかど》は道の端《はし》に寄り、近くにあった電柱に腕《うで》を置き、その中に顔を埋《うず》めて沈黙《ちんもく》する。

――でも……僕はとんだ勘違《かんちが》いをしてた。

千景《ちかげ》と相対《あいたい》する前――帝人は、ダラーズの最新メールを確認していた。

そこに書かれていたのは、各地での抗争は、粟楠会《あわくす》の構成員達が現場に現れて、強制的に場を収めて事態を収拾し始めた、という内容だった。

恐らくは、情報を得た粟楠会の人間が、自分達の所にまでトラブルが上ってくる前に軽く解散させたのだろう。それこそ、蚊《か》を追い払《はら》うような感覚で。

結局、自分達を巻き込んでいたトラブルは、粟楠会という、ダラーズよりもより深い場所にいる大人《おとな》達にとっては日常も同然の出来事だった。

少なくとも、帝人はそう考えた。

考えてしまった。

――街に置いて行かれるなんていうのは、妄想《もうそう》だったんだ。

――僕は、最初から、この街の非日常に追いついてなんていなかったんだ。

そして、少年はその場に立ち止まり、ただ一人で涙《なみだ》を流し続けた。
唇《くちびる》を噛《か》みしめ、嗚咽《おえつ》も全《すべ》て喉《のど》の奥に抑えつけ——
自分自身の悲しみを、全て自分自身で喰らうかのように、
ただ、少年は池袋《いけぶくろ》という街の中で泣き続けた。

♂♀

そして——そんな少年の姿を見ている者が、たった一人だけ存在した。

——帝人……。

拳《こぶし》を握《にぎ》りしめながら、そんな少年の背を見守る男が一人。

帝人と同じぐらいの年格好《とし》の少年——紀田正臣《きだまさおみ》だ。

彼がこの場に居合わせたのは、半分は必然であり、半分は偶然《ぐうぜん》だった。

トラブルに巻き込まれているであろう帝人を助ける為《ため》に、彼は池袋の街に舞い戻った。

知り合いのつてを頼りに、ダラーズに今何が起こっているのかを調べた彼は、急いで来良《らいら》学園の第二グラウンドへと足を向けた。

そして、まさにその最中に、彼は千景と対峙《たいじ》する帝人の姿を見つけたのだ。

路地《ろじ》の陰に隠《かく》れて、帝人《みかど》達の様子を窺《うかが》う正臣《まさおみ》だったが——

帝人の『覚悟《かくご》』を決めた言葉と、その後のやりとりを聞いて、逆に出て行くことができなくなってしまった。

電柱に腕《うで》をついて沈黙《ちんもく》している帝人を見て、正臣は彼が泣いているのだと確信した。

その背に、黄巾賊《こうきんぞく》のリーダーだった際に受けた悲しみと同じものを感じたからだ。

正臣は、だからこそ出て行く事ができなかった。

この場で帝人に声をかければ、それがますます帝人を追い込むと解《わか》っていたからだ。

恐らく、帝人が今の己の姿を最も見られたくない相手は、紀田正臣《自分》や園原杏里《そのはらあんり》だろう。

かつての自分自身と重なる帝人の姿を見て、すぐにでも出て行き、何か慰《なぐさ》めの言葉をかけたかった。それは自分にしかできないのではないかとも考えた。

だが、彼は結局、帝人の前に姿を現す事はできなかった。

かつて逃げ出した自分が、今の帝人に一体何を言えるというのか。

今、自分が帝人に見せかけだけの慰めの言葉を言えば——帝人は、今の何倍も深く傷つく事になるだろう。

——……。

——今の帝人の帰る場所は、俺《おれ》じゃない。

——園原さんや、来良学園《らいら》だ。

一つの決意を籠《こ》めて親友との再会を求めた正臣だったが——

彼はその決意すら捨てて、帝人に対して背を向けた。

——俺にできるのは、あいつが今の悲しみから立ち直った時に……ただ、あいつと話して
……やること……。

——くそ、違う。違うだろ。

——俺はただ……あいつや杏里と……昔みたいに……。

……畜生《ちくしょう》。俺は……俺はなんで……。


自分自身が過去に感じた悲しみを思い出しながら——

気付けば、正臣も僅《わず》かに涙《なみだ》を流していた。


それが、この場で起きた事の全《すべ》て。

正臣は、結局帝人との再会を果たす事ができなかった。

確かにこの時、帝人の前に姿を現していれば——帝人の心を更《さら》に深く傷つける結果になって

いただろう。二人の友情に今まで以上の溝《みぞ》ができていたかもしれない。
だが——これから先に起こる事を考えれば、もしかしたら、このときに帝人《みかど》を傷つけてでも、帝人の自尊心を失わせてでも、正臣《まさおみ》は何か声をかけるべきだったのかもしれない。

正臣自身も、いずれそれに気付く事になるのだが——
それはまだ、少しだけ先の話だった。

チャットルーム
罪歌《さいか》さんが入室されました。
罪歌【きょうは　だれもいないんですね】
罪歌【さびしいです】
罪歌【へんなことをいって　ごめんなさい】
罪歌【すみませんでした】
罪歌さんが退室されました。
チャットルームには誰もいません。
チャットルームには誰もいません。

・
・
・

エピローグ&ネクストプロローグ
Ryohgo Narita

5月4日　夜　マクドナルド池袋《いけぶくろ》東口店内

「それで？　結局何がどうなったんだ？」

　マスタードをたっぷりつけたチキンナゲットを口に入れながら尋ねるトムに対し、静雄《しずお》はシェイクをキュイキュイと飲みつつ首を傾《かし》げた。

「いや、俺《おれ》もよくわかんないんすけど……突然新羅《しんら》の奴《やつ》から電話があって、『もう疑いは晴れたみたいだから大丈夫《だいじょうぶ》だよ』って言ってきて……結局その後、街を歩いても何もなかったんで別にいいんですけどね」

「ていうか、そもそもなんで粟楠《あわくす》会におっかけられてたんだ？」

「いや、それは言えないんですけどね」

「？」

　不思議そうな顔をするトムに、静雄はシェイクをより柔《やわ》らかくしようとストローでかき混ぜつつ言葉を紡《つむ》ぐ。

「新羅《しんら》が粟楠《あわくす》会と話をつけてくれたらしいんすけど、その条件が、俺《おれ》が見た物は一切他言しない……って事なんで」

「ふーん。まあ、俺も巻き添えは御免《ごめん》だからな。深くは聞かねえよ」

「ありがとうございます」

素直に頭を下げる静雄《しずお》に、トムは思い出したように付け加えた。

「社長も、今日は有給扱いしてくれるとよ」

「え、本当ですか？」

「おお、代わりに明日《あした》は今日の分も纏《まと》めて仕事に回るかんな」

「まあ、そのぐらいなら……」

それはトムなりの処世術《しょせいじゅつ》なのかもしれないが——二人はすぐに話題を切り替え、明日の仕事についての話を始めていた。

彼らの会話にはそれ以上粟楠会の名が出る事はなく、いつも通りの日常が静雄の元に戻ってきた。

♂♀

池袋《いけぶくろ》某所《ぼうしょ》　粟楠会事務所

都内に複数存在する、粟楠会の事務所の一つ。

名目上は『社長室』となっている部屋の中で、二人の男が淡々と言葉を交わしていた。

「……お嬢《じょう》さんが無事で何よりでしたね、若頭《専務》」

「……ああ」

四木《しき》の言葉に、感情を見せない表情で頷《うなず》く粟楠幹彌《みきや》。

そんな上司《じょうし》に、四木もまた、感情を見せずに言葉を紡ぐ。

「指示の通り、平和島《へいわじま》静雄はシロ、という事で周りには話をつけておきました。宜《よろ》しいですね」

「ああ」

茜《あかね》が攫《さら》われた直後、聴力が回復しかけていた四木が聞いた幹彌の叫び。

──『あ、の、野、郎、……、裏、切、り、や、が、っ、た、な！』

その言葉をハッキリと聞いていた四木は、その時点で部下達に平和島静雄の捜索《そうさく》を打ち切らせた。

特徴のある体格に、特徴のある装備。

目が眩《くら》んでいたあの状況でも、僅《わず》かに視界がきく状態で見えたならば、それだけの情報で相手の正体を判断できるだろう。

その本人に会ったことがあるならばの話だが。

周囲に誰もいない事を確認してから、四木《しき》は幹彌《みきや》に事の真相を問いかける。

「殺されたあの三人は、イヌですか」

「……そうだ」

「警察《役所》がイヌを三人纏《まと》めて配置するとは思えませんが」

「一人は明日機組《あすきぐみ》。一人は、外資系のイヌだ。……俺《おれ》も随分《ずいぶん》と舐《な》められたもんだ」

あっさりと答える幹彌に、四木は無言のまま頷《うなず》いた。

それ以上の事は敢《あ》えて口にはしない。この短時間の間に集められた情報だけで、それなりと推測を立てる事ができたからだ。

自分の組の三人を殺させたのは、幹彌自身だ。

スローンと呼ばれるロシア人の『仕事屋』に、自分の配下三人の殺害を依頼し、それを明日機組の仕業《しわざ》という証拠《しょうこ》を偽装《ぎそう》し、手打ちの際に自分達に有利な条件を付けさせる。そんな計画だったのだろう。

だが、そこに平和島静雄《へいわじましずお》という不確定要素が現れ、部屋に現れた若い衆がその姿を目撃《もくげき》し――思わぬ所から、単なる民間人が容疑者という形になってしまった。

これでは逆に、自分達が明日機組への弱みを見せる形となってしまう。

そこで慌《あわ》てて事態を隠蔽《いんぺい》し、平和島静雄を犯人として追わせる事にしたのだ。

だが、四木だけではなく、赤林《あかばやし》や風本《かぜもと》にも感づかれ始めていると悟《さと》るや、幹彌はすぐに次の手を練り始めたようだ。

静雄を追うのを止《や》めた事に、娘《むすめ》を助けられたという『義理』をどこまで考慮《こうりょ》しているのか、それは四木にも解《わか》らない。少なくとも、目の前の人間が義理や人情といった任侠《にんきょう》気質が強い人間ではない、という事だけは確かだ。

その一方で、娘を思う親心は本物なのかどうか——

四木は少しだけ気にはなったが、自分には関わりの無い事だとそこで考えを打ち切り、話の続きを口にする。

「それで、後始末《あとしまつ》の方ですが」

「ああ、赤林と青崎《あおざき》が向かってる」

「幹部の二人が、直接ですか？　しかもあの二人が？」

「奴《やつ》らは古いタイプの現場主義だからな。直接『彼ら』のエージェントと顔合わせをしておきたいそうだ。しかし……さっき、具体的な話を聞いた時は驚いたが……」

粟楠《あわくす》幹彌はそこで一旦《いったん》口を閉じ、遠くの空に目を向けながら、言葉の続きを吐《は》き出した。

「まあ、親が子を思うのは、どこの国も同じ……という事だな」

♂♀

栗楠《あわくす》会の事務所でそんな会話が繰り広げられたとは知らぬまま、束《つか》の間《ま》の日常に戻ってきた静雄《しずお》は、バニラシェイクを飲み干した後、思い出したように眉《まゆ》を顰《ひそ》める。

「それにしてもライダースーツの女、今度あったらヘルメットを引っぺがして目の前であの高そうなメットを丸めてやらないと……」

『思い出し怒り』をしている静雄から僅《わず》かに身を引きつつ、トムは大きくため息を吐《つ》いた。

「……つーか、目の前で車を蹴《け》り転がされたりした日にゃ、もう二度とお前の前には出てこないと思うけどな」

♂♀

都内某所《ぼうしょ》　工事現場

不景気の煽《あお》りで、建設途中《とちゆう》で工事が止まっている某施設の建設現場。

そこをアジトにしているヴァローナ達は、明日《あした》以降の行動について話し合っていた。

「……私は御機嫌《ごきげん》半分、不機嫌半分です」

「しかたないさ。幸い二つの仕事の有効期限はまだある。粟楠茜《あかね》も、もう一度攫《さら》うチャンスはあるし……最悪、例の眼鏡《めがね》の女の子の方は狙撃《そげき》すればいいだろう」

夜になってから無表情に戻ったヴァローナに対し、スローンが物騒《ぶっそう》な事を口にする。

二人は建設現場に積まれた建材に座り、小さなランプを囲んで会話を続けている。目の前にはコンビニ弁当の空箱があり、どうやら食事をしながら血生臭《ちなまぐさ》い会話を繰り広げていたようだ。

だが、そんな物騒な会話こそが彼らにとっての日常だ。

ゴミを袋に纏《まと》めながら、ヴァローナが淡々と自分の意見を呟《つぶや》き始める。

「それにしても……この街は素晴らしいです。早く仕事を終わらせ、じっくりと黒バイクとバーテンダーの狩猟《しゅりょう》に挑《いど》みたい心境が私の自我です」

トムの予想とは裏腹《うらはら》に、彼女は静雄を再び襲《おそ》うつもりのようだ。

彼女はこの2日間で出会った数々の存在を思い出し、無表情の仮面の下で確かに快感に打ち震《ふる》えている。

「スローンが受けていた仕事は今朝方《けさがた》終わったのでしょう？　ならば、今受けている仕事を終了させたら、一旦《いったん》仕事を休職する事を提案します。肯定《こうてい》して下さい」

「肯定しろって……拒否権は無しか」

笑いながら相づちを打っていたスローンだったが――

「確かに、手前《てめえ》にゃ拒否権はねえなあ。今、この瞬間《しゅんかん》からよぉ」

「!」「!?」

建築現場の影から響《ひび》いた、重く野太《のぶと》い男の声に、ヴァローナとスローンは立ち上がってそちらの闇《やみ》に目を向ける。

すると、その奥から、一人の大柄《おおがら》な男がゆっくりと歩み寄ってくる。

「何者ですか。早急に名乗る事を要求します」

「……その代紋《バッジ》……栗楠《あわくす》会か」

スローンは、男のスーツに付けられたバッジを見て、相手が栗楠会の人間であることを確認した。しかし、相手の外観や、全身に纏《まと》う獣《けもの》のような威圧感から、単なる下っ端《したっぱ》構成員とは思えない。

すると男は、両手を広げながら自分の名前を呟《つぶや》いた。

「俺《おれ》は青崎《あおざき》ってもんだ。……まあ、ここに来た理由は解《わか》るよな、誘拐犯《ゆうかいはん》さん達よぉ」

「……アオザキ……。武闘派幹部のアオザキか」

「お前、よく武闘派なんて日本語知ってんな。驚いたぜ」

警戒《けいかい》するスローンの言葉に、青崎はゆっくりと笑いながら近づいてくる。

昼間の静雄《しずお》とは違った意味で危険な気配のする男を前に、ヴァローナは静かに挑発《ちょうはつ》の言葉を投げかけた。

「貴方《あなた》は愚《おろ》かですか？　組織の幹部が、私達のような人間の前に単独で堂々と現れるとは」

「……嬢《じょう》ちゃんは日本語下手《へた》だな」

クックツと笑いながら、巨漢《きょかん》の粟楠会幹部は、ヴァローナの挑発に対して答えを返す。

「いやあ、俺はそこまでバカじゃないぜ、そこの馬鹿と違ってな」


「酷《ひど》いねえ、青崎さん」


ゾワリ、と、ヴァローナの全身が総毛《そうけ》立《だ》った。

「俺はただ、お嬢《じょう》を攫《さら》おうとした犯人の一人が、別嬪《べっぴん》な異人さんだって聞いたから見に来ただけなのに、いきな馬鹿呼ばわりかい」

ヘラリとした調子の声は——ヴァローナのすぐ真横から聞こえてきたのだから。

反射的に視線を向けたヴァローナの横には、派手《はで》な柄《がら》の入ったスーツを纏《まと》い、カラフルな色眼鏡《めがね》をかけた男が座っていた。手には派手な意匠《いしょう》の杖《つえ》を持ち、どこかの映画村から出てきたような格好をした男が——ただ、何をするわけでもなく座っているだけだった。

「オッチャンは赤林《あかばやし》ってもんでねぇ。代紋《バッジ》は忘れちまったけど、一応そこのゴリラみたいなオジサンと一緒で、粟楠《あわくす》の幹部なんて、まあ、宜《よろ》しく」

今まで自分が座っていた場所のすぐ隣《となり》に、まるで、彼女達が食事を始める前から座っていたとでもいうように。

無論、実際はそんな筈《はず》はないのだが——それ程までに唐突《とうとつ》にその男は現れたのだ。

ヴァローナやスローン達にすら、一切気配を感じさせぬまま。

全身に緊張《きんちょう》を走らせ、現在の自分達の装備を確認するヴァローナ。

黒バイクの『影』が絡《から》みついた拳銃《けんじゅう》は既《すで》に廃棄《はいき》しているものの、腰《こし》には既に別の拳銃や新しいナイフを装着している。スローンは素手《すで》で人を殺す技術に長《た》けているし、すぐ側《そば》にあるトラックの中に入ってしまえば武器は豊富にある。

ヴァローナはとりあえず、相手の隙《すき》を窺《うかが》う事にしたのだが——

それすらも許さぬというタイミングで、青崎《あおざき》が笑いながら首を振った。

「で、一人で来たその馬鹿と違って、当然俺《おれ》は手下をわんさか連れてきてるってわけだ」

刹那《せつな》——

風を切り裂《さ》く音が建設現場内に響《ひび》き、肉の爆《は》ぜる音がヴァローナの耳に木霊《こだま》する。

「ぐあああああっ！」

見ると、スローンの両膝《ひざ》の辺りから血が噴《ふ》き出しており、体重を支えきれなくなったのか、巨体をふらつかせながら地面へと崩《くず》れ落ちた。

「スローン！」

叫んだヴァローナが次に起こした行動は、腰から抜いた拳銃を、真横にいる派手《はで》なスーツの男に突きつける事だった。

そのまま男を人質《ひとじち》に取ろうと考えたのだが――

「嬉《うれ》しいねえ」

赤林《あかばやし》と名乗った男は、いつの間にかヴァローナの腕《うで》を握《にぎ》っていた。

――っ!?

「こんな綺麗《きれい》なお嬢《じょう》ちゃんと踊《おど》れるなんて」

――ひ、引き金が……引けない……!?

男に握られた部分から電気に似た痺《しび》れが腕を走り、手首の自由が完全に奪われる。

そして、赤林は彼女の腕を掴《つか》んだままゆっくりと立ち上がり――

ヴァローナの目には、そこから先の男の行動が認識できなかった。

気付けば目の前に赤林はおらず、周囲の景色が高速で回転していたのだから。

それが、赤林と世界が動いたのではなく、自分自身の体が回っていたのだと気付いたのは、背中から地面に落ちた時だった。

痛みはなかった。

赤林が最後に回転を調節しながら腕をひき、柔《やわ》らかくヴァローナの体を地面に『置いた』からである。

スローンのうめき声が聞こえる中、赤林《あかばやし》はヴァローナの銃《じゅう》やナイフを取り上げては背後に投げ捨てつつ、ヘラヘラと笑いながら二人のロシア人に語り始めた。

「いやぁ……。正直さ、『チョロイ』って思ってた？　自分達の国と違って、平和ボケしてる日本なんて国の組織なんて、たかが知れてる、とか侮《あなど》っちゃってたかい？」

片手と膝《ひざ》だけでヴァローナの体を優しく押さえ込む赤林。

痛みはないのに、全く動けないという事実にヴァローナは驚愕《きょうがく》していた。

「人をたくさん殺して、時には軍人や傭兵《ようへい》すら相手にしてきた自分達に比べれば、粟楠《あわくす》会なんて生ぬるい……とか思っちゃったのかねぇ？　いやいや、否定はしないよ。お嬢《じょう》ちゃんみたいに若けりゃ、それもしょうがないさ」

「……」

「ただ、若さにかまけて調子に乗っちゃうと、痛い目に遭《あ》う……って事は覚えとこうねぇ。あと、オッチャン達にこんなあっさりとしてやられるようじゃ、平和島静雄《へいわじましずお》を狩るなんて夢のまた夢だよ。いやあ、オッチャンねぇ、女の子の夢を否定するのは趣味じゃないけどさ、ほら、下手《へた》すれば死んじゃうじゃない？　静雄に喧嘩《けんか》売るなんてさぁ」

そして——赤林は、青崎《あおざき》の更《さら》に背後の闇《やみ》に向かって呼びかける。

「新しい取引相手の娘《むすめ》さんがうちの縄張《なわば》りで死んじゃったら、そりゃ寝覚《ねざ》め悪いし。ねぇ？」

赤林の声に合わせ、柱の陰から新しい顔が現れる。

そして、それは——ヴァローナ達の見知った顔だった。

「……なっ」

「エゴール……！」

足を押さえて呻《うめ》きながら、スローンが相手の名を呼んだ。

顔面に包帯《ほうたい》を巻いてはいるものの、それは確かに——彼女達の古巣である武器商社の実力者、エゴールの姿だった。

「お久しぶりです。お二人とも」

青崎達に気を遣《つか》ってか、日本語で言葉を紡《つむ》ぐエゴール。

「まったく、随分《ずいぶん》と好き勝手やってくれたものです。おかげでこちらは大損ですよ」

「……？」

事態が把握《はあく》できず混乱するヴァローナに、赤林が淡々と語り始めた。

「いや、本当はねぇ、立場上あんたら二人とも山の奥とかビルの地下とかに連れてかないといけないんだけどさ、そこのエゴールさんって人がさっきうちの組に来て色々と話をしてくれたんだけど、そこで君の親父《おやじ》さんと、その武器屋の社長さんから提案があってねぇ、うちの組に優先的に武器を卸《おろ》す代わりに、お嬢ちゃんの事は見なかった事にしてくれ……ってさぁ」

「な……」

「まあ、うちとしては女の子一人見逃すだけで、良い武器を安く仕入れられるという美味《おい》しい取引なわけよ。そこの大男君は、まあ、見捨てられるわけだけど。流石《さすが》に両方見逃すには『タダで永久に武器寄越せ』ぐらいは要求しないといけないからね」

「……拒否します！　殺害するなら私も共通です！　そんな同情を肯定するなら私の人生を否定です！」

「ははは、何言ってるのかちっともわかんねえや。おやすみ」

赤林《あかばやし》はそういうと、どこからか取り出した無痛注射器を少女の首筋に押し込んだ。

対照的に、スローンはその顔面を青崎《あおざき》に蹴《け》り上げられて強制的に意識を飛ばされている。

「それじゃ、こいつはうちの組の好きにさせてもらうぜ」

二人が沈黙《ちんもく》したのを確認すると、青崎はスローンを持ち上げ、建設現場の闇《やみ》の向こう側へと去っていった。

一方の赤林は、溜息《ためいき》を吐《つ》きながらヘラリとした笑みを消す。

「やっぱり、女の子を悲しませるってのぁ性《しょう》に合いませんやね」

「……すまねえな。赤林の大将《たいしょう》」

そう呟《つぶや》いたのは、いつの間にか彼らの側《そば》に立っていた——露西亜《ロシア》寿司《ずし》の板前の男だった。

彼の横にはエゴールと、珍《めずら》しく私服姿のサイモンが立っている。

「……説得はこっちでやるから、あとは任せてくれ」

「じゃ、お願いしますや。俺《おれ》も悪党だけど、こんな別嬪《べっぴん》さんに自殺でもされちゃ寝覚めが悪ぃ」

「オー、赤林、寝ザメ悪ぃイ時ハ、サメ食べるといいヨー。今度フカヒレ寿司とキャビア寿司用意するカラ、時価でたっぷり食ベテ、幸セ一杯夢一杯、フカヒレスープもう一杯ヨー」

「まあ、その嬢《じょう》ちゃんが寝てる間にでもお邪魔《じゃま》するさ」

赤林はそこで再びニヘラ、と笑い、杖《つえ》で自分の肩《かた》を叩《たた》きながらゆっくりと去っていった。

周囲を取り囲んでいたと思しき青崎の手下《てした》達の気配も消え、後には眠《ねむ》りについたヴァローナと、サイモン達だけが残された。

「じゃ、帰るか、サイモン、お嬢を運んでくれ」

サイモンは言われるままにヴァローナを担《かつ》ぎ、エゴールは後始末《あとしまつ》をするのか、ヴァローナ達のトラックの中へと入っていった。

板前は穏《おだ》やかな寝顔のヴァローナを見ながら、ロシア語で独り言を呟《つぶや》いた。

『……やっぱり、ヴァローナの嬢ちゃんは嬢ちゃんだぜ、エゴール。ガキっていうのはまだ固まってねえから……どんな風にでも変わっちまうもんさ。それこそ、どんな風にでも自由にな』

『……だからこそ、ガキってのは恐ぇよな』

♂♀

同時刻　都内某所《ぼうしょ》　廃工場

夜になり、ますます不気味《ぶきみ》さをます廃工場。

何故《なぜ》かまだ電気は通っているようで、裸《はだか》電球の明かりが申し訳程度に工場の錆《さ》びた風景を照らし出している。

「……どうしたんですか、帝人先輩《みかどせんぱい》。こんな所に呼び出して」

黒沼青葉《くろぬまあおば》が呟《つぶや》いたその先には――昼間と変わらぬ服装の竜ヶ峰《りゅうがみね》帝人が立っていた。

彼は右手でボールペンを回しており、時折コツコツと横に置かれたドラム缶《かん》を叩《たた》いている。

青葉の周りには、昼間と変わらぬ『ブルースクウェア』の面々が立っており、奇《く》しくも、昼前に集まった時と同じような構図になっている。

もっとも、今回この場所に呼び出したのは帝人の方なのだが。

「ああ、……ごめんね、昼間あれだけごたごたしたのに、また呼び出しちゃって」

「いえ、変な時間に連れだしたのはお互い様ですよ」

無邪気《むじゃき》な微笑《ほほえ》みを浮かべる青葉に対し、帝人もまた、普段学校で見せているような笑顔を浮かべていた。

青葉はそんな帝人の表情を見て、逆に少し訝《いぶか》しむ。

──?

──まさか、あの黒バイクと罠《わな》でもしかけているんじゃ……。

ある程度は警戒《けいかい》しつつも、青葉は平静を装って語りかける。

「それで、用っていうのはなんですか?」

「うん……僕なりに、色々と考えてみたんだけど……」

ドラム缶《かん》をボールペンの尻《しり》でカツリと叩《たた》き、少し悲しそうな表情を浮かべる帝人。

「やっぱり、今のダラーズは……間違ってると思う。僕の望んでたダラーズじゃないのは確かなんだ。門田《かどた》さん達みたいな理想的な人達もいるけど……でも、そうじゃない人達もたくさんいる……」

「そうでしょうね」

「でも、ダラーズにはダラーズを律する為《ため》のルールはないし、ルールを作った時点でダラーズじゃなくなる。……ルールがない世界で、自分の望みを叶《かな》えるには……やっぱり、力が必要なんだ」

帝人は寂しげに頷《うなず》くと、再びドラム缶をカツリ、と鳴らす。

「……静雄《しずお》さんも、今日でダラーズをやめちゃったしね」

「え……そうなんですか？」

静雄《しずお》の件は初耳だった為《ため》、素直に驚きの色が混じる。

そんな青葉《あおば》の声に、帝人《みかど》は静かに頷《うなず》いた。

「僕は……、君達が僕の力になってくれて、逆に君達が僕を何かに利用したいって言うんだったら……僕は、その取引を受けようと思う」

「本当ですか！」

青葉は表情に無邪気《むじゃき》な笑みを浮かべ――

――上手《うま》く行った。

心の中で、邪悪《じゃあく》な笑みを浮かべて見せた。

――単純過ぎですよ、帝人先輩《せんぱい》。

――こんなにも思い通りに事が運ぶなんて。

今日の事件の全《すべ》ては最初から予想していたわけではない。

ただ、故意に抗争状態を作り出し、帝人に現実を見せつけるという意味では、驚く程に上手く事が運んだと思っていいだろう。

――まあ、折原臨也《おりはらいざや》の奴《やつ》も何かをしたんだろう。

仇敵《きゅうてき》の影を感じながらも、青葉はまずは帝人を取り込めたという現状を良しとした。

――ここまでは、臨也の奴と僕、お互いの想定内ってわけか。

——あとは、どちらがより多くのアドバンテージを得られるか、だね。

青葉はそんなことを考えながら、今日の出来事を振り返る。

——黒バイクのアジトらしいマンションは特定できた。明日《あした》にでも詳《くわ》しい事を調べよう。

——それと……。杏里《あんり》先輩についても、ちょっと興味が出てきた。

——多分、詳《くわ》しい情報は臨也はとっくに知っているんだろうけど、……まだ、臨也は黒バイクとかを手駒《てごま》にしたわけじゃない。そこを上手くつければ……。

様々な打算を続ける青葉だったが、表情にはいつも通り、帝人の後輩《こうはい》としての顔を貼《は》り付けたままだ。

そんな青葉に、帝人がおもむろに声をかける。

「じゃあ、ちょっとこっちに来て、契約書を書いて欲しいんだ」

「契約書?」

「そう。君と僕はフェアな取引をするんだから、必要だろう?」

——……。

——まあ、帝人先輩らしいといえばらしいか。

——僕の筆跡を何かに利用するつもりかもしれないから、一応は気を付けるか。

こんな話で契約書などと聞いたことはないが、帝人は元々こうした世界の事には不慣れなのだから仕方ないだろう。

青葉《あおば》はそう考え、帝人《みかど》の方に歩み寄る。

「で、何を書けばいいんですか」

「ああ、その契約書なんだけどね」

帝人が指さした先では、ドラム缶《かん》の上に一枚の紙が載っていた。

一体どのような契約条件などが書かれているのだろう。

ダラーズの創始者として、どのような罠《わな》が文面にしかけられているのか、あるいはストレートに何かを提案してくるのか。

内容を推測しながら手を伸ばした時点で、青葉はふと気が付いた。

——白紙？

刹那《せつな》——紙の上に伸ばされた、青葉の手の甲《こう》に激痛が走る。

「……っ！　……っあっ……」

激痛は手の甲の親指と人差し指の間——丁度《ちょうど》骨が無い部分を突き抜け、掌《てのひら》にまで達している。

突然の衝撃《しょうげき》に何が起こったのか解《わか》らず、青葉は自分の手に視線を向けた。

すると——

そこにある自分の右手に、帝人が、、、、、、、、、、、、、、思い切り振り下ろしたボールペンが突き刺さっており、手に開いた穴から流れた血が、白紙の紙の上に赤い紋様《もんよう》を作り出しているではないか。

青葉は思わず帝人の顔を見るが――

その顔を見て、青葉は思わず固まった。

化粧《けしょう》などをしているわけではない。顔の形が変わったわけでもない。

ただ、それでも一瞬《いっしゅん》、青葉はその男が帝人ではない別人なのではないかと疑った。

それ程までに――青葉の手にボールペンを突き刺した少年の目は冷たく、まるで見る物の全《すべ》てを完全に否定しているかのような色をしていた。


「お、おい、青葉!?」

「何しやがんだコラァ!」

騒《さわ》ぎ出す仲間達を前に、無事な方の掌を突き出し、『待て』と合図をする青葉。

「……帝人……先輩《せんぱい》……。これは……?」

「君は、どんな形であれ……園原《そのはら》さんを巻き込んだ。……これは、それへの僕の答え。同時に、僕からの最初の命令でもある」

「……」

「……僕の怒りを、受け入れろ」

どこまでも冷たい顔で言い放つ帝人《みかど》を前にして、青葉《あおば》は激痛に耐えながら呟《つぶや》いた。

「……凄《すご》いこと言いますね、先輩《せんぱい》」

「……否定するなら、そのボールペンで僕の手なり喉《のど》なり突き返せばいいよ。……警察や学校に訴えても構わない」

「……」

「僕は今、君にそれだけの事をしたんだからね」

冷たさの中に、悲しみの色が混じる。

青葉はそんな帝人を見て、寧《むし》ろ笑みすら浮かべ——

「……いいでしょう。こいつが……この、僕の血に濡《ぬ》れた紙が契約書だ」

青葉は血に染まった紙を左手で摘《つま》み上げながら、よりいっそう不敵《ふてき》に笑う。

「今日から帝人先輩は……僕たちのリーダーですよ。……ブルースクウェアっていう力を、ダラーズっていう組織の中で好きに使ってくれればいい」

「……そう」

帝人が頷《うなず》いた事を確認して、痛みに耐えながら顔をあげると——

その瞬間《しゅんかん》、青葉は本当に凍《こお》りついた。

目の前にいる少年からは、既《すで》に3秒前までの冷徹《れいてつ》な空気は消え去っており、普段学校にいる時と全く変わらぬ笑顔を浮かべていたのだ。

「よかった……受け入れてくれてよかったよ！　手、本当に御免《ごめん》ね。ああ、消毒液や包帯《ほうたい》とか持ってきてあるんだ。今、巻いてあげるから、なるべく手を心臓より上にあげてて！」

テキパキと包帯を用意する帝人は、まるで学校の保健委員のようなものだった。

一瞬《いっしゅん》で普段通り——いや、普段以上に帝人らしい帝人に戻ったのを見た瞬間——

青葉の全身は、本当に不気味《ぶきみ》な物を見た時のような得も言われぬ『恐怖』に包み込まれた。

ブルースクウェアの面子《めんつ》もその不気味さを感じたようで、普段は饒舌《じょうぜつ》な彼らが、一言も発さずに青葉と帝人を見守っている。

背筋《せすじ》に滝《たき》のような汗《あせ》が流れるのを感じながら、青葉は心中《しんちゅう》で呟《つぶや》いた。


——折原臨也《おりはらいざや》。気付いてるか？

——俺《おれ》もお前も……帝人先輩を舐《な》めてたかもしれない。

——先輩はもしかしたら、俺やお前が思うより……。

——もっとずっと、得体が知れない何かかもしれない。


——気付いているのか……折原臨也……。

♂♀

粟楠会事務所《あわくすかいじむしょ》

「折原臨也《おりはらいざや》……」

独り言としてその名を呟《つぶや》き、四木《しき》は携帯の番号に目を向ける。

あれから何度か電話をしているが、情報屋の折原臨也に一向に繋《つな》がらない。

本来情報屋とは、街の呼び込みやチンピラ、パチンコ屋の店員など、特定の場所に集まる特定の情報を収集して小遣《こづか》い稼《かせ》ぎに売る者達の事で、本当に『情報のみ』を扱って主収入としている者は殆《ほとん》どいない。

折原臨也はその数少ない一人で、町中《まちなか》にいる無数の『協力者』から情報を集め、その情報を元に更《さら》に広く深い範囲の情報を集めていくのに長《た》けた男だ。

粟楠会でもちょくちょく利用していたが、何故《なぜ》か今日に限って連絡がつかない。

——平和島静雄《へいわじましずお》は、そもそも何故あの場所に行ったのか……。

——茜《あかね》お嬢《じょう》さんは、幹彌《みきや》さんにもその辺《あた》りの事はまだ詳《くわ》しく話していないらしいが……。

——平和島静雄が嵌《は》められたとするなら、得をするのは……昔から揉《も》めていた折原臨也。

──奴《やつ》なら、あのロシア人達と独自に繋《つな》がっていてもおかしくはない。

現時点では推測に過ぎないが、四木は折原臨也という存在に疑念の目を向け始めていた。

──まあいい。今はまだ泳がせておこう。

──だが……奴はまだガキだ。何度か会って話した事があるが、間違い無くガキのままだ。

──ガキは調子に乗せると何をし出すか解《わか》らないからな。

四木は溜息《ためいき》をつきながら部屋を後にし、扉《とびら》を閉めながら剣呑《けんのん》とした言葉を口にした。

「暴れ出したら……とっとと埋《う》めるに限る、か」

♂♀

日本《に》某所《ほんぼうしょ》　駅周辺　繁華街《はんかがい》

「……ええ、大丈夫《だいじょうぶ》ですよ」

『──────』

「粟楠会が私に目を付けていたとしても、私は既《すで》に池袋《いけぶくろ》にはいませんからね」

『──────』

「……。はい。……はい。解《わか》っていますよ。それでは、これからもどうぞ御贔屓《ごひいき》下さい」

「いえいえ……私は、明日機《あすき》組こそが池袋《いけぶくろ》を仕切るのに相応《ふさわ》しいと思っているだけですよ」

『―――――』

電話を切った後、臨也《いざや》は夜の街をぶらつき歩く。

東北《とうほく》のとある地方都市。

彼は携帯電話と財布《さいふ》だけを手に、池袋から遠く離れた街まで移動していた。

もう夜中だというのに、居酒屋などが並んでいるこの大通りの人混《ひとご》みは激しく、その雑踏《ざっとう》の中に身を隠《かく》しながら、臨也は静かに思案する。

その表情に浮かぶのは、僅《わず》かな苛立《いらだ》ちと、僅かな歓喜。

――たった一日で、あらかた収まった……か。

――帝人《みかど》君の動向はいい感じみたいだね。恐らくブルースクウェアの連中の提案を受け入れている事だろう。

――『お互いに利用しあおう』とか、大体そんな感じの物言いでね。

――まあ、ここから先、ブルースクウェアとどちらが多くのコマを握《にぎ》れるかだな。

竜ヶ峰《りゅうがみね》帝人の『変化』にまだ気付いていない臨也は、さして深く考えずに別の件について考え始めた。

──想定外だったのは、なんといってもシズちゃんだ。

──なんで……やり返さなかった？　自分を追いかけてた粟楠会《あわくす》の連中を、なんで殴《なぐ》って追い払《はら》わなかったんだ……？

──警察に追われた時は、自動販売機をパトカーに投げつけてたじゃないか。

──それで捕まって懲《こ》りた？　まさか！

──……まあ、苛立《いらだ》たしいのは確かだ。

──シズちゃんが人間的に成長するなんてあり得ないのにね。

──ともあれ、そろそろ次の動きに移ると……

そこまで考えた所で、臨也の携帯が振動を始めた。

また粟楠会の四木《しき》だろうか。

そう思いながら見ると──画面に映し出されていたのは、見た事の無い番号だった。

「……」

臨也は不審《ふしん》に思いつつも電話を取る。

すると、携帯の向こう側から、初めて聞く声が響《ひび》き渡った。

『ああ、どうもどうも！　折原《おりはら》臨也さんでございますか！』

人当たりの良さそうな、中年男性の声。

訝《いぶか》しみながらも、臨也はとりあえず相手に合わせる事にした。

「……ええ、そうですが」

『ああ、これはこれは、私、本日は貴方《あなた》にちょっと御意見をさせて頂こうと思いまして！』

「意見？」

『いやいや、本当に困りましたよ。貴方が平和島《へいわじま》静雄《しずお》とかいう化け物を変に粟楠会《あわくすかい》に絡《から》めたせいで、私の計画が少し狂ってしまったんですよ。まったく、粟楠茜《あかね》と平和島静雄が接触《せっしょく》してなければ、今頃もっと上手《うま》く事が運んでいたでしょうに。貴方の平和島氏に対する【嫌《いや》がらせ】のおかげでこちらは大損害ですよ』

「……あんた、誰だ？」

『ああ、これは申し訳ない！　別に貴方への批判をしようと思ってお電話をしたわけではございません！　名乗る程のものではありませんが、そうですね、お近づきの印に御意見と……厚かましいながらもお願いが一つございまして……』

「いや、いいから名前を言いなよ」

人混《ひとご》みの中を歩きながら、淡々と問う臨也《いざや》。

だが、電話口の相手はなかなか自分の名を名乗ろうとはせず――

『御意見というのはですね……。御忠告のようなものなのですが……あなた、ちょっと顔が良すぎますね』

「は？　……褒《ほ》めてるんですか？」

『いえいえ、それだと人混みで目立ちますよ。あなたのその洗練されたファッションも、人混みの中で他人と比べると浮き上がって見えます。いい意味でね。いやいや、私は職業柄《がら》、そういうのを見極めるのは得意なんですよ。ですから、貴方の場合、人混みに紛《まぎ》れるとかはあまり宜《よろ》しい隠《かく》れ方とは言えませんね』

「……」

妙《みょう》な違和感が、臨也の脳の中を駆《か》け巡《めぐ》る。

『そして、お願いなんですけれども……』

電話の男は、そこで一瞬《いっしゅん》の間をあけ――

「『ちょっと、暫《しばら》くの間でいいんで、寝てて頂けませんかね？　病院で』」

その声は、左右から同時に聞こえてきた。

次の瞬間《しゅんかん》、ドン、と、臨也の体に何かがぶつかる感触《かんしょく》があった。

『いやー、あなた、私の事について色々嗅《か》ぎ回っていたでしょう？　あの子供のカップルを使って。まあその、恥ずかしいので、やめて頂きたいんですよねえ』

声が左右から聞こえていたのは一瞬《いっしゅん》の事で、現在は普通に携帯からのみ聞こえてくる。

『駄目《だめ》ですよ、子供は子供らしく、自分の庭……池袋《いけぶくろ》だけで遊んでいて下さい。そうじゃないと、怪我《けが》をしてしまうかもしれませんからね！』

　そこで、臨也《いざや》はゆっくりと立ち止まる。

『まあ、捻《ひね》ってはいないんで、死ぬ事はないと思いますよ』

　視線を下に落としていくと、赤い色が目に止まった。

『僭越《せんえつ》ながら、今のは警告という事で』

　それが自分の脇腹《わきばら》から流れる血だと気付いた瞬間《しゅんかん》——臨也は静かに呟《つぶや》いた。


「くそ……舐《な》めすぎてたか」


　臨也は薄《うす》く笑いながらそう呟くと、ドサリとその場に崩《くず》れ落ちた。

　背後に続いた血の斑点《はんてん》を見て、通行人達が悲鳴を上げる。

　薄れゆく意識の中で——臨也は携帯電話から流れてくる男の声を聞いた。

『あ、忘れてました。もう言う必要ないと思いますが……私、澱切陣内《よどぎりじんない》と申します。どうぞ、今後ともお見知りおきを……』

　そこで通話は途《と》切《ぎ》れ、臨也の耳に入ってくるのは通行人達のざわめきのみとなった。

――まずい……な。

――なんとか……波江《なみえ》に連絡を……。

臨也《いざや》は携帯電話を持ち上げるが――その動作が傷口を開いてしまったようだ。臨也は池袋《いけぶくろ》から遠く離れた街で倒れ、そのまま病院に運ばれる結果となった。

翌日のニュースで、自分の名前が全国放送で流れるという事も予想できぬまま――。

♂♀

川越《かわごえ》街道沿い　某《ぼう》マンション

『そういえば、澱切陣内《よどぎりじんない》ってさ、粟楠《あわくす》会と何か関係あったのか？』

「んー？　こないだ行方《ゆくえ》不明《ふめい》になった芸能プロの社長？　……そういえば、なんかあったような無かったような……。どうして？」

『いや、四木《しき》さんが、なんか見かけたら教えてくれとか言ってたから』

「四木さんも顔が広いなあ。ああ、もしかして聖辺《ひじりべ》ルリちゃんの関係かな」

深夜に大王テレビで放送されていた映画、『吸血忍者《きゅうけつにんじゃ》カーミラ才蔵《さいぞう》』を見ながら、ダラダラと会話を続ける闇医者《やみ》とデュラハン。

世間的に見ればもっとも日常から乖離《かいり》しているこの二人組が、リビングのソファに座りながらこれでもかという程に日常を満喫《まんきつ》している。

少し前に四木から連絡があり、『一段落したので、ボディガードの件は暫《しばら》く大丈夫《だいじょうぶ》です』という話を貰《もら》った。

茜《あかね》を助けたという事もあるのか、最初に聞いていたよりも多めの報酬《ほうしゅう》を貰《もら》い、セルティは上機嫌《じょうきげん》で新羅《しんら》との夜を過ごしていたのである。

――帝人《みかど》君の怪我《けが》も大した事ないらしいし、杏里《あんり》ちゃんも無事だったみたいだし、良かった良かった。

――なんだかんだあったけど、最後は丸く収まったなあ。

――四木さんの話だと、あの誘拐犯《ゆうかいはん》達も捕まったような雰囲気《ふんいき》だったたし、これで少しは安心して出歩けるかな。

――……あ、そうだ。

映画も終了し、一通りの雑談も終えた頃――セルティが、一つの話を切り出した。

『そうそう、新羅《しんら》』

「なんだい？」

『その……ありがとな』

不思議そうな顔をする新羅《しんら》に、セルティは少し恥ずかしそうに文字を打った。

『昼間、下で閃光弾《せんこうだん》が投げられた時……私の事を爆発《ばくはつ》から庇《かば》おうとしてくれただろう』

「……覚えてないよ」

『照れるなよ』

自分自身も照れているという事は棚《たな》にあげ、セルティは新羅に提案する。

『明日《あした》、どこかに旅行にいかないか？』

「えっ？」

『今日、久々にシューターを馬車にして思ったんだけど……。あの馬車さ、私と新羅でも余裕《よゆう》で二人乗りできそうなんだ。だから、どこか人の少ない湖の周りとかでもドライブしないかと思ってさ。馬車でドライブっていうのも変だけど』

「セルティ……！」

目に涙《なみだ》を浮かべて抱《だ》きついて来ようとする新羅を押さえ付けながら、セルティは一つの条件を突きつけた。

『ただし、せっかくの旅行なんだ。白衣《はくい》以外の服を着ろよ』

「ええっ！　そんな！　前から言ってるけど、僕の白衣はセルティとのコントラストを……」

何かグダグダ言い出した新羅の口を影で塞《ふさ》ぎ、新たな文字をＰＤＡに打って突きつけた。

『代わりに、私も譲歩《じようほ》する』

そしてセルティは、少し戸惑《とまど》いながら文章の続きを打ち込んでいく。

『こないだ、新羅が日記に書いてたみたいな……お前の好きな服を着てやるからさ』

その夜、狂気乱舞《らんぶ》した新羅がはしゃぎまわり、最終的にベランダから落ちそうになったのだが——それはまた、別の話。

♂♀

異形《いぎよう》であるセルティが日常から離れる為《ため》の旅行を計画しているその最中——

ただの人間である少年は、セルティ達とは別の意味で日常に別れを告げていた。

青葉《あおば》達と別れた後、帝人《みかど》は夜空を見上げながら独り言を口にする。

「もう……戻れないね」

腹の奥が熱くなるのを感じながら、帝人は工場の中で思い耽《ふけ》る。

――でも、意外と後悔はしてないや。

――取り戻すんだ……。一年前の……あの夜のダラーズを。

――本当のダラーズを……。

――僕の力で、ダラーズをあるべき姿に戻すんだ。

――そうすれば、もっと胸を張って……園原《そのはら》さんや正臣《まさおみ》と向き合える気がする。

少年は気付いていた。

それは、自分自身への言い訳に過ぎないと。

本当は、正臣や杏里《あんり》とは関係のない、自分の胸の奥の奥、本当の自分自身のエゴの為《ため》に、自分は後輩《こうはい》である少年の手を刺《さ》したのだ。

冷静に考えると、吐《は》き気を催《もよお》す行為だった。

――御免《ごめん》、正臣。

――ダラーズとして動くなっていう忠告、守れなかったよ。

少なからず今日の帝人《みかど》の行動に制限を加えていた一つの『忠告』。

それが友の名を騙《かた》った臨也《いざや》の手によるものだと気付かぬまま――帝人はただ、心の中で正臣に詫《わ》び続けた。

姿を消したままの親友に、少年は何度も謝罪の言葉を捧《ささ》げるが――帝人は知らない。

ブルースクウェアという組織の名が持つ意味を。

帝人が知っているのは、かつて正臣のチームと抗争していた事があるという、その事実のみ。

自分が新たにリーダーとなったそのチームが、かつて正臣とその恋人に対し、何をしてしまったのかも知らぬまま——

竜ヶ峰《りゅうがみね》帝人は、自ら望んで地獄《じごく》の底に堕《お》ちてゆく。

蟲《むし》のように、獣《けもの》のように。

自分がどちらを向いているのか、それすらも解《わか》らずに。


少年の青春時代は、今——静かに蠢《うごめ》き始めた。

## CAST

セルティ・ストゥルルソン
岸谷新羅

竜ケ峰帝人
園原杏里
紀田正臣

折原臨也
平和島静雄

粟楠茜
六条千景

黒沼青葉
折原九瑠璃
折原舞流

遊馬崎ウォーカー
狩沢絵理華
門田京平

四木
青崎
赤林
粟楠幹彌

ヴァローナ
スローン

サイモン・ブレジネフ

矢霧波江

## STAFF

イラスト＆本文デザイン　ヤスダスズヒト（AWA STUDIO）
装丁　鎌部善彦
編集　鈴木Sue
和田敦
発行　株式会社アスキー・メディアワークス
発売　株式会社角川パブリッシング

おそい……
PRESENTED BY 成田良悟

## あとがき

※ヴァローナの語る知識は、各種辞書や雑学本、百科事典等を参考にしていますが、間違いがあった場合の責任は本書にあり、ヴァローナの記憶違いという事で一つ宜しくお願いします。

というわけで、どうも、成田です。本書を手にとって頂きましてありがとうございます！

今回は前後編だったわけですが、ある意味で某キャラにとっては始まりとも言える巻かもしれません。ともあれ、そんな某キャラが動くのは作中で数ヶ月後の事なので、次の巻では短編集のような、『5月5日』――今回の後日談や今回の事件に全く関係無い日常話をなど、事件の翌日の街語りになるかと思います。

『衝撃！　美香と誠二のラブラブデート、そこに迫る鬼姉の影！』

『静雄にモテ期到来』『粟楠家の人々』『セルティと新羅のラブラブ小旅行』

……そんなラインナップを、幽平や双子など日常組を交えてお送りしたい所存ですが、予定は予定に過ぎないので、出来上がった物をお楽しみ頂ければ幸いです。

さて……ここで皆さんにお知らせがあります。

帯に書かれているので既に御存知の方も多いと思いますが、帯を見ずに買ってカバーをつけたままの方もいらっしゃると思いますので、ここで改めて告知をさせて頂きます。

今回、なんと――――


**『デュラララ!!』シリーズのTVアニメ化が決定致しました!**


ふふふ……ハハハハハハ!

最初にアニメ化の話を聞かされてから一年以上……ネット等で『デュラはアニメ化とか無理』とか(中略)とか言われる度に、「ふふふ……時代を読み間違えた時代の寵児達め!」と、自分のHPで公開したい衝動に駆られましたが守秘義務があるので出来ませんでした。というか今考えると大人げなさすぎるので、守秘義務に感謝といった所でしょうか。……このネタももう四回目なのですが、まさか四回も使う事になるとは思いませんでした。

今回、アニメ会社さんの方からこの素敵なお話を頂いたのは、もう一年以上前の事なのですが――やはり、経営戦略とかそういう色々な事情を踏まえてこの時期まで発表できない理由があるのです。そんなわけで軽々しく私が「実はアニメ化するぜウヒョー」とHPとかで書いてしまうわけにはいかないので、まさに王様のロバ耳を見てしまった理容師の気分です。別に命はかかっていませんが。その経験を人生で二度もできたのは、一重に読者の皆さんを始めとした、様々な人のおかげです。本当にありがとうございました!

ともあれ、そんなわけで、ネットでデマとか真実とかが流れているのを見かけても『あ、それデマ』とか『おのれ猪口才な！　原作者の俺も知らなかったその情報を何処で仕入れたんだよウワーン⁉』とか大声で言えなかったわけですが、それもこれも今日までです！

これからはジャンジャン情報を――（検閲）――

……えー、まだ声優さんや放送局、放送時期などの情報は秘密だそうです。

まだ読者の皆さんにとっては霧の中のような状態で申し訳ないのですが――霧中の不安を取り除く情報を一つだけ解禁して頂きました。

なんと、大森貴弘監督を始めとして、シリーズ構成や音楽、キャラクターデザインなど――主要スタッフは『バッカーノ！』の時にお世話になった皆さんが担当して下さいます！　アニメ制作も同じくブレインズベースの皆さんが担当して下さるとの事です！

というわけで、『バッカーノ！』のアニメ版を楽しんで頂けた方も、まだ見ていない方も、どうぞ『デュラララ!!』のアニメを楽しみにお待ち下さいませ！

そして、現在発売中の月刊『Gファンタジー』7月号より、茶鳥木明代さんによるデュラ漫画の本格連載がスタートしておりますので、興味のある方は是非書店に再訪して頂ければと思います！　私もまだこの時点では完成原稿を見ていないのですが、プレ連載の10ページを見た時から期待が膨らみっぱなしですので、一読者として皆さんと一緒に楽しんでいければと。

様々な方向に広がる『デュラララ!!』ですが、今後も変わらず御愛読頂ければ幸いです！

※以下は恒例である御礼関係になります。

いつも御迷惑をおかけしております担当編集の和田《ぱぴお》さん。並びに鈴木統括編集長を始めとした編集部の皆さん。特に某キャラのモデルとなった三木さん、川本さん、高林さん、黒崎さん。ネタに使わせていただいた各作品の作者さん、今回もごめんない。またお願いいたします。

毎度毎度仕事が遅くて御迷惑をおかけしている校閲さん。並びに本の装飾を整えて下さるデザイナーの皆様。宣伝部や出版部、営業部などアスキー・メディアワークスの皆さん。

いつもお世話になっております家族、友人、作家さん並びにイラストレーターの皆さん。

六条千景の扱っている『兜割』を購入した際、色々と話をして下さった、鎌倉の土産物屋の『山海堂』さん。（今後もちょくちょく色々な武器を出させて頂きます！）

大森監督を始めとしたアニメスタッフの皆さん、漫画版でお世話になっている茶鳥木明代さん並びに編集の熊さん。

『夜桜四重奏《ヨザクラカルテット》』を始めとした漫画連載でお忙しい中で、デザインとイラストが一体となった素晴らしいイラストを描いて下さったヤスダスズヒトさん。

そして、この本に目を通して下さったすべての皆様。

——以上の方々に、最大級の感謝を——ありがとうございました！

**09年6月『学園天国パラドキシア』（美川べるのさん著）を読み返しながら　成田良悟**

## ◉成田良悟著作リスト

「バッカーノ！ The Rolling Bootlegs」（電撃文庫）
「バッカーノ！1931鈍行編 The Grand Punk Railroad」（同）
「バッカーノ！1931特急編 The Grand Punk Railroad」（同）
「バッカーノ！1932 Drug & The Dominos」（同）
「バッカーノ！2001 The Children Of Bottle」（同）
「バッカーノ！1933〈上〉 THE SLASH ～クモリノチアメ～」（同）
「バッカーノ！1933〈下〉 THE SLASH ～チノアメハ、ハレ～」（同）
「バッカーノ！1934獄中編 Alice In Jails」（同）
「バッカーノ！1934娑婆編 Alice In Jails」（同）
「バッカーノ！1934完結編 Peter Pan In Chains」（同）
「バッカーノ！1705 THE Ironic Light Orchestra」（同）
「バッカーノ！2002【A side】Bullet Garden」（同）

「バッカーノ！2002【B side】Blood Sabbath」（同）
「バッカーノ！1931臨時急行編 Another Junk Railroad」（同）
「バウワウ！Two Dog Night」（同）
「Mew Mew！Crazy Cat's Night」（同）
「がるぐる！〈上〉Dancing Beast Night」（同）
「がるぐる！〈下〉Dancing Beast Night」（同）
「5656！Knights' Strange Night」（同）
「デュラララ!!」（同）
「デュラララ!!×2」（同）
「デュラララ!!×3」（同）
「デュラララ!!×4」（同）
「デュラララ!!×5」（同）
「ヴぁんぷ！」（同）
「ヴぁんぷ！II」（同）
「ヴぁんぷ！III」（同）
「ヴぁんぷ！IV」（同）
「世界の中心、針山さん」（同）
「世界の中心、針山さん②」（同）

本書に対するご意見、ご感想をお寄せください。

■

あて先

〒160-8326 東京都新宿区西新宿4-34-7
アスキー・メディアワークス電撃文庫編集部
「成田良悟先生」係
「ヤスダスズヒト先生」係

■

電撃文庫

# デュラララ!!×6

成田良悟《なりたりょうご》


発行　二〇〇九年七月十日　初版発行
　　　二〇一〇年四月一日　七版発行

発行者　髙野　潔
発行所　株式会社アスキー・メディアワークス
〒一六〇-八三二六　東京都新宿区西新宿四-三十四-七
電話〇三-六八六六-七三一一（編集）
発売元　株式会社角川グループパブリッシング
〒一〇二-八一七七　東京都千代田区富士見二-十三-三
電話〇三-三二三八-八六〇五（営業）
装丁者　荻窪裕司（META+MANIERA）
印刷・製本　加藤製版印刷株式会社





ISBN978-4-04-867905-3 C0193

## 電撃文庫創刊に際して

文庫は、我が国にとどまらず、世界の書籍の流れのなかで〝小さな巨人〟としての地位を築いてきた。古今東西の名著を、廉価で手に入りやすい形で提供してきたからこそ、人は文庫を自分の師として、また青春の想い出として、語りついできたのである。

その源を、文化的にはドイツのレクラム文庫に求めるにせよ、規模の上でイギリスのペンギンブックスに求めるにせよ、いま文庫は知識人の層の多様化に従って、ますますその意義を大きくしていると言ってよい。

文庫出版の意味するものは、激動の現代のみならず将来にわたって、大きくなることはあっても、小さくなることはないだろう。

「電撃文庫」は、そのように多様化した対象に応え、歴史に耐えうる作品を収録するのはもちろん、新しい世紀を迎えるにあたって、既成の枠をこえる新鮮で強烈なアイ・オープナーたりたい。

その特異さ故に、この存在は、かつて文庫がはじめて出版世界に登場したときと、同じ戸惑いを読書人に与えるかもしれない。

しかし、〈Changing Times,Changing Publishing〉時代は変わって、出版も変わる。時を重ねるなかで、精神の糧として、心の一隅を占めるものとして、次なる文化の担い手の若者たちに確かな評価を得られると信じて、ここに「電撃文庫」を出版する。

**1993年6月10日**
**角川歴彦**